U0942061

WU

GUANFENGYUE

无关风月

殷智元 著

中国检察出版社

图书在版编目（CIP）数据

无关风月/殷智元著．—北京：中国检察出版社，2011.10
ISBN 978-7-5102-0561-3

Ⅰ.①无…　Ⅱ.①殷…　Ⅲ.①长篇小说—中国—当代　Ⅳ.①I247.5

中国版本图书馆 CIP 数据核字（2011）第 195788 号

无关风月

殷智元　著

出版发行：中国检察出版社
社　　址：北京市石景山区鲁谷西路 5 号（100040）
网　　址：中国检察出版社（www.zgjccbs.com）
电　　话：（010）68639243（编辑）68650015（发行）68636518（门市）
经　　销：新华书店
印　　刷：北京佳明伟业印务有限公司
开　　本：710mm×1020mm　16 开
印　　张：17.75 印张
字　　数：246 千字
版　　次：2012年 1月第一版　2012年 1月第一次印刷
书　　号：ISBN 978-7-5102-0561-3
定　　价：30.00 元

目录

1

姐姐妹妹进城去

高中女生柳月的家，在一个偏僻的山村里。

山乡的景色出奇的美。且不说那常年清澈的小溪，满山葱茏的绿树，单是她家门前那滴翠的竹林，当山风过处摇曳的婀娜身姿，便令人流连。

不过有再好的风景也没能改变这儿的贫穷与闭塞。

柳月的家，离最近的村寨四公里，离青山镇五公里，离县城二十公里。

山里人日复一日、年复一年地按老祖宗传下来的方式生活，也按老祖宗传下来的方式思想。

他们知道邓小平的名字是在上世纪 70 年代末，但直到 90 年代村里才终于修起了一条勉强可通汽车的简易公路。柳月便是坐着手扶拖拉机，沿这条路到青山镇读初中的。

不过，贫穷并非绝对的坏事。

比如对柳月，就是如此。

贫穷教她懂得只有好好读书，才能改变自己的命运。

贫穷也教会了她知艰识苦。

柳月从小就是村里出名的“抠孩子”。那年，柳月在几十公里外的县城念初中。考虑到女儿才 11 岁，正是长身体的时候，母亲向二丫决定每周给她一块五的零花钱，还特别嘱咐：钱要有计划地花，你要是

头两天把钱花完了，后面的四天饿了就只能忍着。可初一学期结束时，向二丫却在女儿的书包里发现了七十元零钱，她把柳月拉到跟前说：月儿，娘当初对你说那些话不是让你省着不花。你学习任务重，总不能饿着肚子去学吧，那样你学的东西也记不到脑子里。娘告诉过你，该花的钱一分也不能省，不该花的钱一分也不能动。

这笔“巨款”该如何用？柳月对母亲说：想给弟弟买文具。向二丫摇头说：你弟的文具爹娘会买。用你这钱，就是娘花了不该花的钱。

打那以后，柳月把母亲给的零花钱都用在自己认为有用的地方。每次她向母亲汇报用途的时候，向二丫都说：娘相信你会用得妥当，才给你自己掂量着花的。

可心细的向二丫还是发现，女儿对物质方面几乎没有要求。柳月读高二的那年春节，向二丫去集市置办年货，看上一件天蓝色羽绒服，她狠了狠心花五十元给女儿买下了。柳月返校后，向二丫在衣柜里发现了它。一个月后，柳月从学校回来，向二丫问她为啥不把新衣服带到学校穿时，柳月平静地说：挺贵的，我怕每天写字，把衣袖磨坏了。

女儿的懂事，让向二丫不知该喜还是该愁。

高中三年，各方面表现优秀的柳月获得了很多物质上的奖励，可那些奖金柳月一分也不舍得花。

向二丫是上世纪70年代的上山下乡知青，爱上了本地的男青年柳银龙，就没有返城。她的第一胎是一对双胞胎姐妹，姐姐取名柳云，妹妹取名柳月。由于家庭贫穷，柳云过继给了大伯柳金龙。大伯是个脑子活点子多的人，会赚钱，很早便买下了拖拉机跑运输，1995年他家已经起了一栋两层的红砖楼房。

大伯和大伯娘很宠爱柳云。由于她长相漂亮，家里把她当公主一般供着，除了读书，农活是绝对不叫她干的，怕太阳晒着她，怕大雨淋着她，把个柳云养得细皮嫩肉白皙美丽，人称青山坳一枝花，柳云自己也是很以此为豪的。

柳氏姐妹到初中时已出落成远近闻名的并蒂莲花。花香飘飞，芬芳弥野。姐姐柳云艳丽，妹妹柳月含蓄。姐姐柳云生动，妹妹柳月文静。姐姐在富裕中长大，妹妹在贫穷中成长。

其实，贫穷也没有压住妹妹柳月的青春风韵。

她的黑发一天天飘起来，她的眼眸一天天晶亮起来，她的身段一天天曼妙起来。

那无邪的单纯的笑容，像水波在校园里荡漾，感染着老师，感染着同学。

倏忽间，便到了要与学校告别的时候。事前母亲已告诉她：弟弟要进初中，妹妹要读小学五年级，家里已无力供她读大学了。

1998 年春节刚过，在省城一个医院当医生的大姑柳蔚来信，说在城里帮柳月和柳云找了工作，叫她们马上动身。

这封信，将云、月姐妹俩的命运整个儿地改变了。

这年，她们都是 19 岁。

动身前夕，母亲把柳月叫到里房，说：月月，你明天就要走了，娘给你梳梳头。

柳月听话地坐到母亲身边，说：娘，你别难过，我会常常回家来看你的。

向二丫叹了口气：娘不难过，鸟大要飞，人大要走，娘想得开。娘是有几句话要嘱咐你。

月月啊，娘希望你有出息，有出息不是赚多少多少钱，赚钱不是女孩子的事，娘是希望你——第一，做事嘛，就好好地做，努力地做，别偷懒；第二，做人嘛，就堂堂正正地做，不是你的福分你别想，不是你的钱你别抢。这两条，你记住了？

记住了。

还有，不到结婚那天，不许跟男孩子睡到一张床上去，不管他嘴巴上涂多少蜜，甜得你起腻，都不行！咱是山里人，做人做事都讲究实实在在，那些新潮玩意儿，我们玩不起，记住了？

记住了。

娘教女，话不在多，几句话说到点子上，便已足够。后来的事情证明，这些话绝对不是可有可无。

柳云家。临行的前夜，柳云邀了好些同村的男孩女孩来家里玩，柳云妈做了一大桌菜招待客人。柳云爸也打了几斤好酒，与三五好友觥筹交错。

一位客人说：金龙啊，你们家柳云要进城了，她可是我们村的凤凰啊，一定给你带回个有钱的女婿！

那个说：柳云，七里八乡，最漂亮的就数她了，将来不是嫁当官的就是嫁大老板，你们家好日子在后头啦。

柳金龙笑得面色泛红，连说：都好，都好，大家都好！

柳云的妈前几天就上街买了几套漂亮衣裳给柳云，柳云这晚一一试过，在同伴们的赞扬中快乐得仿佛身轻如燕，一蜂便上蓝天。

附近山村的杨四妹、黄凤娇、李荷花来看柳月。她们是要和柳月一道进城的三个同村女孩。

月月，准备好了没有？

准备好了，柳月朗声答。

她们是要好的姐妹，这次又一同进城打工，见了面格外地高兴，即将开始的新生活，增添了少女们一丝亮丽的憧憬，心情一扫往日的呆滞与沉闷。

她们中间，柳月最漂亮，荷花次之。四妹在其中算最丑的，脸上皮肤泛黄，还长了一颗颗小痘，农村人管这叫“血不通皮”，四妹曾为此十分苦恼，求医问药多少回，仍没什么改进，只好认命了。

往常，她们四个人聚会，总是在每月两次上山打柴的时候。山里柴多，她们又年轻力壮，百十来斤柴禾，一两个小时便完，在半山腰的水库里掬把清水洗个脸，将穿着白塑鞋的脚往水里荡几荡，几分清凉便从脚底向全身漫开来，舒适极了。

蓝天上，浮着团团白云，棉絮似的，被太阳光一照，更白得耀眼。微风阵阵地从山那边吹拂过来，摇晃着树梢，沙沙地响。她们村前屋后、东家西舍地聊着，直聊到日上中天，不得不回家了，才恋恋不舍地分手。

我姐姐昨天晚上跑回来了。

一天，打完柴，在水库边，凤娇开言道。

见姐妹们没反应，她又补充说：

是被我姐夫打回来的，左手给打断了。

四妹一听，愤愤道：

你那个姐夫，哪里是个人，那么野蛮！

凤娇点头：他打我姐，向来不当人打，好像是打一条狗、一头猪。

荷花说：你姐真可怜。

命苦呗，嫁个这样的男人，凤娇说。

看医生了没有？柳月问。

哪里看得起医生？我爸上山采了点草药给她敷了，今天一早就送她回了婆家。

姐姐不肯走，抱着我妈哭，我妈又有什么办法？陪着掉眼泪咯。

你那个老爸也真是的，那么怕，送回去做什么？婆家不来人接，就不该送！四妹说。

就是。荷花与柳月极其赞同。

沉默，几个人都不再说话。

四妹忽然叹了口气。

叹什么气？荷花问。

活在这个世界上好没意思，四妹说。

是在这个山沟沟里没意思，凤娇说，人家讲我们农村生活是过一天便把一辈子都过完了，讲得真是对。

一点不错，柳月说，这么死死板板的，一天又一天，一月又一月，一年又一年，全一个样。

我们最没意思，荷花说，生在山沟里不说，偏偏还是个女人！

太对了！大家齐声附和，我们绝对是投错胎了。

大半个月后，当她们再次聚集在水库边，四妹对柳月说：我们三个人商量好了，一起去沉塘，你愿不愿意跟我们一起？

听到这话，柳月并不感到很吃惊，厌世的情绪，在她们这群山村少女中太普遍了。

不过，说是说，真要付诸行动，柳月一下子还下不了决心。她毕竟有疼爱她的爸妈，还有弟弟妹妹，很可爱，她很难舍。

让我想想，柳月道。

还想什么？早去早投胎，来世快点来，荷花说。

月月跟我们不同，她长得漂亮，将来能嫁到城里去！凤娇说。

不，不，柳月赶紧分辩，我不是这个意思，我是说我们山里现在也在变化呀！我们再等两年看看，好不？

柳月的看法不无道理，几个少女没有提出异议，于是像往常一样，默默分手。

没想到，还不到两年，她们四个人都要进城做工了。

云、月姐妹，由大姑介绍，到金海岸歌舞厅做了迎宾小姐。

姐妹俩合租了一间房，置办了床、柜等简单家具，就算安顿下来了。

进城后的第四个星期天，四妹、荷花来柳月这儿玩，柳月十分高兴。

那天柳云上班去了，柳月轮休在家。

在三楼柳月的卧房里，几个好朋友兴奋异常，这毕竟是进城后的第一次会面，心里积压的许许多多新鲜事往外蹦跳，要对好友倾诉。

柳月，你还好吧？四妹问。

好，好，蛮好的，柳月答，你呢？

也好，不过，开始不怎么好，做保姆的四妹说。

那为什么？柳月不明白。

我带的那个孩子叫李吉，四妹解释，很顽皮，他的爸爸妈妈把他娇惯得不得了，想吃什么，买；想玩什么，买！5岁的孩子，一发脾气，摔碗砸盆，慌得他爸妈只差没下跪。我去了以后，这孩子用好多怪主意来折磨我，帮他洗澡，他要把我一身全弄湿，搞得我狼狈透了，还让我趴在地上给他当马骑呢！

那你也答应？柳月问。

咬牙忍着呗！四妹说。

这只是开始，四妹不动声色，继续说，小吉爱听故事，每晚我带他睡，起码讲二十分钟故事他才睡着，讲啊，讲啊，小吉开始离不开我了，有时他连爸爸妈妈都不要，只要我。大概一个星期前，晚上睡觉，我对小吉说阿姨要走了，明天要走了。

你们猜怎么着？那小家伙一听就大哭起来，边哭边喊：阿姨不走，阿姨不走，我不叫阿姨走！他哭得好伤心，弄得我都要掉泪了，进这家门一个月，我第一次觉得小吉也很可爱，因为他重感情！我就乘机提条件，要他不撒娇，不欺负人，他都答应了。

第二天怎么样？荷花问。

好多了。当然了，毕竟是个小孩子，也不能一下把毛病都改好，反正我有办法治他。他爸妈上班去了，我就是小吉的唯一“领导”，我说什么他都得听。

那你有什么妙招？柳月问。

他要听话，我就给他折个纸船、纸飞机、纸衣、纸裤，不听话，就不给他折，只这办法，就把他治得越来越乖。现在他吃饭不挑食了，也不乱发脾气了，他爸妈可高兴了。

四妹说到这里，开心大笑。

当个小保姆，也能有小小的令她喜悦的成功呢！

荷花却只听不说，柳月问道：荷花，你在餐馆干得还开心吧？

荷花仿佛不经意地回答：还过得去。

累不累？

我做迎宾，还好。要是端盘子洗碗碟，那就累多了。

她没说更多，柳月也不好问。

荷花有事，先走了。四妹因为小吉跟他的爸妈到郊野公园玩去了，要一整天，所以并不急着回去。

四妹把荷花的情况告诉了柳月。

荷花到餐馆打工没两天，姓唐的老板便叫她去做迎宾，做迎宾当然比一般服务员轻松多了，也干净些，这可能是因为荷花长得不错，身材也苗条的缘故。

一天，唐老板把荷花叫上三楼他的办公室，问荷花对工作的感觉如何。

荷花回答：很好。

唐老板说：当迎宾小姐不仅轻松、干净，而且工资也比当服务员高。服务员一个月三百元，迎宾一个月五百元。

如果你听我的话，你的工资可涨到六百块，唐老板说着，一双眼睛紧盯着荷花的胸脯。

荷花有一股莫名的恐惧。

唐老板抓住荷花的手，把她拉到自己身边。

生性懦弱的荷花颤抖着，没有勇气挣脱。唐老板用脸贴荷花的脸，接着又吻她，吻了很久，吻得荷花喘不过气来，正在这时候有人敲门，唐老板放开荷花，说你走吧。

2

荷花被“藏娇”

荷花很艰难地走出唐老板的办公室。

她回到服务员宿舍，躺到自己床上，脑子里是一团乱麻，怎么也理不清。

唐老板来找她，问：荷花，你是不是不舒服？

荷花没有答理他。

走，我陪你上医院，他来拉她。

我没有病，你不要管我，荷花这才开口。

那怎么行？我不放心嘛！唐老板说，你来，到我办公室来，我还有话对你讲。

荷花又跟他到办公室。

今天的事，你不要对人讲，唐老板说。

见荷花面无表情，他又说：你只要肯保守秘密，以后我会处处照顾你。你要是对别人讲了，那我就不留你了，你今天就走人。

又不是什么光彩事，讲它做什么？

荷花说话的声音虽小，但很清晰，老板听得很清楚。一个得意的笑容绽开在他的脸上。

对了，这就对了嘛，他打开抽屉，取出一张百元纸币，塞到荷花口袋里。

他走到门边，将门从里面锁上。然后，又来拥吻荷花。

他将荷花的乳罩解开了，贪婪地抚摸她的双乳。荷花仿佛痴呆了，任他所为。

又有人敲门，唐老板急忙低声说：记住我的话，不准对任何人讲！

他推着荷花走到门口，打开门，餐饮部的经理何大姐正站在外面。

好好干，啊！他朝荷花喊。

这时才清醒的荷花，听清楚了这句讲给旁人听的话。

后来怎样了？柳月问。

荷花没说，暂时好像就这样，四妹答。

你是怎么知道的？

是荷花自己告诉我的，不然我怎么会知道？她还嘱咐我，不叫我告诉别人。

你没劝她？柳月又问。

怎么不劝？荷花说，反正以后嫁个农村老公，一世遭人打，一世不得好日子过，现在老板对她好，给她钱，她认了。

可是我们女人是要名声的啊，柳月说，将来名声臭了，那日子怎么过？

我也讲了，四妹道，荷花说她想透了，想穿了，横竖就那个样，她就在城里待着，不回家了。

听到这儿，柳月的心震颤了一下。

说归说，心里倒真佩服荷花的勇气，要是换了自己，决然迈不开这一步的。

你可不要对旁人说啊，四妹叮咛，传出去，她见不得人的，我们几个姐妹都命苦，不互相帮扶，就没有人帮我们了。

我知道，柳月点头，你放心吧，我不会对人讲的。

我呢，就是生得丑，没哪个老板看上我，四妹自语道。

柳月从她的话里听出了浓浓的苦涩，只得好言安慰她：四妹，你心肠特别好，好心会有好报的。

是吗？但愿如此吧！四妹叹了口气。

6月，柳月进城刚五个月，便收到母亲的来信，说她爸病了，让她赶紧回一趟家。

柳月回家的消息当天便在山村里传开了。晚上，四妹、凤娇、荷花的家人便登门问长问短，还委托柳月给她们带些衣服食物之类的东西。

回到城里，柳月决定抽半天时间，去看看荷花、四妹和凤娇。

她先去找四妹，两人见面，抱在一起高兴得直跳，四妹当即请了假，一道去找凤娇，三人会合后又去找荷花。

到饭店一问，才知道荷花已经不在酒店上班了。

知道她去什么地方了吗？柳月问一位女服务员。

对方摇头。

倒是四妹机灵，说：我知道了，你们在这儿等，我上楼去。

不一会，她下来了，身后跟着一个男人。

你们找李荷花？那男人问，一双眼却直盯着柳月看。柳月害怕这种目光，赶紧低下头，凤娇抢着答：是啊，是啊，我们是荷花一个村子的。

那男人用手机拨了个号，然后说：你们等一下，我 call 她了。

说毕，一双眼又在柳月身上乱转。

柳月赶紧背过身子。

那男人问：你们真是荷花同村的？

四妹答：那还有假？

你是不是四妹？男人问。

是啊，是啊，四妹忙答，你怎么知道的？

我当然知道，男人说，我还知道她叫柳月，是不是？

算你讲对了，四妹说，一定是荷花告诉你的。

没错，男人笑眯眯的，荷花还让我方便的时候照顾你们呢！

照顾？怎么个照顾法？四妹很有兴趣地问。

你们都来我的酒楼做事呀，你可以做服务员，柳月小姐可以做迎宾，还有这一位，他指了指凤娇，也可以安排的。

柳月没答话，只转过身子。她猜得到七八分，这个人就是那个要

荷花做他情人的店老板，而且看样子他已经得手了。

怎么样，柳月小姐，来我的酒楼做吧！男人趋前一步，向着柳月说。

柳月本想说，我才不来呢！可是说出口的话却是，哦，谢谢了，我有事做。

四妹道：她在大宾馆做呢，你这里，太小啦。

没关系，没关系，男人挺大度的样子，如果在那边做得不如意，随时可以来我这边啦，地方大不等于钱多嘛。随后，又补充说：如果柳月小姐肯来，一个月我出八百块工资。

柳月不答话，四妹却大笑说：她一个月已经拿一千块了，你出八百块能挖得动她？

老板，那我呢？都是一个村的，你不可以厚一边，薄一边吧？凤娇道。

一样，一样，都一样，男人敷衍着。

正在这时，唐老板电话响了，是荷花打来的，得知老乡来了，她在电话中只说了一句话：我马上过来。

几分钟后，荷花一路跑着来了，见到三人，她高兴得大喊：啊哟，你们来了，真把我想死了。她左手抓住柳月，右手抓住四妹，使劲摇晃着。

中午我请客，唐老板说，请你们四姐妹一起去吃中午饭吧！

四妹说：老板这么大方，我们当然领情！

柳月说：不啦，不啦，我还有事。

唐老板道：有事也得吃饭啦，走吧，走吧，已经是吃饭的时候了。

荷花将柳月拉到一边，嘀咕了几句，然后转身对唐老板说：行了，行了，你去准备吧，我们马上就来。又转身对柳月她们说：走，去我那儿坐坐。

荷花引路，从百米开外的一条小巷拐进去，再拐一个弯，又走了约一百米，才在一幢楼房前停下。

我就住在这里，五楼，荷花说。

进到荷花的租屋里，不用费力气，便数清了屋里的全部陈设：一张宽大的双人床，上有席梦思床垫，有一套还算漂亮的被盖，一个床头柜，一个铁架塑面的衣柜，一个梳妆台，床上有一个大熊猫娃娃，一个小巧的收音机。

如此而已。

荷花热情地招呼她们坐，然后东翻翻、西找找，想弄点什么来招待她的姐妹，但是找到最后，什么也没有。

你别瞎忙了，我们看见你，就很高兴啦，你也坐吧！四妹说。

荷花坐下，四个人随意聊了起来，自然，多是向柳月打听家乡的情况。

不过十来分钟，荷花的呼机响了，荷花看了看显示屏上的信号，说：走吧，叫我们去吃饭呢！

唐老板得到少女们赴宴的允诺，止不住心花怒放，浑身酥麻。

他叫唐国杰，原是一家大型冶炼厂的天车司机，上世纪80年代末，工厂效益下降，于是他办了个停薪留职手续，下海了。他父亲本是大宾馆的特级厨师，子承父业，他筹资办了一家小餐馆，生意慢慢做大了，现在已颇具规模。

荷包鼓胀，色心也膨胀，来饭店做服务员的少女，只要有些姿色的，他都会想方设法弄到手。荷花已是她的第三任“夫人”，两人同居已有四个月，他的蠢动的色心得到了暂时的满足。但是这类人的特点是不断地追寻新鲜的异性肉体，遇到柳月，他的色欲恰如海绵注水，又孔孔饱涨起来。

这天的柳月，着一条黑色长裤，白色短袖衬衣，蓝色领边圈起的V形地带，露一块白皙如脂的明丽肌肤，叫他双眼发直。她从腰到臀的线条是那样的流畅、那样的圆润，他恨不能立即扑上去狼一般将这只惹火的小兔一口吞下。

唐国杰的餐馆，一楼是散席，二楼、三楼各有八间包厢。他命副经理留下一间，安排鸡鸭鱼肉等八个菜，然后上五楼自己的办公室，打开抽屉，取出了约有四克剂量的麻醉药片剂，用锤击成粉，包好后

又急忙下楼来。

唐国杰热情招呼少女们围席而坐。

柳月从见到唐国杰的那刻起，便读出了他目光中如火的色欲，对他是畏而避之，所以，她走到了餐桌的最里面。

怎么样，喝点什么？红酒还是白酒？唐国杰问。

四妹最有豪气：要喝就喝白酒！

荷花说：白酒不行，啤酒还差不多。

柳月和凤娇交声说不会喝酒。

四妹说：好，荷花，我们俩来啤酒，柳月和凤娇就喝饮料吧。

那，我给你们俩一人点一罐桃汁，怎么样？唐国杰对柳月、凤娇道。

二人点点头，唐国杰起身，走到吧台。

他要了两罐桃汁，两听啤酒，用托盘装了。

给我来瓶北京二锅头，他对吧台小姐说。

二锅头好像没有了。

找找看。趁吧台小姐反身找酒的当儿，他开了第一罐桃汁，并飞速将麻醉剂粉末投入，然后插入吸管。

3

柳月的惊险遭遇

唐国杰拿着托盘，走向餐桌，将啤酒饮料放在四人面前。由于顺序早已排定，所以不会弄错，外人看来也没有刻意安排之嫌。

来，来，为我们的相识，干一杯！唐国杰一边说一边高举酒杯。

四位少女谦恭地站起，与他碰杯。

来，来，吃菜！唐国杰又大声说。

少女们伸出筷子，夹菜，但很拘谨，整个气氛凝重、呆滞。

唐国杰看出了这一点，站起身：你们慢用，我还有点事。

说毕，径自离去。

他一走，便将席间压抑的气氛一股脑儿带走了，少女们立时活跃起来。四妹说：荷花，我们俩拼一杯，一口干完，敢不敢？

荷花笑：我？不敢，不敢，来一口还差不多。

她俩碰杯。四妹说：祝你生活幸福。荷花说：祝你工作顺心。

四妹又跟柳月碰杯：祝你越长越漂亮。

柳月答：祝你也漂亮。

凤娇在一旁叫道：还有我呢，都不记得我啦？

四妹道：哪能忘得了你呀？来，我祝你……找个好男人！

凤娇一笑：不正经！

四妹：这还不正经呀？莫非要找个不好的男人？

柳月、荷花、凤娇都笑了。

凤娇说：那当然不是。不过，我们这些农村来的打工妹，城里的好男人哪会看得上？将来还不是回农村嫁人？

回农村就回农村，是个男人我就嫁，四妹说，管他是鱼，是鳖，还是虾。

荷花说：我就不相信你想得那么开。

想不开又能怎么样？自己能抓着头发把自己提到月亮上去？

话题一下子沉重了。柳月赶紧说：哎，今天我们姐妹难得相见，还是痛痛快快吃喝一顿吧！

四位少女于是又碰杯，大口喝着，吃着。

渐渐地，柳月觉得脑子有些昏乱，一股浓重的睡意袭来，她强撑着精神，但是没用。

在吧台边站着的唐国杰，一边应对客人，一边紧张地注视柳月的状况。他看见，柳月左手握拳，正捶自己的头，便知道药性发作了，全身升腾起更难耐的欲火，仿佛几千个小虫子在毛孔里爬。

这时，柳月站了起来，四妹也站了起来，并紧紧扶着她。唐国杰赶紧走过去，问：怎么啦？

四妹说：柳月头晕，不舒服。

唐国杰假意道：怎么会呢？怎么会呢？柳月一踉跄，跌坐到椅子上，双眼轻合。唐国杰说：荷花，你过来，扶住柳月，我叫个车，送她去医院看看。

四妹却不松手：我也去。

唐国杰阻止：不用啦，不用啦，我跟荷花去就行了。

四妹只好把柳月交给荷花扶住。

唐国杰上前，架住柳月的另一只胳膊，和荷花一道扶着柳月向楼下走去。

柳月的胳膊现在在他手掌中，他已经触摸到她柔柔软软细细嫩嫩的肌肤，纯洁的少女体味飘拂，他的五体四肢轻飘欲飞，每根汗毛都浸透了欲壑将填、阴谋将逞的快意与兴奋。

在酒楼前的大街上，他招手截停了一辆的士，对司机说去医院。

去哪家医院？司机问。

哪家都行，他答。

的士飞驶。不过几分钟，司机将车右拐驶入慢车道。

唐国杰看见一家医院。但他似乎突然改变了主意：行了，她醒了，不用上医院了；把车往回开吧！

司机听话地启动车，向前开，在第一个十字路口将车拐了个U形，往回走。

唐国杰指挥的士驶入小巷，在荷花租住的楼前停下。付过车费，他和荷花一道将柳月搀下车，再由他背着上了四楼，进入荷花的租屋。

他将柳月放在床上，此时的柳月像只麻袋，瘫软着，沉睡着。

这是怎么回事？怎么回事？荷花急得不住问，她要不要紧，啊？

没事的，唐国杰说，可能是营养不良，或者是贫血，让她躺着吧。片刻，他又对荷花说：你上街去买点药回来。

买什么药？

我写给你。

唐国杰从床头的笔记本上撕下一页纸，随便写了几个字，又掏出五十元说：去吧，一定要买到，附近几个药店如果没有，就走远点，买不到别回来。

素来对唐国杰俯首贴耳的荷花，这时即使对他的用心有所怀疑，也是无能为力的了，因为他的所作所为没有什么可挑剔的，叫她上街买药的命令她不可能拒不执行。

但她并没有马上离开，她似乎还想说点什么，但又什么都说不出来，见她犹豫，唐国杰大吼一声："快去!"

荷花吓得哆嗦了一下，这才不大放心地走出去。

房门在荷花身后"砰"地关上，房间里只剩下唐国杰和昏迷的柳月两个人，他觉得，自己真是太聪明、太老到了，构造的一番计谋简直天衣无缝！

再看一眼沉睡的柳月，皓月般的脸，苹果般的腮，樱桃般的口，白藕般的胳膊……嘀嘀！美酒摆在面前，只等他去吸饮了。

荷花很不情愿，也很不放心地走到楼下。

是返回去保护柳月，还是到药店去买药？她无所适从。

她当然知道，让唐国杰一个人待在柳月身边，绝没有什么好事；但是，如果返身回去，除了挨他一顿臭骂，不会有别的结果。自从做了唐国杰的“情人”，她对他如鼠畏猫。

那就去买药吧，买到了药再回去。

这么一想，她拿定主意了，三步并两步地急步前行，在一家药店，她掏出唐国杰写了字的那张纸片：

请问，有这种药吗？

柜台小姐接过纸片，瞄了一眼，摇了摇头。

荷花抢过纸片，快步小跑起来。她现在感到了时间的紧迫，早一点返回，说不定还可以解救柳月免遭唐国杰的蹂躏。忽然，她听到有人喊：

荷花！

循声望去，却是四妹和凤娇。

她们两人不放心柳月，来荷花的住地等消息，见到荷花，颇为吃惊。

你怎么在这？不是送柳月去医院吗？

唐老板说柳月没什么大事情，不用去医院了。

那月月呢？

她现在在哪里？醒了没有？

在我房里，我出来的时候她还没醒。

你那么放心她？

我……是唐老板，他叫我出来买药。

你是说，现在是唐老板陪着她？四妹着急地问。

荷花点点头。

走，我们赶快去，四妹说。

你们去吧，我……

四妹一见到荷花畏缩的样子，便明白她的心理：那好吧，你去买药，我跟凤娇去看柳月。

但刚走两步，四妹便返身喊荷花：还是你带我们去吧，我怕我们找不到地方。到了那里，你不进门就是了。

好，那我们快走，荷花其实也很挂念柳月。

这边，唐国杰正恣意地猥亵柳月。他忽上，忽下，或抚摸，或狂吻，昏迷的柳月木然地听任他做他想做的一切。

时间大把的多，他并不急于突破最后一道防线。

他甚至希望柳月在这时醒来，他会甜言蜜语诱她，哄她，骗她，答应给她很多钱。这年头，钱能通神，何况是个涉世未深、来自农村的女孩？只要柳月同意，那就万事大吉，不仅是“一日夫妻”，将来还要“百年好合”了。

更重要的是，他没有危险。

如果在柳月昏迷时做那种事情，待她醒来后，她会作出何种反应，难以预料。

如果她性格软弱，做沉默羔羊，那是最好不过。他虽然犯了强奸罪，但将逍遥法外。

而如果柳月性子刚烈，到派出所告发他，那他就完了，坐牢不可免，赔偿不可免，事业、家庭，将全部毁于一旦。

老谋深算的他，当然不肯走这步险棋。

现在，他对柳月所做的一切，是在法律的边缘上踩钢丝。柳月即使知道自己被猥亵了，但要告他却困难重重，因为她绝对难以收集到足够的证据。

在想好这一切后，他开始不慌不忙享受柳月的青春肉体，酣畅淋漓地抚弄狎昵那乳白的云团。

荷花买药去了，没个半天时间绝对回不来。

他信手写的那几个字根本就不是药名，自然不可能在任何一家药店买到，而荷花，这个对他俯首贴耳的小女子，买不到药就绝不敢回来！

其他的人不知道这个地方，当然不会找来。

这里简直就是野岭荒山，杳无人迹！

这个时机，这个地点，这个对象，都绝妙非常，成就了他这一段非同寻常的艳遇！

想到此，他全身的每一寸肌肤，每一个毛孔，都如泡在蜜里，浸在酒里，甜得发腻，腻得发酵！

他真想放声唱起来。

他也真唱了起来，不过，不敢太大声，他唱的是那首很有名的歌曲：妹妹你坐船头，哥哥在岸上走……可就在这时，一阵“砰砰”的敲门声，击碎了他的好梦！

他猝然一惊，心脏怦怦撞击胸腔，急速而猛烈！血，陡然上涌，将一张肿脸涨得通红！

是什么人敲门？

居委会的，还是派出所的？

是邻居？不相干的人？

脑海中高速旋转着这些问题，心却越发跳得凶猛。

谁？他问，嗓音是颤抖的。

4

柳云一头扎进爱河

是我，杨四妹，我们来看柳月。

听到外面的女声，而且是柳月的同伴，唐国杰悬着的心才放下，他快速穿好衣裳，也帮柳月穿好内衣内裤，用毛巾被盖住她的半个身子，才不慌不忙地去开门。

四妹和凤娇一进房，便急奔床边，四妹大喊：月月，月月，你醒醒，醒醒！

好啦，既然你们来了，你们就照看她吧。唐国杰有些心虚，边说边向门外走去。

四妹揭开盖在柳月身上的被子，把她扶起来，一边喊，月月，醒醒，醒醒。一边使劲摇晃她。凤娇也在一边大声喊。大约数分钟，柳月终于睁开眼，有些茫然地看着四妹和凤娇。

醒了！醒了！凤娇说。

我……怎么了？柳月无力地抬头一瞥，觉得这地方很陌生。

刚才吃饭，吃着吃着，你就睡过去了，四妹提醒她。

是吗？怎么会呢？柳月仍然不解，这里是……

荷花的住屋，凤娇说。

柳月依稀有了一点记忆。

你现在觉得怎么样？四妹问。

四妹帮她穿好衣裳，一边将唐国杰的种种可疑之处告诉她。

哎呀，柳月忽然芳容惨变，我迷迷糊糊觉得有人压在我身上，说毕，赶紧在自己身上各处摸着触着。

怎么样，怎么样？四妹问。

柳月没答话，仍在摸索着，半晌，才说：不知道，好像没什么。

四妹道：那就好，可能是我们及时赶来了，他还没来得及下手。

柳月说：谢谢你，四妹，还有你，凤娇。

她们扶着她走出门，走下楼。

柳月问：荷花呢？

唐老板叫她去买药，四妹答。

我们不等她啦？

还等什么？赶快离开这里，越快越好！

对，对，越快越好！

这是柳月进城后的第一次历险，幸好平安度过。

柳月和柳云在一家歌舞厅做迎宾小姐。这是大姑介绍的。

大姑爹的表姐魏姨是这家夜总会的艺术总监，和台湾老板 ALEN 关系很密切。

每天晚上，十一点左右，准会有一个又靓又酷的男孩来夜总会唱歌。那时天气还不十分热，他穿一条牛仔裤，一件 T 恤衫，右手拿一只提袋，一副潇洒如风的姿态。他唱歌的时候，观众席上总有人狂喊着他的名字，后来，柳云才知道，他叫乔晖。

乔晖大约一米七八，鼻梁刀削斧凿般，双眼黑而亮，脸部棱角分明的线条饱含着力量，很有男子汉的阳刚之气。

每天晚上，总在那个时间，他会从两姐妹中间走过。

仅仅向他投过一瞥，柳云的心便猛地颤抖了。她刚满 20 岁，从没恋爱过，也从没见过这么帅气的男孩，看见他从自己的身边匆匆走过，柳云努力想要向他微笑，但由于过分紧张脸上的肌肉反而僵硬了。

她好后悔。

当她带客人到大厅就座，这时就可以聆听乔晖的歌声了，啊，那真是醇美如甘泉的声音哟。由于职责，引领完一批客人，柳云就必须迅速返回岗位，但是，乔晖的歌声这时变成一根绳索，捆住了她返回的脚步，她真想在大厅里多待会儿，和歌迷们一道发狂地为他欢呼，为他鼓掌，可是她不能这样做。

她和柳月通常在凌晨两点才能上床睡觉，躺在床上，柳云对自己说：明天乔晖经过的时候，一定、必须、非得向他微笑不可，为此，她脑子里一遍遍地预演着场景。第二天晚上，她站在大门边，一边盼着十点快快来到，一边又因此而心情紧张。终于，远远地，她看见他了，右手的提袋一忽儿拿着，一忽儿甩到肩上，步伐快捷、轻巧，她赶紧对自己说：准备好，一定向他打个招呼。乔晖走近了，表情严肃，目不旁视，这一刻，她忽然胆怯起来，她挺直身子，努力将眼光投向街头的任意一个地方。他走过她身边，忽然向她笑着说：你好！她慌乱地连声说：你好，你好！

她想她的脸一定红了，因为她感觉它在发烫。

随着这声“你好”，她和乔晖终于认识了。但在以后近一个月的时间里，他们的交往也仅止于这种一般性的问候。

柳云流露的对乔晖的欣赏与倾慕，得到了妹妹柳月的同情，柳月说：姐，你既然喜欢乔晖，就勇敢地向他表白呀！

柳云说不行，不行，我不知道他有没有女朋友，怎么能贸然行事？

柳月说那好，这事包在她身上。

不久，柳月就从魏姨那儿打听到：乔晖刚从艺术学院毕业，已经应聘在一所师范学校做老师。

未婚，在大学时有过一个女友，但已经分手。

后来，她才知道，艺术总监魏姨是乔晖的舅妈。

柳月把这个消息告诉了柳云。

知道乔晖没有女朋友的消息以后，柳云变得多梦了：梦中的男女主角总是乔晖和她。

一天深夜，乔晖唱完歌，从大厅走出来，对柳月说：柳月啊，下班了吧，不出去玩玩？

柳月赶紧说：不，不，我不出去玩的。乔晖，你带柳云出去玩玩吧。

乔晖说：那……下次吧。

第二天晚上，乔晖又邀柳月去玩，柳月照旧拒绝，不料柳云把她拉到一边，说：叫你去你就去，正好了解一下他的情况。

乔晖推来他的摩托车，她跨上去，摩托车缓缓启动了。乔晖说：柳月，我还有一个场要赶，只唱三首歌，你等我好吗？

柳月说好。

到了那家歌舞厅，走进后台小小的休息室，立即有几个男孩女孩过来与乔晖打招呼，有一个女孩递给乔晖一瓶矿泉水，乔晖顺手递给了柳月。

乔晖唱完了，带柳月走出了那间歌厅。

他推来他的摩托车，说：你上来吧。

柳月问：去哪儿？

乔晖答：去我住的地儿呀。

柳月说：晖哥，太晚了，我要回去睡觉了。

乔晖说：去我那儿也一样可以睡的呀。

柳月答：那怎么行？你是男的，我是女的呀。

乔晖笑道：都什么年代了，你还在意这个？

柳月道：什么年代都一样。要是不结婚，男的女的就不该睡到一张床上去。

乔晖依然不动，他希望柳月改变主意。

柳月仿佛看穿了他的心思，说：我不会去你那儿的。

乔晖说：怕了你了。我送你回去吧。

摩托车开动了，乔晖又问：真不去啊？

柳月说：你是不想送我吧？那我自己打车回去。

乔晖说：别，别，我哪敢不送嘛？我可不想你出什么事。

凌晨一点回到租屋，柳云没睡，等着她，迫不及待地问：玩得怎么样？

柳月说：没怎么样。他要我去他那儿，我没去。

柳云搓搓手，再抹抹脸，说：是这样啊？那……我们睡吧。

知道妹妹跟乔晖之间什么都没发生，柳云放心了，她盼着乔晖的邀请，她知道自己没有妹妹的那种定力，她想自己在乔晖的攻势面前，肯定会丢盔卸甲，不堪一击。不过她顾不得这些了，她宁愿在乔晖的热力下化作灰烬，她宁愿做一只飞蛾，向着爱情的火光一头扎去，即使烧成灰烬，也在所不惜。

她盼着乔晖的邀请。可此后的十几天里，乔晖似乎没有这样的打算，每次走过她们两姐妹之间，他仅仅是微微一点头。

不过，柳云盼着的那个时刻，终于还是来临了。那是一个夏夜，天空瓦蓝瓦蓝的，星星也明亮。晚上十一点，歌厅快打烊了，唱完歌的乔晖走了出来，柳云早把热切的目光投了过去，乔晖捕捉到了她眼中炽热的爱情信息。

其实，他早就看出柳云对他的热切的爱意。不过，他更喜欢柳月的那种含蓄，那种腼腆与羞涩。而今晚，他却突然变了，他忽然想去尝试与柳云交往的味道。

于是，在柳云面前，他停下来了，说：柳云，今晚跟我玩玩去？

好啊，好啊，几乎是迫不及待地，柳云就答应了。

她跨上他的摩托车，抑制不住幸福地跟柳月挥了挥手。

乔晖，你还有场要赶吧？柳云问。

还有一场，唱三首歌。

那，我也要去听你唱歌，我好喜欢你的歌。

乔晖说：好。

在一家歌厅的前排，他为她找了个座位，然后自己走向后台。

轮到乔晖唱歌了，只见他走到台前，向观众亲切地问候了几句，调侃了几句，戏谑了几句，台下的气氛立时活跃了。乔晖说：今天，我唱的第一首歌是《如果》，我想把它送给一位非常非常美丽，又非常非常可爱的女孩——云。

这几句话太让柳云惊喜了。她完全没想到乔晖会这么看重她。

他向她投过一瞥，这一瞥仿佛使她的灵魂忽地燃烧起来，全身立

时被暖暖地烘着、烤着，在他的目光下整个儿地溶成了一堆雪水。

如果，你是那海，
我愿是那沙滩；
如果，你是那阵烟，
我愿是那轻风……

歌声一阵阵向她飘过来，无可抵挡地钻进了她的身体，在她的心头绕几绕，挠几挠，轻轻抚着熨着，一种难以言说的舒畅在全身弥漫开来。

一阵掌声将她惊醒，她看见乔晖在向观众深深一躬。

她忽地爆发出一股勇气：她拧开矿泉水瓶盖，跑到台前，将水递给乔晖。乔晖喝了一口，还给她，台下一片惊呼声。

她从大厅逃出，她怕别人疑问的目光，他们一定以为她是个很前卫的女孩，其实，她不是。

她之所以要逃离，是因为，她太幸福了，这种幸福感搅得她心如鹿撞，她真怕自己突然晕倒。

走吧，忽然，她听见了乔晖轻声的呼唤，她听话地跟着他。摩托车载着他们，飞驶过大河桥，她看见桥下的江水泛着青黑的光，在夜幕下无声地流淌。她不知道乔晖的车驶向何处，会把她带到何方，她的思绪已经凝固，她唯一想要的是跟眼前这个男孩走，无论走哪儿，无论到天涯，还是去海角。

那晚乔晖在柳月那儿遭遇拒绝，因此今晚他改了策略，干脆不向柳云说明是去哪儿，只是将摩托车开得风驰电掣，幸好，柳云什么都没问。

乔晖的车绕过一家大型超市，在它的后面停下。他将摩托车锁进一间小房里，然后牵着她的手沿着楼梯向上走，走啊，走啊，终于她看见了灯光，乔晖开了门，他们进到了一处二室一厅的套房。

这是我姐姐姐夫的房子，他们出国了，叫我帮着看管，乔晖解释说，然后又问，你冲凉吗？她摇摇头。他说，你等等我。

他走进卫生间，她听见哗哗的水声。

不一会儿，他出来了，只穿着一条短裤，赤裸着上身，男人的体味飓风般向她卷过来，宽阔的肩，雄健的臂膀与前胸，她有些迷乱，有些不知所措，又有一种渴望。他走到她面前，将坐着的她托起来，轻轻唤道：云！她就整个儿地醉倒在他怀里。

5

为爱献身

乔晖用力地拥抱着柳云，轻抚着她的背，片刻，又用双手捉住她的头，将她微微向后压，她的脸便很近很近地对着他的嘴唇，他先是在她的前额亲了一下，接着便吮饮她的脸颊。后来，他凶猛地用嘴盖住了她的双唇。

她本能地挣扎着，想将头偏离，他也让她偏离了一会儿，终于，还是她自己忍不住了，又将脸向着他，这次，他猛虎逮兔般捉住了她的嘴，随即贪婪地吻着，吻着，直到她透不过气。

柳云自小爱读言情小说，那上面写处女在第一次时的恐惧，她深信不疑。可今天，当身临其境时，她却没有一丝一毫的害怕，眼前的男孩已将她从里到外征服，她早已预感到，她在他面前绝对是一座不设防的城堡，是可以由他骑着马任意践踏的青青草地，贞洁，处女，这些概念，在乔晖面前全都不堪一击。她在心里一遍遍地默念：我的亲爱，我的最爱，掬饮我吧，像月光吮饮潮汐，像阳光吮饮露珠。你不是叫乔晖吗，她，柳云，在太阳下一定会整个儿气化，整个儿升华。好啊，我的爱人，让柳云在你的光焰下蒸发，升腾，向上飞翔，飞翔……

这时候，她被抱起来，放到了床上……她无法确切描述自己的感受，有点酥麻，有点轻痒，有点颤抖，她在他的逗引下燃烧起一浪又一浪更凶猛的饥渴。她将他抱紧，抱紧，更抱紧，她的十个手指头深深揳入他的后背。

后来，她觉得有点疼，疼痛中又生出更强烈更凶猛的疯狂，如同醉汉，在微醺中半死半生，飘飘欲仙。

暴风雨过去，天空有彩虹高悬，有微风轻拂，有花香阵阵。还有，宁静。那是欲望之舟驶入港湾后，心灵如月光下的大海一般的澄碧，纤尘全无的洁净空明。乔晖打开床头灯，看见了床单上的点点殷红，他惊喜地抱着她，愧疚地说：云，我不知道，你还是……真是，你要是……唉……

他嘟哝着。她止住他：晖，什么也不要说。我愿意。我对你的心，你慢慢去品味。

乔晖说：柳云，我们所拥有的，绝不是短暂的一夕，你相信我。

她点了点头：晖，你累了，让我们相拥睡去吧。

他不久即沉沉进入睡乡，她却久久不能入眠。她在点点微明中端详着乔晖的脸庞，这是怎样的一张让她朝思暮想的脸啊。她甚至觉得这一切都不真实，是一场梦，一旦梦醒，乔晖便会倏然消失，离她而去，想到这里，她下意识地抱紧了他。她太爱怀里的这个男人了，莫名其妙地爱，毫无理由地爱。

第二天中午乔晖把她叫醒：我的小美人，睡得这么沉。她睁开双眼，看见乔晖站在床边朝她微笑，她挺身坐起，毛巾被从身上滑落，这才意识到自己全身赤裸。她害羞地赶紧躲回去，不料乔晖又扑上来，将她压在他强健的身躯下。今天，他的欲望奔涌似乎更凶猛，动作粗暴得近乎疯狂，她喊痛的时候他竟然没有稍稍轻柔一点。

后来，他像只泄气的皮球，瘪了，又在她的身边沉沉睡去。她穿好衣裳，到街上买了牛奶和面包回来，一个人静坐着翻看几本过时的杂志，到下午五点时，他起来和她一道草草用了餐。

他忽然想起了什么，打开抽屉，从一只小瓶中倒出一颗白色药丸，递给她：吃下去。她接过来，不用开水便下咽了，他凝视她：你怎么不问这是什么东西便吞下了？你不怕我给你服麻醉药，然后把你拐卖到很远很远的穷山沟去？她说：如果是你乔晖要卖我，那是我的幸福。

你那么相信我呀？

当然，如果连你也不值得相信，那这个世界上还可以相信谁？

乔晖又拥住她热吻，一边说：云，你真好，就为了你这句话，我也该把这段情珍藏永远。我给你吃的是避孕药，我不想你怀孕，目前，还不是时候。

柳云冒出一句话：看来，你对男女之事挺有经验？

他的脸稍稍红了一下。是呀，不瞒你说，你不是我的第一个，但是最好的一个。

她问：那你的第一个是谁？你们为什么没成？

她是我的高中同学，没考上大学，为了我，她曾经想自杀。这件事让我伤透了脑筋。从那以后，只要是处女，我都不敢碰，我怕被缠上了难脱身。

那你怎么知道对方是或不是？

当然不知道。不过，在做“那件事”之前，我会先跟对方讲清楚：玩玩可以，但没有承诺。在学院时，想跟我好的女同学起码可以编一个排，我跟她们中的两个人有过性关系，但并没有爱情。

对我也是这样吗？

那倒不。其实，我早看出你喜欢我，但是，你实在是太纯净了，纯净得如大山泉水，深谷幽兰，我不忍伤害你，我知道，要得到你易如反掌，但要下这个决心却十分艰难。因为，一旦我对你也像对初恋女友一样，始乱之，终弃之，你会毁灭在我的手上。我这个人，虽然有些玩世不恭，但并没有天良泯灭，我是不忍心这么做。

不是已经做了吗？

那是因为我想清楚了。在你身上，我可以把爱和性很好地联结起来。也许你并未意识到，其实你很美丽。你的双眼波光盈盈，你的嘴樱桃初绽，你的脸白皙细腻如乳酪。更重要的是，你的身体简直就是一个瓷娃娃，那样的滑溜、透明，不同的是它柔软，有体温，我为它着迷。你的身体，是一件完美的艺术品，真的。

说到内在的东西，我觉得你的气质，你的单纯，你对我那种掩盖不住的感情，更叫人动心。一个男人，其实最想找一个爱他的人做妻子，如果他也是她爱慕的、倾心的，那就珠联璧合了。你正是一个深爱我而且叫我也能深爱的女孩，这是非常难得的。有研究说，两情相悦的结合，在全部爱情婚姻中，占不到两成。

我真有那么好？还是你在哄我？她娇嗲地问。

是真的，没有半句虚言……以后，每周你要批准我一次或者两次，好吗？

她听懂了他的隐语，将两只拳头擂鼓般打在他胸膛上：你这个大学生，歌唱家，这么坏的？

乔晖捉住她握拳的手，顺势一带，她便睡到了他的身上。乔晖抱住她，抱得紧紧的。

云啊，我的生命中已出现了奇迹，这奇迹，是你带给我的。一个人一生，是这么短暂，但当他找到了一个心心相印的爱人，生命便有了最大的幸福感，短暂的一生会因此了无遗憾。

晖，我也是，也是，非常幸福，她嘀咕着。但愿从今以后我不会失去你，因为失去你，是比死亡更可怕的事。你要明白，对我而言，你比我的生命更重要。如果我们一同跌落大海，而仅有一只救生圈，我会把它推给你，自己微笑着面对死亡，这是真的，真的。

我也会这样的，乔晖说。

再给我唱一遍《如果》，好吗？她请求。

如果……

他们在六点一道去吃晚餐，结账时，她抢着付了款。

这是她和他第一次共进晚餐，她之所以要争着付款，这含义不言自明：她和他好，没有任何功利的目的。

我们这两天就不见面了，三天后，我约你，他说。

她在心底强烈地不同意这样的安排，她怕一天不见他，思念的草会疯长得把她埋没，但她在他面前就像个乖乖女，仅仅点了点头，说了声“好的”，便和他分了手。

她满怀幸福地乘公交车回到住地。看着一脸写满快乐与幸福的姐

姐，柳月喊：姐，你昨晚去哪了？

她把食指放到唇边，示意她噤声。

跟乔晖？

她点点头。

拿出化妆盒，她一边朝自己脸上抹着粉底霜，一边小声对妹妹说：我给他了。

柳月说：这怎么可以？

有什么不可以？我爱他，我愿意。

唉，你太随便了。

你懂什么？把自己献给一个心爱的男孩，这是一种幸福。幸福，你明白吗？

柳云化着妆，一边哼起了那首《如果》。

妹妹忍不住问：姐，第一次，什么感觉？

幸福，想飞。

讲具体点。

此后你自己做新娘，不就知道了。

柳月道：你呀，胆子真大。

此后，柳云数着小时过，盼望着这三天快快过去，盼望着与乔晖相聚的销魂时刻早早到来。每天晚上，大约十一点，他仍然从她和柳月的中间走过，嘿，你们好，亲切的一声招呼，会短暂地消退她思念的潮水，然后，这潮水又会十倍百倍地漫堤而出。

三天后，深夜十二点，他仍然像上次一样，带着柳云去赶最后一场。在演员休息室，几个女孩喊着：晖，你的女朋友好靓啊。听到这话，柳云心里真甜，甜得每个毛孔都注满了蜜。

唱完了歌，坐在摩托车后座上，她说晖，你今晚带着我，把全城逛个遍，你就这么飞着，飞到哪儿没油了，我们就在哪儿过夜，好吗？

乔晖笑了，小妞子，一脑子的浪漫呢，好，就这么办。

摩托车轰鸣着，向前飞驰，她抱紧心爱的男孩的腰，脸贴着他的背，幸福得半梦半醒，神迷得如痴如醉。

绕着全城跑了一个圈，在江滨公园前，车跑不动了，没油了。他们把车寄放到一家路边店，相携着走进了公园，在一张长长的石凳上坐了下来。

她虽然被乔晖夸为special（特别的），但终也跳不出普通女孩的心灵轨迹，她不屈不挠地问乔晖，他究竟喜欢她什么。

乔晖说，《艺术美学》里有一段话：因其小而起呵护之心，感其缓而入平静之地，知其弱而生怜惜之情，体其柔而发缠绵之意，因其丽而尝欣悦之味。

什么意思？

他一边读，一边解释，她似乎听懂了，又仿佛没听懂。

我从没想过自己是这样子的，她说。

你就是这样子，乔晖说，我们艺术学院是个美女如云的地方，但比起那些女孩，你有一种叫我格外心动的东西，我没法讲得很确切，但它实实在在有。

他不时地来吻她，时轻时重时急时缓地抚摸她，后来，又整个儿地睡到了她的身上。

他不敢裸体，也不敢脱她的衣裳，因为那是公共场所，尽管夜深，也时不时会有游人出现的。

云，我们回去吧。

回哪儿？

到我那儿。

在路边店好话说尽地买了两升汽油，摩托驰骋到了乔晖的小屋……

当黎明轻敲窗扉时，她便醒来了。她在卫生间冲了凉，又去买了早点。

跟乔晖约会时，都由她做东付餐费；7月底，乔晖为报考研究生，去了趟北京，路费也是她为他掏的。她的一点工资，几乎都用在乔晖的身上。不够时，还会问她爸要。柳金龙疼女儿，对柳云的要求从来是不拒绝的。

6

荷花的人生困境

一天午夜，柳云和柳月姐妹下班回去，看见楼道里，她们租住的房前，有一个女孩的身影。

走近一看，是荷花。

荷花，是你！柳月喊。

荷花没答声，一抬头，两颗晶亮的泪珠自眼眶滑落。

荷花，你怎么了？

没有回答。

柳月开了门，招呼荷花进屋。

柳月让荷花坐下，给她倒了一杯水，荷花喝了两口，放下杯，又一次泪眼婆娑。

柳月没再问，柳云打开电脑聊 QQ，也没说话。

半响，荷花说：我被他赶出来了，现在工作没有，钱没有，连住的地方都没有，我怎么办啊？

听着荷花悲伤的诉说，柳云道：我说你呀，脑子真是不够用，他一个四十好几的男人，有老婆有孩子，能对你真心？还不是像穿件衣服一样，穿旧了就扔？

荷花说：是我瞎了眼。

柳月说：你是被他的甜言蜜语蒙住了。

荷花又抹眼泪。

柳云说：现在哭有用吗？晚了。

荷花一听这话，哭得更厉害。

柳月问：他什么都不给你，就这么把你赶出来了？

荷花点点头：是他老婆，现在我们那店由他老婆管。

从荷花不连贯的叙述里，柳云和柳月大致搞清了情况。

今天上午，餐饮部经理何大姐把荷花找去，说她已经被调到汉皇路分店去了，要她马上收拾行李去报到。

荷花也没什么行李要收拾，除了几件换洗衣裳和洗漱用具。

她提着她的那只布袋走出门后，才给唐国杰打了个电话。

唐国杰的手机关机。

她只有匆匆赶赴汉皇路分店报到了。

一问，那边根本不知道她调过去的事。

她只好又回来找何经理。

何大姐说：这是樊总交代的，说毕，走了。

荷花不走。她不能走。她也没地方可走。

中午，别人都吃饭了，但没人叫她吃饭，她只能饿着。

餐厅的人进进出出，可就是没一个人搭理她。

有个跟她蛮玩得来的姐妹走到她身边，悄声说：荷花，我听人说你被开除了，是樊总要这么做的，你不要等了，还是走吧。

柳月一听，气愤了：就这么把人赶出来了？养只猫，养只狗，都不能这样子的薄情寡义吧？

柳云说：那种人，能有什么情，什么义？

柳月说：不行，不行，这太欺负人了，太……

柳云道：不行又能怎么样？

找那个唐国杰去呀，找他评理去呀，柳月说。

算了吧，柳云不赞同：就凭我们三个人，三个女孩？人家才不怕呢。

三个人都沉默。

柳月忽然想起了什么：我们可以找人啊，找男的来帮忙啊。

柳云一想，也对。

那，找谁？

我们都想想嘛。

柳云首先想到的是乔晖。

柳月想到了她的高中同窗谷丰收，现在在武警特警支队当兵。

柳云是个热心肠，她已经在打电话。

把荷花的遭遇介绍一番后，柳云说：晖啊，你明天陪我们去一趟吧，我们几个女孩子，没气势，人家不怕的。

乔晖说：陪你们去倒不是问题，不过这种事，一个愿打，一个愿挨，找他也未必有用啊。

先找找，试试看呗。

找的目的是什么？要一笔钱吗？乔晖问。

是啊，要她赔偿荷花的损失啊。

假如他不给，我料到他99%是不肯给的，我们有什么办法吗？

办法？那还不是看你的咯，你是男的嘛。

看我的？我能有什么办法？去打一架？打架我不在行，你们几个女孩，更不在行。拿刀把那家伙捅了？只怕钱还没到手，就进看守所咯。

你是说，我们一点办法也没有？

没有。至少我想不出有什么好法子。我看，算了吧，吃一堑，长一智，荷花以后找男人就不会那么轻率了。

那，你不跟我们去了？

去干什么？没用的嘛。我不去，建议你们也别去，不要没事弄出点事来。好了，就这样了。

乔晖挂了电话。

那边，柳月已拨通了谷丰收的电话，把情况一说，谷丰收便说：我现在上班执勤，晚上我请个假出来我们再聊。

晚上七点，在中心广场，三个女孩见到了谷丰收，他听完柳月的讲述，也很气愤：不能白白便宜了那家伙，咱们一定去找他理论，叫他赔偿。

他们约定第二天下午三点，去饮食公司找人。

樊桃，也就是唐国杰的老婆，川湘公司的总经理，看见一男三女来找她，其中就有荷花，眼里闪过一丝慌乱，但旋即镇定下来，冷冷开口道：你们来找我，有什么事？

谷丰收说：荷花被你们开除了，能不能告诉我们一个理由？

樊桃问：你们都是荷花的什么人？有什么资格来过问本公司的内部事务？

谷丰收说：我们都是荷花的老乡，来了解一下情况，不可以吗？

樊桃一声冷笑：她为什么被开除，你们去问问她自己，不就清楚了吗？

荷花这时开言道：我不清楚。

樊桃又冷笑：不清楚吗？你来我们公司半年，旷工四十多次，就凭这个，开除你不冤枉吧？

荷花应答：这点唐老板最清楚，他叫我去陪他，我能不去吗？

叫你陪他？陪他干什么呀？

谷丰收马上答：这你就得去问你老公唐国杰了，你问他把荷花叫去是干什么，不就清楚了吗？

樊桃哼了一声：对不起，我没那份闲工夫，我要上班，你们要问，自己找他去。

话谈到这儿，僵了，谈不下去了。

谷丰收不愿意就这样认输，临走，他摔一句重话：玩完了就甩，世上有这么便宜的事吗？你告诉你老公，这事儿怎么解决，我们等他一句话，不想把事情搞大，就好说好商量，硬要撕破脸，我们也不怕。赤脚的还怕穿鞋的吗？

樊桃依然不服软：这事与我无关，你们找唐国杰去。

走下楼来，柳月问：这下怎么办？

谷丰收说：我考虑一下。

荷花道：不找了，算了，算我倒霉吧，我不想耽误你们的时间了。

谷丰收说：既然开了头，就要做到尾。

柳月说：就是，半途而废，她更加当你好欺负。

柳云说：荷花，我们是同乡姐妹，你的事就是我们大家的事。

谷丰收和几个女孩告别，自回营房。柳月、柳云和荷花沿街走着，看街景，由于事情没解决，三个人心头都沉沉的，还是柳云打破沉默：荷花，你就在我们那儿凑合住几天吧。

柳月也说：你哪儿也别去，就待在我们那儿。

谷丰收坐在公交车上，脑子快速旋转。

今天这一仗，虽然不能说败，但也没有赢，充其量双方打了个平手，下一步该怎么走，他必须考虑。

他是柳月的学兄，高中时代就偷偷爱上了低他两届的小学妹，不过，他生性腼腆，不好意思开口表白。

他学习成绩不太好，自知上大学无望，就放弃高考，报名参了军。

由于身高体健，他被分配到武警特警支队。他在这儿有如鱼得水的感觉，因而训练特别刻苦，成绩也很优异。春节后的一次车站值勤，他邂逅柳月，得知心仪的女孩也没考大学，进城做工来了，他尘封的心竟仿若遇到一场春雨，活了。

他们互留了联系方式，但出于男子汉的自尊，他一次也没打过柳月的呼机。

没想到，柳月竟主动跟他联系了，这是多好的事啊。这事如果他尽力了，有了好结果，在心仪女孩的面前，他也露了一脸。

更何况，他本就痛恨那些一有钱就侮辱玩弄女孩的男人。

这事既然无意间卷进来了，那就断无退出之理。退出来，让柳月看不起他？退出来，让荷花有冤屈没法伸张，他心里也不是个滋味呀。

猛然想起他有个好友龙奎就在这一带做管片民警，找找他看看？

一回到营房，赶紧在抽屉里找通讯录，找到了龙奎的电话，立马拨过去。

很顺利 。龙奎接了电话，颇感意外，但是很高兴。二人约定第二天晚上到德胜街派出所外面的林荫道相见。

翌日晚，谷丰收准时来到，龙奎已经在等候，两人略作寒暄，便切入正题，谷丰收将荷花被唐国杰玩弄并抛弃的事简单介绍了一番，然后问龙奎有什么办法治治这个唐老板，为荷花讨个公道。

龙奎沉吟半晌，答道：这事只怕有点难咯。一，他们是两相情愿，不是强奸，法律奈何他不得；二，又算不上是卖淫嫖娼，治安法规也管不着他。

谷丰收道：他这个店不刚好在你们所的管辖范围内嘛，你传唤他一次，警告他一番，劝他破财消灾，可以不？

龙奎答：老弟呀，你以为传唤一个人是那么随便的吗？那要报所领导批呀。领导要问我凭什么传唤人家，我怎么说？

稍顷，又补充说：我们是执法者，样样都要讲法律法规，这事儿我只怕帮不了你啦。

谷丰收道：好的，你虽然帮不了我，但是你这样有原则，作为老同学，我高兴呀。

龙奎稍稍沉思，又说：于情于理，这个唐老板是应该给荷花一些补偿的，不过，这种人，要他拿钱出来可不是件容易的事，用什么手段叫他出点血呢？

他忽然叫道：哎，去找毕建军毕老师啊，还记不记得，原来教我们语文的那位？他现在是《南域晚报》的记者，找他可能有用！

对呀，谷丰收恍然大悟：有些事，找媒体可能更实际啊。行，不耽误你了，我赶紧行动吧。

龙奎问谷丰收有没有毕建军的联系方式，谷丰收说要回营房找，龙奎说不用了，他有，随即把毕老师的手机号给了谷丰收。

谷丰收记下手机号，龙奎道：事不宜迟，干脆我陪你一起去找毕老师。

龙奎先给毕建军打了电话，毕建军倒是爽快：你们在那里等我一会，我马上赶过来。

不过十分钟，毕建军到了，两个学生先是向老师问了好，毕建军听谷丰收把情况一说，先是抿抿嘴，然后鼓鼓嘴，不过一分钟，马上

说：倒是个新闻料呢。行，可以做得。

谷丰收问：怎么个做法？

我回去，跟领导汇报一下，明天上午给你信儿。如果行，马上对荷花进行采访。这件事，如果和妇女维权结合起来做，效果会更好。

谷丰收大为高兴：毕老师，到底是记者呀，您反应就是快。

谷丰收转身对龙奎说：你帮我们搞到唐国杰的手机号，这没问题吧？

这容易，龙奎说。

第二天上午，柳月打电话给谷丰收，谷丰收要她耐心等一下，很快就会有消息。

不过，毕建军那头却没电话打来。

谷丰收有点急了，忍不住给毕建军打去电话，毕建军说他们主任下乡了，一时联系不上，一有结果，会立即跟他通气。

直到第三天，谷丰收才收到毕建军的答复：他们主任同意做个报道。主任的原话是：媒体人首先是好人，是有良知的人，同情弱者，伸张正义，要出这个头。

当天下午，毕建军对荷花进行了采访，写成了新闻稿《川湘私房菜女员工向本报记者吐冤屈　被老板占有半年一脚踢开没商量》。

毕建军又悄悄约见了川湘私房菜的员工十几人次，将谈话用微型录音机录好。

带着那份新闻稿和员工的证词，毕建军这才拨打了唐国杰的手机。

7

斗智还须理直

在一间茶屋，毕建军、谷丰收和唐国杰的谈判开始了。

毕建军向唐国杰出示了自己的记者证。

按事前的商议，毕建军主谈。他开口道：唐老板，你们店有一位女员工叫荷花的，你认识吗？

唐国杰点点头：认识。

你们是什么关系？毕建军抛出第一颗震撼弹。

什么关系？老板和员工的关系呗。

再没有别的关系了？

没有了。

那为什么荷花向我们爆料：你引诱她，让她和你同居半年，又一脚把她踢开？

哪有这样的事：我引诱她？她引诱我还差不多！

毕建军抓住他讲话的漏洞，快速出击道：哦，我明白了，是荷花引诱你，破坏你的婚姻家庭？

唐国杰立刻意识到自己失言，赶紧纠正道：也没有啦，她也没有引诱我。

谷丰收也快速反应：你刚才还讲是荷花引诱你，怎么一分钟不到又否认呢？

我说错了，不行吗？哪个讲话没错误？

毕建军说：好，既然你承认荷花没引诱你，也算有起码的良知嘛。这里有一篇报道稿件，你看看，哪些符合事实，哪些不符合，你一一指出来，将来发稿，把你的话也一并登出来，这就不是一面之词了，你说好吗？

唐国杰很勉强地接过稿子，看了起来。

毕建军和谷丰收注意观察他的表情，只见他脸上红一阵，白一阵，看来这篇报道击中了他的要害。

乱弹琴，胡说，他喊。

毕建军说：你的声明就是"乱弹琴，胡说"一共五个字，我们把它附在这篇文章后面，你看行吗？

唐国杰喊：行，行什么？这种陷害文章，根本就不该登，你们要敢登出来，我跟你们没完！

毕建军说：这没问题啊。你还可以到法院去告我们，你举出证据说明这篇报道都是假的，我们呢，也会举证说这篇报道一字一句都是真的，谁真谁假，看法院怎么判吧。

唐国杰道：你以为我怕吗？告诉你，你们记者那一套，我熟悉得很，我才不怕呢。

毕建军说：你不怕，这很好嘛，我们做新闻的，只注重事实，不是要人怕嘛。好了，我们见过了，你的意见也听了，再见吧。

说着，和谷丰收一道站起身。

唐国杰说：你这就走了？我们话还没谈完呢。

那你还想谈什么？

唐坐在那儿不言语，半响才说：毕记者，这稿子就不要登了。

谷丰收道：唐老板，你不用怕嘛，反正你又没引诱过荷花，更没有做过什么见不得人的事，毕记者要敢登，你就跟他们打官司，你怕什么？

唐国杰道：即使我没做过，报纸一登，我跳进珠江都洗不清了，打官司还有个屁用啊？

毕建军说：唐老板，你这么说，好像我们报社仗势欺人，把你没做过的事强加于你。我可告诉你，找你之前，我们已经采访过你们店里的十几个员工，他们的讲话我们都有录音，将来你要告我们，这录音带就是证据。我还告诉你，你老婆樊桃说你一贯风流成性，女员工被你骗上床的不止荷花一个，要我们借这个机会对你进行教育。你老婆是最维护你的吧？她都这样说，你还有什么可强辩的？你要死硬，我们也帮不了你，只能全文照登了。

唐国杰想，文章要是登出来，那他可就臭名远扬了，他的饭店生意也会像失事飞机倒栽葱，一落千丈，那损失就不是几万块钱了。

不过，他不是个轻易服软的人，只见他恶狠狠瞪起了双眼：毕记者，你不要把我逼得没有退路，我在社会上混，也是有点根基的，你也要想清楚咯！

谷丰收一笑：想打架，想来黑的？告诉你，我就是特警队的，你找三五个、七八个马仔来，执刀拿棒的，不够我三拳两脚收拾。我现在是跟你讲理，你要来横的，我一个手指头断你三根肋骨只要一秒钟，信不信？

唐国杰打量了一下谷丰收，只见他五大三粗的，不怒而威，心里不由自主生出几分害怕，赶紧声明：我说了要动武吗？我说了吗？我没说嘛。

毕建军微笑着，看着他，不说话。

谷丰收也不说话，等着，看唐国杰有什么招要使出来。

稍过片刻，唐国杰说话了，不过声调放低缓了：毕记者，稿子就不要登了，有什么要求，你们提出来。

这……还算句话，毕建军说。

谷丰收道：有什么要求？这要去问荷花，她要求撤稿，我们才好撤啊。

那……好吧，我去找荷花。

唐国杰是否找了荷花，是否答应给荷花补偿，后面再作交代。

从柳云请乔晖出面帮荷花被拒以后，乔晖便很少给柳云电话。后来，他告诉柳云说自己要备考研究生，不能来歌厅唱歌了，两人见面

的机会要减少了。

柳云说：不要紧啊，你就努力考呗。

她当然支持他考研，但一想到他如果考上了，她们的差距会拉得更大，她的爱有可能失去。为此，她忧心忡忡，常常莫名其妙地情绪低落，而他浑然不觉，从没关切地问过一声，这使她对他生出一股莫名的怨恨。

早几天的一个晚上，乔晖临时来救场，她下班后跟着他去赶最后一场。他唱第三支歌时，她匆忙去了趟卫生间，走出来，仍然坐在原位等他，等啊，等啊，直等到整个歌舞厅曲终人散，声息全无。保安走过她身边，问：小姐，怎么还不走？

她说：等乔晖呢。

乔晖？早走咯。

这句话对柳云来说，不啻是晴天霹雳，她木然地走出那家夜总会，无限伤心地冲进雨幕中，她无论如何想象不出乔晖撇下她一个人先行离去的理由。

她像个醉汉，又如一个精神失常的病人，在雨中行走了两个小时，才回到住地。那晚柳月去四妹那儿了，她一个人守着凄凉的夜，越想越觉得伤心。

她觉得乔晖的先行离去，绝不是无意的疏忽，而是变心的征兆。

她泪落如雨，枕巾濡湿，发疯似的喊：晖，晖。

大约到凌晨5点，她开始发高烧，然后昏睡。

中午柳月回来，赶紧送她去医院看医生。服药后，她又沉睡，忽然被一声声呼唤惊醒，睁开眼，见是乔晖，她将头侧向一边不理他。他连声道歉：柳云，都是我不好，昨晚还有个歌厅叫我去救场，我找你没找着，以为你走了，就急急忙忙赶场去了，我真该死，该死九十九次，一百零一次，好不好？万望夫人恕罪，小生这厢有礼了。

他学着京腔道白，加之那“夫人”的称谓，荡去了她心中的阴霾，她“扑哧”一声笑了。

柳月走进来说：乔晖，我姐昨晚为了你淋了两小时的雨，你知道吗？

不知道，不知道，要知道，我怎么舍得呢，对不对，柳云？

你倒是会哄人开心，柳月说，以后呀，我希望你对我姐上心点，她还是第一次交男朋友，这可不是开玩笑的事。

乔晖伸伸舌头：我的天，这么厉害啊？

心事一去，柳云豁然病愈，当晚就上班了。

为了联系更方便，她买了一部手机，在乔晖25岁生日时，作为礼物送给了他。

有一天，他们约定晚上见，那天他轮休，不演唱。

她晚8点准时到了他的住地，可他踪影全无，打他手机，不通。

她坐在他那空荡荡的房子里，孤独，委屈，她的焦虑因分分秒秒的流失而堆砌，而膨胀。等到十点，她决定离去，想留个条，但写来写去写不好，于是全撕了，丢进了纸篓。

她决定离去。

走出门，刚下了一级楼梯，见他匆匆赶来了，跑得满头满脸的大汗，她的所有的懊恼顷刻间跑得无影无踪。

对不起，摩托车坏了，乔晖解释。

我打了你手机呀，为什么关机？

没关机，是没电了。

几句话，便抚平她心中的惆怅。

他沐浴，她为他洗净了里里外外的衣服，然后和他一起去喝夜茶，看电影。

走出影院，凑巧碰见了另一位常与乔晖同场演唱的歌手楚昭。楚昭长得也很帅，与乔晖有几分相像，只是显得文弱一些。

楚昭说，太阳城的徐老板要与他俩签约，让他们抽时间去一趟。

听说这消息，乔晖喜出望外。因为考研，他没时间练新歌，观众缘下降很多，演唱点只剩下一个，收入锐减。他答应立即和楚昭赶到太阳城去见徐老板。

乔晖把她叫到一边，悄声说：柳云，你先回吧。

那你还来吗？

我？说不定。

那我不，我一定要等你，否则，我不睡。

不要，不要，你好好休息。

那你呢？你通晚不睡呀？是不是有别的什么女人？

好了，好了，柳云，乖乖地回去，听话啊，你一向很乖的。

她一听他要她“乖”的话，立即缄口，看着他与楚昭骑车离去。

那个晚上，她又失眠了，她觉得自己很可怜，很无奈，她那么爱他，认为他是她的一切，可他，就为了见个老板，把她晾到了一边。

见，你去见吧，见完回来就是了，可他却像是一只逃出动物园的斑马，撒蹄狂奔，头也不回。

唉，她在他心目中到底有多少分量？她这么痴情到底值不值？

路边店的收音机里传来一阵歌声：如果不能爱是一种遗憾，那么不能不爱却是一种悲惨。这后一句竟然似一颗子弹，一下子将她打伤了，她像一只中箭坠落的大雁，从很高很高的天空掉下，一直掉到了不可测的深渊。

8

谷丰收心事对谁说

谷丰收和毕建军很用心，又有智慧，逼得唐国杰只有找荷花谈判。作为荷花撤稿的条件，他答应拿出三万块补偿荷花，由毕建军和谷丰收做中间人，双方签了协议，唐付清款项，这事才算是有了个了结。

荷花请他们几个吃饭以表谢意，柳云心情不好，说不去参加了，就剩柳月、谷丰收、毕建军、龙奎出席。

三个大男人先到，在餐馆要了啤酒外加一碟花生米，边喝边聊着。

谷丰收问：毕老师，您什么时候调到报社的？

毕建军说：我是先调市委宣传部，再调报社的，有两三年了吧。

龙奎问：还记得我们这两个调皮学生吗？

毕建军说：有印象。谷丰收是校报主编，喜欢画画；龙奎嘛，吉他弹得特好。

两人大为高兴：谢谢毕老师还记得我们。

谷丰收透露：荷花为了感谢毕老师，特意备了一个三千块的大红包。

哎，这可不行啊，这红包我是绝对不能收的，毕建军说。

龙奎道：你要让她表达她的感激之情啊。

表达可以啊，我心领了，这钱我怎么可以收？她一个少女，用自己的青春换来这么点钱，我怎么忍心要？不仅我不能要，如果她给你们红包，我劝你们也不要收。

谷丰收答：这是当然，有重义轻财的老师，就有轻财重义的学生啊。

龙奎道：我就更不用说了，人民警察嘛！

好，好，就这么处理。毕建军说：荷花的遭遇，让我想起一部小说，是19世纪美国作家德莱塞的作品，叫《嘉丽妹妹》。嘉丽是从农村来到城市的少女，作者写她怎样成为都市富人的盘中餐，成为都市“雄性食肉动物”的猎物。富翁要掠夺尽可能多的异性资源，而穷人家的女儿为了钱，不得不一次次投身富人怀抱，看来人性这东西其实大同小异，不管东方还是西方。

这种事，现在还真不少，龙奎说。

都是钱惹的祸，谷丰收说。

钱是祸根，这不错。但钱同时也是幸福的源泉啦，龙奎说。

正说得高兴，荷花和柳月到了。

于是点菜，把盏，觥筹交错，橘汁与啤酒争辉，红脸共青菜两色。

酒足饭饱。分别时，荷花拿出三个红包要塞给三个男人，被一一婉拒。

荷花感动。

这个世界并不是一些人说的那么冷，那么无情，她想。

在门外的林荫道上，谷丰收对柳月说：我还有点事，想跟你聊聊。

柳月示意荷花先回。

荷花回到小屋里，见柳云一个人坐在那儿发呆，荷花叫了一声：柳云，你怎么啦？

我没事，你别管我，先睡吧。

荷花铺了个草席在地下，躺下了。

这边，谷丰收邀柳月沿街走走，柳月点点头。

谷丰收说：柳月，我服役期满了，马上可以退伍，也可以留下当志愿兵，当志愿兵可以一辈子，收入稳定，生活安定。要是退伍，我就可以做自己喜欢的事：画画，不过这条路会比较艰难，你的看法呢？

柳月说：我看你应该做你自己喜欢的事，你还年轻，还怕养不活自己啊？

谷丰收高兴地说：我也是这么想的，有你的鼓励，我就更有信心了。

柳月道：说不上鼓励，一点看法吧。

谷丰收说：柳月，我会努力的，总有一天，我会画出点名堂，在这个城市买套房子，将来可以在新房里请你吃饭。

柳月笑：好啊，我等着你这餐饭。

谷丰收说：柳月，还记得那年我第一次去找你的情景吗？

柳月当然记得，不过说出来的却是：不大记得了。

谷丰收说：我那时候不是校报主编吗？一天，郭小敏拿来一篇稿子，是一首诗《月牙尖尖》，署名是高一三班柳月，诗是这样写的：

弯弯的月儿像只船，
船尾翘翘，船头尖尖；
妈妈掌舵，我划桨，
一直划进我的梦里边。

我当时就觉得这首诗有点味道，心里想，这个柳月何许人也，能写出这样的诗来？正是下午课外活动时间，我就到高一三班去找你。

那天同学喊我，说有人找，我还奇怪呢，柳月说。

我一看柳月竟是那么漂亮的女孩，心里就紧张，你一定看出我的慌张神态了，是吧？谷丰收问。

没有啊，我觉得你很自然啦。

装的，谷丰收大笑，不过我早想好了理由：约你再写一首诗，就靠这我才没失态，你知道不？

我哪知道呀。

你后来又写了一首。

就是那首《太阳》吧，柳月说。

对呀，谷丰收随口朗诵道：

太阳在海水里洗了个澡，

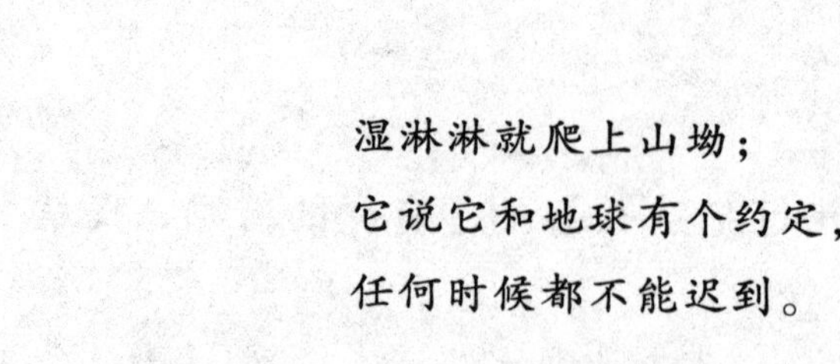

湿淋淋就爬上山坳；

它说它和地球有个约定，

任何时候都不能迟到。

你还记得那么清楚，柳月感动地说。

当然记得，永远都记得，谷丰收说，又怕柳月不好意思，赶紧补充说：诗写得那么好，忘了岂不可惜？

柳月说：谢谢你，谷丰收！

这有什么可谢的？谷丰收故作淡然地说，将来我花点力气，画一幅好画，然后请你题首诗在上面，你说好不？

柳月道：我现在哪还写得出诗来？

谷丰收问：怎么写不出？

柳月说：进城以后，我就像只陀螺，被生活的鞭子抽得不停地转，诗情画意早就被甩干了。

谷丰收说：不会呀，你刚才说你像只陀螺，被生活的鞭子抽着，这就是诗的语言呀。

柳月有些黯然地低下头。

谷丰收见状，适时停止了这个话题。他从随身带的一个提包里取出一个长方形盒子，说：柳月，这是一部新款手机，是我参加省电视台“过五关斩六将”得的奖品，送给你吧。

柳月道：这么贵重的礼物，我可不能收。

谷丰收说：没事的，奖品嘛，又不是专门去为你买的。

柳月说：那也是你奋力拼搏得来的呀。

谷丰收说：奋力拼搏得来的，送给朋友才有意义啊。

怕柳月不收，他又补充道：何况，我已经有手机了，我总不能用两部吧。

柳月沉默，她在想究竟该不该收这个礼物。

谷丰收急了：喂，柳月，我们是校友哎，你就帮个忙，当我寄放在你那儿的，行不？我正在办退伍手续，营房里真没地方放。

柳月这才点头：那好，我帮你保管一段时间，你安定下来，就过来拿。

谷丰收高兴道：这就对了嘛。不过，手机不用会坏的，你就边用边保管吧，我下个月就来拿。

柳月只好同意：那你一定要来拿走啊。

一定来，一定来，放心好了，谷丰收像哄小女孩似的说。

谷丰收心头充满了成功的喜悦。

柳月回到租屋，见柳云一个人坐着发呆。

姐，你怎么啦？

柳云沉默。

你不舒服啊？

唉……柳云叹了口气：我犯错了，错了，大错了。

到底怎么了嘛？

我……做了天底下最傻最傻的事！

怎么了？你说呀！

柳云确实是“做傻事”了。

因为和乔晖爱爱恨恨、恩恩怨怨的日子，让她很累。

因为他失约的次数愈来愈多。

对乔晖的深沉执著的爱变成了一种高压，让她喘不过气来。

她白天想着他，晚上梦着他，他的一切像密匝匝的网，无时不在、无处不在地罩着她，他的一个微笑会让她的心情春水般漾起经久不息的涟漪；他的一次阴郁表情会让她心如磐石，沉甸甸地陷入泥沼。

她变得极其敏感，极其多愁，极其脆弱。

事发于昨天。

昨天，柳云采取了一次不寻常的行动。

她拨通了乔晖的手机，说她想见他（她已整整一星期没和他约会了）。乔晖说现在他正忙，在准备一些要演唱的新歌，迟些再打她手机。她很失望，和柳月去逛街。

在杏花村酒店前的大街上，她忽然看见乔晖骑着摩托车，车后载着一位少女，风驰电掣一闪而过。她当时就惊呆了，胸口有一股又酸又苦的东西堵着，接着是手脚冰凉，天旋地转。

她蹲到地上，喘息着，柳月急得大喊：姐，姐，你怎么了？

柳云说出刚才眼前出现的画面，柳月说：咳，你呀，太过敏感了，骑车带个人不是很平常的事吗？我不也坐过乔晖的摩托车嘛？可是我跟他什么关系也没有，不是吗？

妹妹的一席话，舒缓了柳云的焦虑，不一会儿，她可以站起来了，但逛街的心情却没有了。

到下午六点，也不见乔晖打来电话，她忍不住了，再次打乔晖的手机，接电话的是一位少女。

柳云问：你是谁？乔晖呢？

女声答：你有什么事，我可以代为转告。

柳云无言，放下了电话。

还有什么可说的？这个女孩既然可以代乔晖接电话，关系当然非同寻常，她是乔晖的新女友，应当没有疑问。

她回想以前随乔晖去赶场，走到哪儿，都有许多女孩众星捧月般黏着他。

唉，她不过是他众多倾慕者中的一个。她当过一阵子橄榄球，他抢着把她抱进怀里。

曾几何时，她又成了他棒下的高尔夫球，他要把她击得愈远愈好了。

柳云啊，柳云，她对自己说，勇敢些，结束这段恋情吧，如果你还有一丝一毫自尊的话。你不是一个差劲的女孩，不应当忍受招之即来、挥之即去的屈辱，无论你多么爱他！

她从笔记本上撕下一页纸，在上面匆匆写了这样一段话：

晖，也许你已有了更好的选择，我呢，已到了该离开的时候。愿我们的相识是你生命中开花的日子，请你不要再来找我。柳云。

看看钟，整七点。乔晖每晚九点开始唱歌，现在多半在家。她搭了个摩的，来到了那家超市，然后拨通他的手机，接电话的是他，他说他马上下来。

三分钟后，她在超市前见到了他。

什么事这么急，柳云？

她把信交给了他。

就在他那张熟悉的脸出现在她面前时，她的心又开始疯狂乱跳，她发觉自己仍然是那么爱他，爱得不得了。在把信交给他的那一瞬，她就后悔了。看着他的背影愈行愈远，她真想喊：晖，别看那封信，把它还给我，我们中间一切如常！

可是，她终于还是呆若木鸡地站在那儿，没有采取任何行动，无望甚至绝望地看着他无可阻挡地走出她的视线。

回到宿舍，她焦急地等待乔晖对此作出的反应。她在心中祈祷，晖，千万别当真，信上写的那些话都不是真的。求老天保佑，叫晖把那封信弄丢吧。

她希望她的手机丁零零响起，传来的是晖浑厚雄健的男低音：云，要什么小孩脾气？我们怎么能分得开呢？等着我，我马上过来看你！然后，她扑到他怀里，一边用她无力的拳头猛擂他的胸，一边泪如雨下。

现在，她正等乔晖的来电，然而，她的手机静静地躺在那里，没有任何声息，她仿佛坠入数亿年前地球冰河期，一切死寂。

今天一整天，都没有乔晖的来电。

好些次她拿起手机，想要拨那熟悉的十一位数，可她竟无力举臂。是她自己要断绝的呀，又去找人家，除了会得到他轻蔑的眼光，还能有什么？

她对自己说：柳云，宁肯泪流成河，把自己淹死，也不可以打这个电话！

他没来电话，一整天，没来电话，柳云悲凄地向柳月诉说。

你自己写信，说要跟他分手，他不来电话也情有可原，柳月开解她说。

柳云的两只眼定定看着地板，老半天不动一下，她的状态已近乎神经质。

柳月觉得必须赶紧做点什么，来挽救姐姐。

姐，告诉我乔晖的手机号，我来给他打。

你不能用我的手机，他知道我的号码，柳云说。

当然不用你的手机啊，柳月说。

那你拿什么打？

我这儿有个手机，是谷丰收寄放我这儿的。

柳云的眼睛闪出一丝光亮，报出她背得溜熟的那十一位数。

柳月按键。

喂，乔晖吗？

我是啊。

我是柳月。

柳月啊，你好，你好，你也有手机了？

这你别管。我问你，你跟我姐怎么了？

没什么啊。

什么叫“没什么”，那，你们还好吗？

我们，断了。

断了？你说得倒挺轻巧，这种事，能说断就断吗？

我有什么办法？是你姐要断的。

我姐要断？她是真要断啊？

这，我怎么知道她是真是假？

那你呢？你也同意断？

我……由她呗。主要是我现在在备考，没时间去陪她。还有，你姐一爱上，就爱得发疯，让我害怕。

你怕什么？怕她吃了你？

那倒不会。

我姐一个黄花闺女，第一次恋爱，肯定痴情一点啦，你以为像你，见一个爱一个？你可以逢场作戏，她可做不来！

瞧你说的，柳月，好像我乔晖是个恋爱老手似的。

不是吗？昨天，在迎宾大道，你的摩托车后座又换了女孩了，蛮漂亮的，恭喜你了。

别瞎说，我们还刚认识。

刚认识？我刚认识你，你不就要把我带到你宿舍去吗？你以为，我会像我姐那样傻，刚认识就把什么都给你？你以为和女孩谈恋爱就像吃盘菜，吃完了抹抹嘴就走？

我没有，没有，月月，你误会我了，乔晖涎着脸说。

什么“月月”？月月这名字也是你叫的？你还是叫你的“云云”才对！

这有什么区别吗？你们是孪生姐妹呀，月藏云，云遮月，云云月月，不可分嘛！

柳月生气了：乔晖，你正经点，否则，我挂电话了。

好好，正经，正经，乔晖依然笑。

他觉得和柳月讲话，是一种妙不可言的享受。这个柳月，不像她姐姐，一杯温吞水，她是又庄重，又泼辣，又羞涩，又多刺，说话锋芒毕露，但又绝不过分。

她，比她姐可爱多了。

如果放弃她姐，那以后就没理由跟她接近了，他现在有一种冲动，想要征服柳月。

于是，他讲出了这样的话：柳月，我这段时间要备考，三天后开考，五天后我一定去看你姐。

这话，你跟我姐讲啊。

不了，不了，你转告就行了。

乔晖，我警告你，你要是玩玩，就找别的女孩去吧，我姐可经受不起。

不是，不是，我不是玩，我是一百个认真，一百零一个认真！

哼，柳月不屑地哼了一声：那就记着你今晚说的话。

乔晖还想说点什么，柳月已经收了线。

柳云急问乔晖在电话里说了什么，柳月告诉她乔晖答应五天以后来看她。

真的吗，你没骗我吧？

骗你干吗？不过，据我看，乔晖并不诚恳。

来就好，柳云又有了爱情的希望，情绪明显好转。

第二天下午，大约四点，柳月的手机铃笛笛响起，乔晖的声音传来：你是柳月吗？能出来一下吗？

出去干吗呀？柳月问。

我想跟你聊聊你姐的事儿。

聊我姐的事？那你直接找我姐聊啊。

不不，乔晖说，我现在不能跟她讲，讲不通的，我先跟你聊聊，让你了解真实的情况，你能不能出来？

我……柳月脑筋急转弯，瞬间便有了主意。

这样吧，你来我这儿，我就一个人。

真的？

柳月不答。

乔晖自已接话：那行，我马上过去。

柳月叫姐姐在里屋坐着，听听乔晖说什么。

不过五分钟，乔晖到了。

柳月给他倒了一杯白开水，乔晖立即喝了几口，水杯此后就捧在手上，没放下。

你想说什么？说呗，柳月开口道。

我觉得，你误会我了，乔晖抬起头，眼睛直视柳月。

柳月只一瞥，便赶紧将目光移开，她也感觉到乔晖那张脸真的很漂亮，她立即理解了为什么姐姐陷得那么深。

乔晖见柳月急忙躲避的眼光，心里不无得意：哼，小妮子，你也扛不住了吧？

他的语调尤其柔和：柳月，你知道，我和你姐刚认识的时候，我们的感情确实是很好的，她很纯，很真，我也一样，不过，慢慢地，我们之间出现了问题。

柳月低着头，不发一言，这鼓励了乔晖说话的勇气。

你姐这个人，一旦爱上，就全抛一片心，这在她这个年龄，是很正常的，但是，总不能失去自我是吧？总不能变成一只小羊，听凭对方牵着走是吧？如果那样，她就成了我的附属品，那恋爱还有什么意思？我红，她就跟着我变红；我绿，她又跟着我变绿，两个人成了一个人，两种色成了一种色，完全没了差异，完全地同质化。同质化，你明白吗？

柳月一笑：同质化，这词很高深吗？还拿来考别人呢！

乔晖赶紧道歉：对不起，对不起，总之，我的意思是……

是我姐太顺着你了，没给你打一顿板子是吧？柳月说，这很容易啊，以后叫她身上多长几根刺，多带几根针，刺得你这儿红一块，那儿肿一块，你就觉得舒服了是吧？

乔晖哈哈大笑，咯咯咯……

很轻松、很放肆地大笑。

柳月被他的笑声感染，也止不住笑了。

他们之间原本紧张僵持的气氛，在这笑声里一下化解，缓和轻快了许多。

柳月赶紧刹车：乔晖，你觉得这是理由吗？顺着你不好，不顺着你才好？

也不是这么说啦，反正……

反正什么？反正不要我姐了是吧？

是我不要她吗？提出分手的是你姐啊？你怎么倒打一耙，把责任全推到我身上？他大喊委屈，语气却是很和缓的。

你明知我姐爱你，她说分手是违心的，你硬要揪着不放，我很怀疑你的用心。

月月，月月，你冤枉我了，真的，你冤枉我了！

你少来了，别叫得那么腻乎，我全身起鸡皮疙瘩！

怎么会？云是我女朋友，你就是我妹，这么叫不是很正常吗？

怎么了，我姐又成了你女朋友啦？

我们本来就是呀。

不是说分手了吗？

分了，就不许和好了？

你的意思是不跟我姐分手啦？

不分了，不分了，乔晖说。

你想清楚了。你要是不真心，又把我姐折磨一通，搞得她一夜白头，那你就当心，我们全家人会找你算账的！

坐在里屋的柳云，心里急着，喊：月月啊，你算了，人家都说不分手了，你就别逼他了。

她真想打开门，一下子扑到乔晖的怀里，让热泪哗哗地不住地流，把晖的肩膀打湿，让他知道，她，柳云，爱他爱得有多真心，有多痛苦！

柳月并不满足于乔晖的几句空话，她立即拿出手机，说：好，我马上给我姐打电话，叫她回来，你们好好聊聊。

不，不，乔晖立即止住：现在不要惊动她，等我考完了，我再来找她。

看，看，露馅儿了吧？

不是的，不是的，我们一见面，我心思就不集中了，考试会受影响的。

真话？

真话，撒谎我去跳大鹏湾！

那好，我就信你一次。

话谈到这儿，也就差不多了，乔晖站起身，准备告辞，柳月忽然说：乔晖，我想起一件事，你和我姐约会，都有些什么节目？

没什么特别的节目呀。

那为什么我姐的开销那么大？自己的工资花光，还问家里要了一万多块？

这……我哪知道？你不会以为你姐的钱都花在我身上了吧？

我没这么说啊。

那，是你姐说的？

我姐也没说。

那……她花了一万多块，是谁说的？

是家里来信说的。

本来，乔晖要是不继续这话题，事情也就到此为止了，但强烈的自尊心使他欲罢不能，尤其是，他不能在柳月面前丢这个脸。

我必须得声明一句啊，我和你姐出去，消费有时候她埋单，有时候我埋单，不存在她为我花钱的情况啊。你应该知道，我是男的，埋单当然是我多点哪。至于你姐的钱花到哪去了，你去问她自己吧。

行了，柳月不想就这事扯下去，立时打住。

何况，你姐在外面还有没有别的男朋友，谁知道呢？

乔晖说这话的目的，本是想暗示柳云对他不一定真诚，不料，话音刚落，里屋的门突然开了，柳云冲出屋，指着乔晖怒斥道：你混蛋！

乔晖大吃一惊，一时愣住了。

我在外面有男人？你以为我像你，屁股后面跟着一大群女孩子？

乔晖没料到柳云会突然杀出，弄了个措手不及，尴尬地站在那里不知如何是好。

乔晖，你可以不跟我好，但请你不要糟贱我！柳云说着，号啕大哭。

乔晖只好赔下笑脸，说：云云，我不是故意的，我也就是随便说说，你别当真啊。

柳云低头捂脸哭泣，柳月则冷面以对，乔晖好生无趣，只得敷衍道：好了，我先走了，以后再聊吧。

说毕，夺门而逃。

柳云见他毫无留恋地走了，不禁心头大恸。

姐，我看这个人对你没真心，你还是放手吧。

柳云一听这话，更觉绝望，哭得更悲凉。

柳月立即明白自己说错话了，改口道：那，就再看看，他不是说五天以后来吗？我们就等他五天呗。

不会了，他不会来了，我骂了他了，他不会原谅我了，柳云大喊。

你又没骂错他？要是我，骂他个狗血喷头！

柳云抽泣。

柳月道：等等嘛，不就五天吗，五天以后说不定他又来了呢，谁知道？

柳云眼前再现一丝希望，这才止住了哭。

难熬的五天过去了，乔晖并没有来，柳月在晚上十点打他的手机，没人接听。

几分钟后，乔晖发来短信：我跟你姐的事，我暂时无法决定，请给我一点时间。祝你们姐妹幸福。

柳云看完短信，像霜打的茄子，蔫了。

于是，上班的时候柳云完全心不在焉。幸好她的这份工作并不要求她聚精会神，她的笑容现在很勉强，但客人们一般不会很注意，也就带过了。最难的是，听说乔晖又将到她所在的歌厅来唱歌，她便坚持不下去了，她害怕看见他，害怕面对他，于是选择逃离。柳月见姐姐要走，也决定和姐姐一起辞职。

台湾老板 ALEN 很看重这对姐妹，一再挽留，提出给她们俩涨工资，柳云却去意已决，不为别的，只为了不再见乔晖，不要再撕裂那曾经鲜血淋漓的伤口，显然，她对乔晖依然痴迷。

有次，她和柳月乘出租车去曼哈顿商场购物，途中的士的音响里传来了《如果》，她立即面如死灰，浑身战栗，只得让司机停车。她蹲在街边一小时，被甜蜜的回忆折磨得五内俱焚，想呕吐却又什么都吐不出来。

这样的日子持续了一个月，柳云上不了班，柳月只能陪着她，她怕姐姐一时想不开，做出什么蠢事来，柳云似乎也很依赖妹妹，在人生最灰暗的时刻，有一个知冷知热的妹妹陪伴，柳云至少不那么孤独。

9

柳云走进心理咨询室

一天晚上，两姐妹去逛街，街边有一家心理咨询室，柳月劝姐姐去找心理医师聊聊，柳云也觉得自己这样下去不是个办法，便鼓起勇气走了进去。那心理咨询师是个中年男人，穿一套夹克衫，面目白净。他请柳月到外面等候，然后让柳云在沙发上坐下，递过一张名片，柳云见上面写着：班克明，心理咨询师。

班医师慢吞吞地说：你在感情上遇到难题了，对吧？

对呀，你怎么知道？柳云有些惊奇，心里佩服班医师了不起，竟能一眼看出她的秘密。

讲讲吧，慢慢讲，越详细越好，你要知道，倾诉了，病就好了一半，班克明说。

出于对医师的信赖，也的确是想找个人好好诉诉痛苦，柳云大江泄洪般，将她和乔晖几个月的交往经过一股脑儿地倒了出来。她说得很详细，连一些很小很小的细节都没有遗漏。

柳月一个人坐在那儿，百无聊赖，只好独自去逛街。

叙说完事情经过后，柳云迫不及待地提出了心中的问题：你认为乔晖爱我吗？要是不爱，开始为什么会对我那么好？要是爱，为什么后来又要离开我？

班医师笑笑：照我看，他开始是有那么一点爱吧，后来嘛，遇到许多具体问题，就冷下来了。

严格地说，他对你的感情，不算是真正的爱情。

不是真的爱情？这怎么可能？柳云极力争辩。

这结论太残酷了，她完全接受不了。

我觉得他是真正爱我的，我相信自己的感觉不会错，柳云说。

那，在你们交往的过程里，他付出过什么？

付出……这个问题，柳云倒真没想过，他付出了……付出了爱呀。

爱？班克明笑了笑，摇摇头，说你付出了爱，我相信；你付出了全部的感情，你的身体，还有金钱，在你们交往的过程里，连吃饭付账这样的事，都是你在做，对吗？

应该……是吧。

那……他埋过单吗？

也埋过吧？

几次？

几次？柳云真不太记得了，仔细想想，好像乔晖真的没埋过单呢，这些事，她不计较，只要乔晖陪她吃饭，她就觉得幸福至极。

但现在，面对班医师，她真不好意思这样说，真要这样，那她岂不是太掉份？

班克明又说了一些话，这些话，如同钢针，直扎她的心：

这年头，衡量一个男人爱不爱一个女人，就看他舍不舍得为女人花钱；看一个女人爱不爱一个男人，就看她愿不愿意为他献身。跟乔晖交往，付出的全是你，连他去北京都是你为他掏路费，他一个男人，这么做都不觉得愧疚，很不地道呢。

他还是学生，没工资嘛，柳云为乔晖辩解。

你错了。他在歌厅唱歌，一首歌即使只有三十块的报酬，一晚最少也有上百块的收入，照我估计，他的收入比你只多不少。他明明是在“啃”你呢，你怎么就觉察不出来？

柳云现在清醒一点了。不过，她其实知道自己为乔晖付出得更多，但她愿意。她的感觉是越多地为乔晖付出，心里就越是舒畅，越是甜蜜。

班医师也知道这点。他有意要惊醒柳云，不要她再痴迷于一个并不爱她的男人。

班医师，柳云问，你说，我和乔晖还有可能吗？他还会回来找我吗？

有啊，班医师答，如果你一下子中了五百万彩票，变成了富婆，他是一定会回来找你的。

你是说，只要我有钱了，他就会回来找我？

差不多是这样，班克明说，你重感情他重钱财，你有钱了，他说不定会回心转意，不过，那依旧不是爱情，你会满意他的这种回归吗？

我不管他是为什么原因，柳云说，只要他回来就行。

那没问题啊，如果你真的有钱了，我估计他百分之百会回到你身边的。

柳云立时觉得心神畅快。她要的就是一种希望，乔晖最终回归的希望。

钱？努力去赚就是了，她相信凭自己的实力，赚钱不是多大的问题。而只要有一天，她心爱的晖能回到她的身边，她一切的一切就全有了生气，有了力量。

班医师一席话，像清晨的露珠滋润了柳云枯萎的心，她竟在一晚上活过来了。走出咨询室，她对柳月说：行了，我明天找工作去。

班克明给柳云施的是“缓兵计”。他想，等柳云奋斗几年以后，不论成没成富婆，她对乔晖的这份痴迷早就云淡风轻，在记忆中飘然而逝了。

是偶然还是必然？两姐妹在回家路上看到一家休闲中心贴出的大幅广告，招聘女性按摩师，承诺的工资竟达五千元一月，这使姐妹俩又是激动又是难以置信。

上面还说：生手经培训后，十天即可上岗。

这真是：运转时黄铜成金块，玻璃弹子变珍珠。刚刚说要找工作，工作就来了，真是老天降恩，佛爷垂怜啊。

姐妹俩第二天就去那家叫金海岸的按摩洗浴中心报了名，而且当

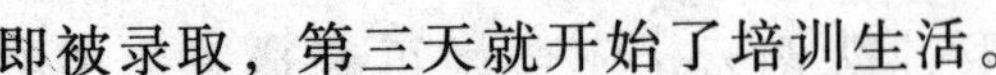

即被录取，第三天就开始了培训生活。

金海岸的老板是个女的，叫李娇容。李娇容对柳氏姐妹的到来有掩饰不住的兴奋。她确信这一对美女，定会带旺金海岸的生意，竟然破例亲自带两姐妹参观了整个洗浴中心。

金海岸是一家很上档次的休闲场所，大厅里一排排材质优异的沙发，每只单人沙发前都装有21英寸彩电，两边扶手内还有纸巾、热盐、烟灰缸等用品，这是足疗的地方。

往里，走廊两边是一溜排开的豪华间，宽大的双人床上，有薄被，有绣着鸳鸯戏水画的枕头，有介乎情与色之间的大幅照片。按摩时，女郎着红色连衣裙，一条白丝内裤，展露的白皙大腿，引发客人的许多幻想。

李娇容本是一家大型医院的护士长，丈夫在她刚过37岁的时候便撒手尘寰，给她留下了数十万元的遗产。

40岁那年，她内退了，独自办起了这家休闲中心。

在一次全市的中医按摩的学术研讨会上，李娇容认识了中医学院的副教授和瀚文，和瀚文的儒雅与博学立即引起了她的注意，芳心禁不住有点怦怦，有意无意，她会找借口接近他，作些若有若无的暗示，和瀚文对此仿佛全然无觉，李娇容倒也不急于表白。在这方面，女人的耐心和含蓄是男人远不可比的。

10

姐妹按摩师

柳云、柳月开始接受培训。给她们上课的，就是中医学院的副教授和瀚文，他是女老板特意请来的。李娇容请他，一是他确有水准，二是借机多接触他，看能不能与他暗生情愫。

和瀚文是个温文尔雅的书生，穿着干净清爽，说话清楚简洁。他的开场白是这样的：各位美女，大家今天来听我讲课，本人是荣幸之至啊，处在这么多美女中间，我的气场一定产生良性反应，讲课会讲出高水平，你们就好好听吧。

做按摩这行，费力不是很大，收入却很可观，比起工厂的那些小女工，当然是优越多了，不过，我想告诉大家，这个行当有相当的危险，大家听过那首诗：如果你爱他，把他送到纽约去，那里是天堂；如果你恨他，把他送到纽约去，那里是地狱。

我可以把它改一下：父母们啊，如果你爱你的女儿，把她送到按摩洗浴中心去吧，那里是天堂；如果你恨她，把她送到按摩洗浴中心去吧，那里是地狱。

女孩子们听到这儿，大笑了起来。有些伸了伸舌头，有的现出惊异的表情。

这首诗说出了一个哲理：最有利益的地方，就是最危险的地方。

柳云夸张地做了个鬼脸，柳月却表情平静。

异性健身按摩，男女之间身体接触最紧密，所以容易滑向色情，

和瀚文继续说，一不小心跨过界了，作为年轻女性的你们会得不偿失，这点，你们以后会慢慢体会到。

所以，我最先嘱咐大家的，是这么一个思想：作为年轻的女按摩师，要努力学习按摩技术，主要是学习经络、穴位和按、摩、搓、压、滚、拍……这些手法。要靠技术、靠手法而不是靠身体来吸引顾客，走这条路才是康庄大道，越走越宽，越走越远，而靠年轻美丽的身体来招引顾客，虽然可以获利于一时，但终究不会长久。

接下来，和瀚文开始讲按摩技术课，第一回：头部。他介绍头部和脸部的主要穴位，让每个学员在塑料充气人身上寻找百会、风池、太阳穴等主要穴位。

两节课讲完，和瀚文匆匆离去，李娇容接着讲话：我完全赞成和教授的意见，在我的这家本市最豪华的洗浴中心，卖淫是绝对禁止的，一旦发现，立马开除，没有商量余地。因为只要有一个人卖淫，就会使洗浴中心名声扫地，如果引来了警察，查个一两回，我的生意就没法做了。所以，务请大家严守规矩，给我李娇容，也给全体女工男工留个吃饭的地方。不许卖淫，又要留住客人，使他们高高兴兴来，高高兴兴走，有什么好办法没有？当然是有的，这方面，你们新手可以向老师傅请教。她指指一个看去已近30岁的女人，黄菡，你来给她们讲讲。

说毕，径自离去。

叫黄菡的女人走到前面，她是按摩部的部长。

李总点名叫我讲讲，我就来讲讲吧，黄菡说。来洗浴中心的客人，一部分是来健身的，他们要的是正规按摩；还有一部分是来找刺激的，在咱们身上找乐子的。这两种客人接待就有两种办法：第一种，好办，你老老实实按程序做就行了；对第二种人，我们就要有点招数了，总的来说，他要求你按的部位，不论在哪个地方，你都要按他的要求办。他要按你摸你，你就只能部分满足他们了。原则地讲，上半身可以，下半身不行。

姑娘们立时炸了锅。

那怎么行？如果是按男人的那些部位……我可做不来，一个看来只有十七八岁的女孩说。

有什么不可以？男人享受我们，我们也可以享受他们嘛，一个年龄显得大些的女按摩师说。

哄堂大笑。

柳云笑得很大声，柳月依旧是那么淡淡的，看不出有什么表情。

黄部长，你的意思是说，我们要开放上半身？一个新手问。

这，你自己去体会吧，黄菡避免明确表述。

我仅仅是谈些体会，这不是公司的要求，愿意，不愿意，都由你自己决定，你合了客人的意，客人愿意点你，你的钟就多，薪水就高，你可以跟你爸爸妈妈过不去，可以跟老板过不去，但你不可能跟钱过不去，是不是这意思？

再说一句：卖身绝对不可以！这是李总下的死命令，一旦发现，当即开除，工资扣发。

第二天晚上，也是八点，和瀚文照例来上课。这个晚上，他讲的是背部经络穴位，他特别强调背部的心俞、肝俞、肺俞、肾俞穴的重要意义，还给大家传授了几个秘方，比如刮背治感冒，按太溪穴降血压，顾客哪儿不舒服，按哪个穴位可以手到病除等。

这样的讲课大约二十节。最后一堂课从下午开始，到晚上九点结束，余下的时间，每个学员给和老师做十分钟按摩。

黄菡在纸上记下试手学员的顺序。整个过程，和老师始终紧闭双眼。

做完，和老师喊道：9号学员做得最好，最合标准。

黄菡看看名单说：9号是……柳月！

和瀚文说：9号，你上来！

柳月红着脸，走到讲台前。

和瀚文说：柳月，讲讲你的体会吧。

柳月站在那儿，老半天也没说出一句话。

柳月同学很谦虚啊，算了，我也不为难你了，和瀚文说，你们明

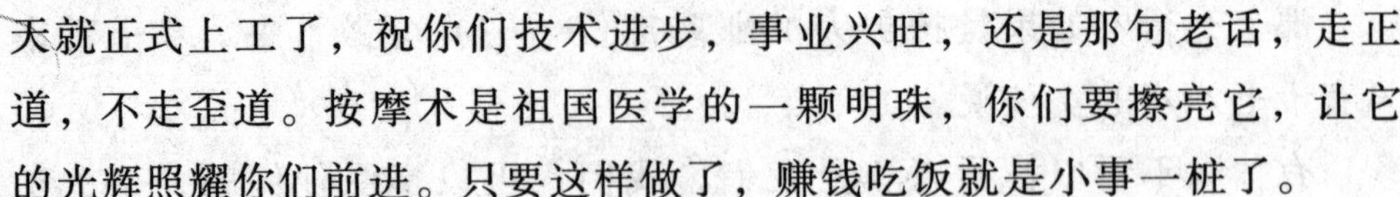

天就正式上工了，祝你们技术进步，事业兴旺，还是那句老话，走正道，不走歪道。按摩术是祖国医学的一颗明珠，你们要擦亮它，让它的光辉照耀你们前进。只要这样做了，赚钱吃饭就是小事一桩了。

女孩们怀着一丝新奇、一丝兴奋、一丝忐忑的心情上班了。

在金海岸，一次桑拿加按摩收费168元，给按摩小姐提成10%即16.8元，顾客给的小费全数归小姐本人，但不准小姐直接从客人手上要，必须由客人签单后到柜台交款，由中心再发付给小姐，每十天结算一次。

柳云、柳月的按摩生涯就此开始。起初似乎还算顺利，并没遇上特别难缠的顾客。按黄菡传授的经验，做这行的要诀，首先是脾气要好，无论顾客怎么轻薄你，也必须温婉以对；其次是嘴要甜，要学会陪客人天南海北地聊天，为顾客解闷。柳云柳月记着这些话，对顾客总是一副笑脸。好些次，客人做完第一个点，第二个点便基本上是闲聊天。一天能做两个点，月收入（不算小费）就在千元以上了，第一个月结算，柳云得了三千多块，柳月得两千八百多块，望着手头一沓厚厚的钞票，连着几天，姐妹俩的心里都被喜悦注满，真有一种想飞想蹦的感觉。

一同做工的阿琴是广东惠州人，20岁，苹果脸，白里透着红，一双眼总是笑意盈盈。她心地特善良，从不与姐妹们发生争执。谈过一次恋爱，与男友同居了7个月后，那男的没打任何招呼就消失了，阿琴痛苦得一个月起不了床。由于淳厚，没心眼，阿琴常被人欺负，但柳云、柳月姐妹跟她特别玩得来。

开端良好，柳云有点昏头，计算着这样下去，自己一年可以积存多少钱，三年又可以存多少，到时候以按揭方式在这城里买套房，就可以和乔晖一道双宿双飞。

可惜不久就出了问题。有一天，柳月给一位客人做了不到十分钟，他就说行了，行了，接着下了床，说：小姐，现在你躺下，我也给你做做。边说边动手拉柳月，柳月心慌意乱，急忙躲闪，他逼上来，柳月退到了床的另一边，他紧追不舍，柳月只好钻到床下，无论他怎么拉，柳月就是不出来。最后那人没办法了，只好说：小妹，我算服了你，出来吧，我保证不动你了。

这还算好的。还有一次，一个30多岁的男人点了柳云，这人精瘦，肤黑，两颧很高，眼光阴沉。他走进来以后并不躺下，却说：喂，你过来。柳云走到他身边，还不知怎么回事，就被按倒在按摩床上。他俯下身子就来强吻，柳云躲闪着，他猛地扑到柳云身上，用整个身子压住她，柳云的双手也被他的手死死钳住，无法动弹。她只能靠躲闪她的头来逃避他的攻击了，尽管如此，仍然躲得东来藏不住西。他吻不着柳云的唇便亲柳云的脸，沿着脸再找唇，柳云就逃脱不开了。因此，好些次让他得逞。那人口里有一股烟草臭味，恶心得柳云直想吐。

如果仅仅如此，也就算了，他还不满足，又去解柳云的裤扣。当他腾出一只手来时，柳云的另一只手当然也就自由了，她顽强地护住中腹，使他的企图难以得逞。几个回合过去，他焦躁起来，竟然抡起右手，狠狠扇了柳云两个耳光，打得柳云太阳穴嗡嗡作响，眼前金星乱冒，柳云顾不得那么多了，放声哭了起来，隔壁间的柳月听见了柳云的哭声，高声问：姐，你怎么了，出什么事了？

这家伙一听，才松开手，下了床。

柳月带着女老板推门进来，女老板问：云妹，到底怎么回事？

柳云指那男人，他……他……因为惊恐，她竟然一句话说不出来。

那人冷笑：能有什么事？接着，他指指李娇容：你是这儿的负责人吗？

李娇容点点头。

告诉你，这个小姐太懒惰，服务态度又差，你怎么把这种垃圾货都收进来了，你不怕砸了你桑拿中心的牌子？

柳云听到这种颠倒黑白的话，越发难过得号啕大哭。

李娇容陪着笑，对那人说：先生，对技师的工作有什么意见，欢迎你提出来。我们一定努力改进。这样吧，我给你换个小姐，怎么样？那人并不领情，只丢了句话“今天没时间了”，便扬长而去，连洗浴费都没付。

柳云抽噎着，把真实的情况告诉李娇容，李娇容却没有任何安慰与同情的表示，反而说：你自己要灵醒点啦。吻一下，亲一下，有什么要紧？又没强奸你！做桑拿这行当就是这样子，摸不得碰不得你回去当大小姐得了，来这儿做什么？桑拿室里没有金枝玉叶，要立贞节牌坊就不要来这里赚钱。

柳云一肚子委屈只有往肚里咽。

柳月宽慰姐姐：咬着牙忍忍吧，就算我们是在牢里煎熬，顶多三年，挣够八万块就回家起栋楼，找个老实男人生儿育女，幸福一辈子，好不好？

妹妹一席话，让柳云的脸，由阴转晴。

奇怪的是，柳月从没碰上过这种情况。

她有自己的一些办法。首先，客人进来以后，她会先告诉对方：我只做正规按摩。

有意轻薄的客人听话知音，会要求换人；不换的，也就是默认了柳月的规则。

客人要求按摩正常部位，柳月都会满足；要求按私密部位，那就对不起，不行。

柳月做工认真，手法细腻，客人确实感到舒服，有效，看到她努力干活甚至额上沁出汗珠的样子，即使怀有色心的顾客，也都打消了那份念头，老实躺着不乱动了。

柳月对金钱的追求不那么迫切，也就是说，她对钱看得比较淡，这反而使她少了一些麻烦，少了一些生命过程里的坎坷。

柳云不同。她是抱着多赚钱、赚大钱的目的来的，赚很多很多钱的最直接目的，就是夺回乔晖那从她身上移走的感情。她已经尝过男女之欢，男人的身体对于她已不再神秘，对客人不太过分的要求，她愿意满足，加之她漂亮，所以立即成了金海岸最红的女技师，一个晚上鲜有闲下来的时候。做那么多钟，体力自然不支，她有时便和客人聊天，用一只手捏捏按按，应付一番，这种情况下，有些客人自然也不会太老实，比如，摸摸她的大腿呀什么的，柳云也就不好拒绝了。

当然，来做桑拿按摩的大多还是正派人。一天晚上，大约十点钟，一个年轻人洗浴出来，披着睡衣，站在那儿定定地看柳月。柳月站起身走到他面前说：先生，你要按摩吗？他低声说：我腰疼得厉害，想按一下，可是我身上的钱不多了，不一定够交台费。

柳月见他眉目清秀，一副老实正派的模样，便说：不要紧，我来帮你按一下，钱不够我先给你垫上。

他随柳月走进按摩室，柳月让他俯卧，再找准他的肾俞穴，然后时轻时重地给他按起来，边按摩，边跟他聊天。

这个年轻人叫王国文，大学二年级学生，老家在湖南华容县，父亲常年卧病，靠母亲种着几亩田，养些牛猪鸡鸭来维生。前不久，父亲病重，送到城里医治，药费差了一大截，他只好向学校申请休学，到轮船码头当了一名搬运工。

干搬运工拿的是计件工资，搬一件才有一件的报酬，虽然是又苦又脏又累，但只要拼死拼活地干，一个月领个一千来块钱还是有把握的。今天他的活是装大米，一袋两百斤，从早晨七点直干到晚上八点收工，腰累得直不起来了，躺在床上都疼，才想到来试试桑拿按摩。

柳月仔细用手触摸他的腰，发觉腰部肌肉发紧，于是拿来活络油，先搽油后按摩。她时而推，时而按（按穴位），时而抚（放松肌肉），把学到的全套手法都用上了，最后，还攀在杠上为他做了二十分钟的踩背治疗。他站起身来，连连说：嗬，现在好多了，轻松多了，谢谢你呀！

王国文自己仅有一百元，柳月给他垫了六十八元，他这才交齐了洗浴与钟点费。告别时，他说：柳小姐，过几天我一定拿钱来还你。

柳月说：我不急，你急什么？

又说：洗桑拿太贵了，你那点血汗钱送到这里很可惜，以后你伤了腰，我去给你按摩吧。

他高兴极了：那太好了。我们好多搬运工朋友，都患腰肌劳损呢。

柳月说：只能管你一个人，别的人可顾不上。

柳月不知自己为什么脱口而出这样的话，是不是一见他就生出好

感？其实是柳月觉得他为了给父亲治病宁肯自己休学，这样孝顺的孩子，在今天的年轻人里，真是不多了。

过了几天，王国文果然来还债了，他拿出一百元说：柳小姐，还给你六十八元，多余的，算是我的心意吧。柳月坚辞不受，说：你爸正患重病，这一百块你拿去给他买点营养品补补身子吧。

王国文推脱了一会儿才收回那一百元，柳月又问他腰疼好点了吗？他说，那天按摩以后是好多了，不过一累起来又重犯。柳月说，以后我再给你按吧，不过不能在桑拿中心。国文说有地方，他为了复习功课，花二百元租了一间小屋，就在沿江大道旁边。

第二天中午，王国文接柳月去了他的小屋，小屋里有一张单人床，一张书桌，书桌上堆满了书，柳月看了看，都是建筑方面的。

柳月让他俯卧着，再次给他按摩腰部，按着按着，他睡着了，大约三四十分钟，醒了，说真不好意思，只顾自己睡，没和你说话。柳月说，你太累了，能睡一会，不是挺好吗？

从那以后，柳月每隔一天便去他的小屋，为他按摩，每次按摩他都能小睡一会，然后精神抖擞地去上班。

时间不知不觉地流逝，柳月对王国文和他的小屋感情也越来越深。她发觉自己已爱上了这个正派重情的小伙子。年底，王国文的父亲病逝，他料理完后事，仍然回来干搬运工，准备积攒一些钱，来年复学。

柳月说：国文，你就不要干这个搬运工了，我的工资还算高，以后我可以供你读大学呀。

王国文说：那怎么行，我怎么能用你的钱？

柳月：怎么不行？你不干搬运工，把时间用在学习上，将来努力做出一番事业，不比什么都强？钱，算我借给你的，你毕业以后，有工作了，再还我，不就成了？

可是王国文不同意。

在心底，柳月有种自卑。她想，王国文虽然现在做搬运工，但这毕竟是暂时的，他终究是个大学生，将来就可能是国家干部，至少也是大公司的白领，他哪里会跟一个按摩妹好？

在王国文，却是另一种想法。他当然懂得柳月的一片心，也完全相信柳月是个好姑娘，不过，想到自己家境贫穷，还要完成学业，负担重，他不愿拖累她。爱情，他也憧憬，但他不想让自己靠在一个弱小女人的肩膀上来走人生路，因之只能婉拒柳月的好意了。在心里，他默默许愿：将来，等完成大学学业，有了像样的工作，再来寻柳月这个纯真的少女吧。

而柳月的幻想，她的热情，就渐渐冷却了。自此以后，柳月不再去王国文那儿，她对自己说：不要自寻烦恼了。

柳月不去，王国文也没有来，熬了一个星期，柳月忍不住了，再次去那间小屋，房东告诉柳月，王国文已经退租回家了。柳月站在小屋前想起和王国文相处的快乐时光，眼睛不由湿润了。

这算是柳月的“第一次心动”，无果而终。

这个中心的小姐有五十多个，卖身的据柳月所知有四五个，她们行事非常隐秘，连李娇容都没发现。这些人一月的收入上万甚至更多，但存下的钱也并不多，原因是这些女孩涉世不深，钱来得容易，也就去得快。她们不知道这些拿青春肉体换来的钱的不易，反以为松松裤带，几十分钟，上百元就装进腰包了。不懂珍惜，买什么东西都出手大方。女孩子，爱虚荣，爱炫耀，喜欢跟姐妹们比谁穿的衣服高档，自己又不懂时装，被人天花乱坠吹上几句，便会把劣等品当名牌买回来，穿不了几次便扔掉，钱就这么流水似的溜了。

她们的习惯是重穿衣，重化妆品，对吃的却毫不讲究。由于睡眠不足、营养不良，十七八的女孩做这行两三年，体质便会大滑坡，有的瘦成一把柴，有的染上性病。有一个叫阿玉的女孩，手脚都因梅毒侵蚀而溃烂了，还要卖，最后只好去打几百块钱一支的进口针，把赚来的钱又一分分送进医院，直到倒欠人家钱。

卖身这事对少女们的损害的确很大，不过许多年轻女子不懂其中利害罢了。

可悲，亦复可叹！

李娇容确实是禁止小姐卖淫的，但明里暗里鼓励她们“开放上半

身”，休息大厅里放的全是诱人的片子，想耳濡目染地将女孩们变成没羞没耻的女人，多数女孩防着她这一手，一般都不去看。

做小姐的都希望多做钟，一个钟连提成带小费最少也有四五十元，而决定你钟点多少的是领班，所以小姐一般都会努力和领班搞好关系。每当领了钱，小姐们都会请领班到餐馆吃上一顿，或送点小礼物。

桑拿中心都给小姐安排住宿，但住宿地离上班地有一两公里。冬天，如果凌晨两点下班，女孩们都不敢回去，怕遇上飞车劫匪，只好和衣坐在休息室熬到天亮，如果熬不住睡着了，就很容易着凉，柳云和柳月就因为这原因感冒过三四次。

正派的女孩桑拿按摩做得多了，也就慢慢学得精了，遇到非礼非分的顾客，她们不能硬抗，便大哥大伯地乱叫，还学会拿公安局派出所吓他们。通常她们会装出一副愿意陪客人，但惧怕扫黄被抓的样子：一抓进去罚款起码两千元，您就行行好，给我们留个饭碗吧。这一招还是很有效的，如果不是地痞流氓，或者老练的寻芳客，都会被推搪过去。

一天，一位客人要了阿琴的钟，走进按摩室便用迅雷不及掩耳的手段将她按倒。阿琴本来就懦弱，反应又慢，遇到突发情况更是手足无措，她想喊，那家伙威胁说：我刚从牢里逃出来，身上有两条人命，你不听话，我掐死你也不会判我两次死刑。

11

按摩厅强暴案

阿琴被吓住了，虽然做了些反抗，不过，她的穿着却帮了那家伙的大忙，将她按倒后，那坏蛋以令女孩措手不及的速度，将她的短裤剥了下来。据阿琴后来说，她看到那家伙狰狞可怖的脸，心里怕极了，手脚都发抖，下身裸露以后，她觉得事情到了这一步，她做什么都已经晚了，一切反抗都徒劳无益了。

总之，让那家伙得了手。

本来，事毕，她可以喊叫，保安会过来帮她，将那家伙抓住，但她怕这样一来，自己跟他结了仇，以后上下班途中被他报复。何况传出去，一辈子不好做人。

想来想去，觉得自己已经不是处女了，就算跟男朋友多了一次吧，于是她提出要那家伙给她一千块私了，那男的说可以谈呀，让阿琴跟他到休息大厅谈判。

他们在那里讨价还价时被李娇容看出异样，便将阿琴叫到经理室问缘由，阿琴一五一十诉说完毕，女老板变脸道：你是被强奸？被强奸为什么不喊不叫？

阿琴解释说自己是被吓住了，女老板说什么也不信，硬说她是卖淫，如果不是卖淫，为什么问人家要钱？

阿琴百口莫辩。

女老板李娇容绝对是雷厉风行，叫来大厦保安，将阿琴铐在椅子

上，她亲自以最快速度拨通了派出所屈所长电话，她想以此向派出所证明：她李娇容与卖淫行为作斗争是多么坚决勇敢，毫不犹豫！

一直没流泪的阿琴此时才因被冤枉而号啕大哭。不久，接到通知的派出所屈所长带着一位女民警乘车赶到，他们首先批评李娇容不该在情况还没搞清楚的时候便随便铐人，然后问：那个嫌犯呢？

四处查看，那家伙早已溜之大吉。

阿琴被带到派出所问话，女民警和颜悦色地与她倾谈，了解了事情的全部经过，然后说：你本是受害者，应该拿起法律的武器为自己讨回尊严和公道，怎么能私了呢？你这个“私了”是既害了自己，又放纵了罪犯，多不划算！阿琴这才收住哭声，点点头。

女民警像对妹妹一般，留她吃了饭，将她送回了桑拿中心。

见到李娇容，女民警说：你随便铐人，不太好吧？至少应该听听她的诉说，在情况还不清楚的时候，先将那个嫌犯扣下，听候派出所处置嘛！这下好啦，人都找不着，如果情况确实如阿琴所说，岂不是放走了一名罪犯？

李娇容本以为自己会受到派出所的表扬，结果连吃批评，心里老大不爽，但派出所她是不敢得罪的，得罪了以后就不能在这地方待了，所以还连连点头表示虚心接受。

第二天晚上，柳云换好工作服经过大厅到候班室去的时候，一位刚走进来的客人用手指着她：你，来给我做吧。

黄菡赶紧走上前去，招呼道：您请！

她做了一个手势，让客人跟着她走。

客人问：怎么，你来给我做呀？

黄菡说：不是，您不是点了 28 号了吗？

客人问：刚才那位小姐就是 28 号呀？

黄菡回答：对呀。她是我们这里最漂亮的小姐，手法又好。

客人说：你先别吹，试过才知道。

黄菡：那是当然。

客人问：有贵宾房吗？

黄菡马上答：有，有，不过价钱高点咯。

钱不是问题，客人说。

黄菡从客人的谈吐和气势判断他是政府官员或者大老板。

的确不错，这位气势非凡的客人，便是腾龙房地产公司的老板魏驰。

进入贵宾房，换了宽松的按摩服，刚躺下，便听见轻轻的敲门声，那个他看中的美人走了进来。

她坐到他头部一侧，双手从他的额上分刮到两边的太阳穴，用力均匀，恰到好处。她的手柔软而带芳香，一开始就给魏驰很好的感觉。

大约五分钟，他们谁都没说话，直到柳云开始给他按摩左手，坐到了他的右边，他仔细看到了她的模样，才开始和她聊天。

姓什么？

柳，柳树的柳。

哦，柳树，插到哪儿就在哪儿活的树，生命力特强的一种树。你呢，生命力也强吗？

我……就是不强呀，总受人欺负。

你怎么啦，出了什么不高兴的事吗？

哦，没有啦，柳云勉强挤出了一丝微笑，眼里有点滴泪光闪烁，这一来，反而使她的模样更显美丽凄楚。

魏驰强势的性格立刻显现，一种要保护这个美丽而娇弱少女的冲动，使他讲出了几句很有威势的话：你要有什么委屈，就跟大哥我说，我姓魏，叫魏驰，在这个地盘，我魏驰还没怕过什么人。

柳云赶紧说：没有，没有，真的没有，我是有点不舒服。

不舒服？不舒服还上什么班？没钱是吧？没钱你说话啊，大哥我帮你。

柳云一笑：大哥你开什么玩笑？我们又不认识，你凭什么帮我？

不认识？今天不就认识了吗？魏驰漫不经心地说。

柳云一笑，不再说话。

她遇到过各式各样的客人，大都是一开口大话空话真话假话文话

野话一溜而出，不必经过大脑的，出了这个门就全不记得。作为按摩女，她们从不会把这些话当真。

信不过我是吧？魏驰语气平淡，这样吧，你等会给我留个手机号，过两天我来接你，你就不在这儿做了，到我公司去吧，工资我按你在这儿收入的一倍给，愿意吗？

我不会去的，柳云说。

为什么？魏驰问，语气有些惊奇的意味。

不为什么，我在这做得蛮好的，我不想换工作。

哦，是这样，魏驰说，你上网查查腾龙房地产开发公司。腾，就是飞腾的腾；龙，就是龙、虎、豹的龙。你查查就知道了，想进我们公司的人哪，那可不老少啊。

柳云没答话。

你读过多少书？

高中毕业。

文化程度是低点，魏驰说，我们公司男的女的清一色大学生。

就是嘛，我哪够格？

柳云似乎找到了推辞的理由。

够不够格，我说了算，我说你够格，哪怕你是个文盲，也可以进我们公司的。

文盲去你们那里做什么？扫厕所是吗？

扫厕所也可以啊。我们那里扫厕所的一个月都拿三千块，别的地方有吗？

柳云说：吹牛不犯法，随你吹呗。

魏驰不再说什么，闭上双眼，享受柳云细腻周到的服务。

到钟了，大哥！

柳云喊醒不经意间睡过去的魏驰。

什么钟不钟的，接着做，魏驰说。

柳云打内部电话，报告说客人加钟。

第二个钟开始，魏驰又沉入梦乡。

又一个小时过去了，他没醒，柳云也不敢惊动他。

晚十点，柳云叫：大哥，大哥！

魏驰终于醒了，一睁眼，看见了柳云，问：几点了？

十点，柳云答。

哦，魏驰坐起来，做了几个钟啊？

三个。

他从枕下摸出自己的钱包，捏了一叠纸币，递给柳云：数数，看够不够？

柳云数了数这一叠百元大钞，共十一张。

五百块就够了，柳云说着将六张钞票退了回去。

不用了，留给你做小费吧。

柳云见他出手阔绰，心里暗暗高兴。

为了给这位大老板留个好印象，她再次将钱退回去。

叫你拿你就拿着，魏驰说，不要扭扭捏捏的，我不喜欢。

柳云这才收下。

他进里间，换回自己的衣服，走出来时，没忘记问：小柳啊，你的手机号，留不留给我啊。

留啊，柳云说，报出自己的号码，魏驰用他的手机照号拨了一遍。

好了，我走了，过两天我给你电话。

金海岸出了强暴案，一连几天，工商、城管、街道治安办川流不息来检查，客人少了很多，生意冷了不少。

女孩们同情阿琴，背后骂李娇容，都说女老板只怕男人，专会作践她们这些打工妹，又有附近桑拿按摩店的老板假装按摩客来挖技师，几天时间，小姐们竟走了一大半。

一间店，全靠它的气势支撑。上下不团结，人心不聚拢，那就会店败如山倒了。

那么大的店面，光房租就吓人，生意一有衰象，再扶就难，没一个月，店就维持不下去了。

李娇容摔了一大跤。这能怪谁？她不是坚决反对卖淫的吗，怎么

搞的，老天怎么就这样不怜惜她呢？要知道，她开店的钱还是借别人的，这一来，叫她拿什么还那几十万？

人生啊，这样的不同，有的人如有神灵指引，一路顺风顺水，越走路越宽。有的人，比如这李娇容，却是命途多蹇，坎坷不断，打击连着打击，失败接着失败，丈夫去世，开店走衰。唉，命运啊，为什么老跟她，一个有文化有模样的女人作对？

柳云和柳月，刚开始一个新职业，便突遭变故，难以为继，她们又该去哪里寻找新的工作？今后的人生之路又该怎么走？

12

柳暗花明又一景

一连几天，两姐妹都没上班。

那天，柳云睡到上午九点还没起床，一阵手机铃声却扰了她的清梦。

柳小姐吗？一个男人的声音。

谁呀？柳云问，声音娇而懒。

我是魏驰。

柳云一听，立即精神振奋：哦，是魏总啊？您好，您好！

你马上过来，我在你们金海岸的门口等你。

等我？柳云还没搞清状况，不过，不敢怠慢：好好，我马上过去。

柳月问：姐，谁的电话？

一个大老板，柳云答。

然后，她以百米冲刺的速度，洗脸，化淡妆，穿上自己最喜欢的套裙，匆匆出门而去。

金海岸门前停着一台十分漂亮的轿车，魏驰站在车门前，朝她招手。

魏总，您找我？柳云问。

是啊，我答应过你的，让你进我的公司，我说话算话。你自己定，去，还是不去？

柳云有些犹豫。去，她还真有点想，她所在的按摩休闲中心要倒

闭了，虽然她不担心没工作，要她的地方大把多，但这个职业给她的感觉真是不怎么样，尊严尽失不说，主要是睡眠不足，凌晨五点下班，回去吃点东西，上床就七八点了，一觉睡到下午四点，还是不解乏。白天睡觉，睡得再多，依旧懒洋洋打不起精神。干这行虽然只有四个月，但她感觉自己原来白皙细嫩、可以捏得出水的皮肤，已经一天比一天干燥、枯萎，她害怕自己会在一两年里丧失少女水灵灵的外表。

不过，眼前的这个男人，她完全不了解，她没把握要不要去他的公司。

先去看看，不满意，我送你回来，魏驰说。

犹犹豫豫之间，柳云上了他的车。

到了那儿，柳云被着实震了一下。

高大气派的写字楼，高档豪华的装修，还有那么多的男男女女，出出进进，整个大厦弥漫着紧张而热烈的气氛，他们一见魏驰，会马上站住，叫声“魏总好”。那种毕恭毕敬的样子，让柳云立即感到了走在她身边的这个男人的身份，对他产生了一种敬畏，而那栋雄伟的大楼则仿佛重重向她压过来，把她压得小小的，小小的，成了一个纸糊人。

8楼。魏驰把她领到人事室，人事主任白珊立即起身，喊道：魏总早！

然后，她的眼光瞟过柳云，见是个美女，立即明白了是怎么一回事，机灵地问道：是新员工吧？

魏驰说：你给她办个手续。

好的，好的，白珊忙不迭回答。

魏驰根本没想过要向柳云征询一下意见，柳云也根本来不及开口说点什么。

其实，什么话都不用再说，柳云已经用自己的眼睛看到了。

魏驰离开，白珊拿出一份员工登记表格说：请你填一下。

柳云接过，拿起笔，一栏一栏填写。

电话铃响，白珊接听。

魏驰的声音：你把她安排到大厅吧。大厅还有没有位？

有啊，有啊，白珊答。

给她配台电脑，一台程控电话。住的地方呢？员工宿舍还有没有单间？

有啊，有啊，白珊又答。

给她一个单间，配备要好点，宽带、彩电、浴缸，都要有。

您就放心吧，白珊说，三星级的标准，够吧？

可以，魏驰说。

那，我马上叫人去办。

下午六点前能弄好吗？

不用，不用，四点前就行了，她早点搬过来，早点投入工作嘛，白珊一脸的笑，虽然这笑容魏驰看不到。

她的时间，由我安排。平时你找点文稿给她打字，不要赶时间，什么时候打完都行的那种。

有啊，有啊，白珊说，田缤影那里好多这种文稿，不急要，多点少点都没关系。

行了，就这样。

通话完，柳云这边也填完了表。

你在原单位工资是多少？白珊问。

两千，三千吧，柳云不知她问这有什么意义。

那就按三千算吧，来我们这，涨一倍，每个月六千，你看行吗？

柳云早已喜出望外，还能有什么不行的？

白珊把柳云的资料录入电脑，然后带她去看给她安排的住房。

柳云回租屋去取行李，柳月一听姐姐要到一家房地产公司工作，也替她高兴。

月月，等我安顿下来，我再联络你。你找工作的事，我会给你留心的。

没事没事，我能找到工作，柳月答。

大姑柳蔚很快知道金海岸要倒闭的消息，想起学院的和教授曾委托她帮忙找个保姆，觉得柳月倒是蛮适合的，便打算安排他们见个面。

和教授，就是和瀚文，中医学院的副教授。

和瀚文，祖籍河南汝南郡，先祖曾是御医，至汉高祖时赐封甘肃天水郡，后举家南迁。和家后人受祖辈家学渊源之赐，于医学上极有造诣，出过多位名医。

和父命途多蹇。1957 年因秉书直言获罪，被贬至湘南某县，交“贫下中农”管制教育。由于医术高明，常为当地农民看病治病，并有显效，因此很受农民欢迎，村革委会也就不怎么为难他，但每每运动一来，上台陪斗还是免不了的，“五类分子”的帽子也一直戴着。生性耿直的他积愤难平，年久成疾。1980 年，平反决定下达，他“青春作伴好还乡”，举家重返省中医学院，翌年即沉疴不愈，撒手尘寰。

当时二十多岁的和瀚文，正好赶上了恢复高考后的头班车，考入北京中医学院。后又考取了著名中医学家崔衍师的硕士研究生，毕业后回故城的中医学院任教，也临床为病人治病。

和瀚文讲课生动。有次在课堂上，当有同学提问中医和西医究竟区别在哪里，何者更优秀时，和即席答道：西医嘛，是头痛医头，脚痛医脚；中医嘛，是头痛医肝，腰痛治肾。中医把人作为一个整体来治，西医是病在哪个部位就在哪个部位治。它们各有各的长处，外科，西医有显著优势。你心脏血管堵塞，它一刀下去，把堵的那段切除，补上一段，确实是诊旧如新，这是又快又好的治疗方法，我们不能不佩服。而内科，中医似乎更为全面。西医治病快，但治有些病副作用大；中医治病慢，但对人体的调理效果更为理想。西医有科学仪器，确诊疾病的准确率高；中医呢，诊病凭医师的个人经验及医术高低，缺乏量化分析。当个中医师不熬到胡子白，难以累积丰富经验。所以许多中医师虽然年纪轻轻，也要蓄胡须，长了还不肯剃掉，就是这个道理。

这番话，引得学生们哄然大笑。

和瀚文主攻经络穴位的研究并取得了显著成绩，他主持研究的“奇经八脉针灸麻醉术”临床证实有稳定的效果，获国家科技进步三等奖，他本人也因为较高的学术造诣而成为学院最年轻的教授。

和瀚文是“书呆子”型的学者，一钻进书堆便什么都忘记了，这使他曾经的妻子于水倩颇为不满。

此前于水倩也是医学院的教师，学的是西医内科，与和瀚文育有一女。

于水倩在感情上要求颇高，总觉得丈夫太“粗线条”，既不能知冷知热，爱花护花，又加上夫妻生活中像个机器人，全无情趣，难免日久生怨。她通过在美国的亲友提供经济担保，到加州大学读硕士去了。1996 年，于水倩拿到了绿卡，回了趟国，与和瀚文见面时竟只有一句话：我们离婚吧！

他们离婚了，唯一的女儿跟了于水倩。和瀚文想，女儿入美国籍，在那边可以受到更良好的教育。

在机场送别女儿时，和瀚文热泪滚滚，这使得于水倩也不禁黯然神伤。

痛定思痛，和瀚文也开始反省自己，尤其在独居的寂寞时光里，他思念女儿和离异的妻子，慢慢明白以往自己一门心思放在学术上，忽略了她们，许多该做的事没有做，许多该做好的事做差了，心里生出深深的自责。

他也曾写信给于水倩，求她原谅，请她“come back home”，“Let's begin a new life”，然而水倩却反应冷淡，她回了仅有的一信，说：江山易改，本性难移，你何必勉强自己？

一晃三年过去了，和瀚文也曾试着重入爱河，但见了几个人，终觉不如意。生活上，他一直请小保姆料理饮食，洗衣洗被，但小保姆流动性大，鲜有安心长做的。

这天早晨，在教研室，和瀚文接到一个电话，是老同学柳蔚打来的，说有一个病例诊断要请教他，约他晚上到家去，和瀚文爽快答应了。

当晚，和瀚文如约到柳蔚家，见到了一个清纯如水的少女，定神一看，竟是柳月。

13

柳月当了小保姆

是您呀？

你怎么来了？

柳蔚道：你们认识？

她在金海岸做按摩师，我去那儿讲课的时候认识的，和瀚文答。

那就更好了，柳蔚欣然。

柳月为和瀚文倒了一杯茶，轻声说："您喝杯水吧！"然后在一旁坐下。

柳蔚说：教授大人，你委托我的事，我一直挂在心上，这是我的外甥女柳月，让她给你做家务，怎么样？

和瀚文连声说：可以，可以。

又问：柳月，怎么不在金海岸做了？

柳月说：金海岸关门了。

和瀚文高兴地说：好啊，好啊，我欢迎啊，只不过委屈你了。

柳蔚大笑：农村的孩子，出来做保姆，很正常的，有什么委屈不委屈的？

和瀚文觉得，眼前这个柳月给他一种很温暖的女性的感觉，她浑身散发的气息，就足以滋润他单调乏味的生活，他甚至有点怕柳蔚反悔，便赶紧说：什么时候柳月可以去我家？今晚就去，行吗？

柳蔚说：反正是要去的，今晚去也可以呀……转身对柳月说：你收拾一下你的东西，跟和教授走吧！

和瀚文似乎感觉自己太迫切了一点，于是定下神来，对柳蔚说：不是有个什么病例，要我给你参谋参谋吗？

对呀，不说，我差点忘了，那我这就取了行李和病例资料跟您回去。

和瀚文带着柳月回了家。

当晚，和瀚文用心为柳月清理出一间住房，先是搬捡东西，接着又扫地又抹桌抹床，弄得柳月很不好意思，赶忙说：和教授，我来吧，我自己可以弄好的。

和瀚文说：那好，那好。他说着，回他的书房看书去了。

一会儿，柳月给他端着一杯开水来，问：和老师，明天一早，我做些什么，您告诉我吧！

明天早晨？哦，我每天都起得很早的，我有早晨跑步的习惯，早点嘛，我自己从学院食堂买回来，你上午十点左右去买菜，回来做饭就行了。

不，不，柳月说，早点还是我去买！您的时间宝贵，这些小事您就不要管吧！

也好，也好，和瀚文挺高兴，不管家务事，是我最希望的。不过嘛，明天早上，还是我带你去走一趟，你不知道食堂在哪里是吧？哦，每天买菜的钱，我给你放在电视柜下面的抽屉里，你自己拿，每天花多少钱，也由你定，通常我是吃一个荤，两个素，一个汤。

好的，柳月答。

第二天，柳月一大早与和瀚文一道买回早点，然后去买了菜回来。中午，柳月将做好的菜端上桌，和瀚文每样尝了几口，有难下咽的感觉。

柳月问：和老师，很难吃，是吧？

和瀚文说：没关系，第一餐嘛，以后慢慢就做好了。你做菜，要学着用作料呀，像炒空心菜，加姜丝，加蒜末，才好吃的。

柳月不好意思地笑了。

我在家做菜，就是用点油盐，炒炒就成。一定不合您的要求吧？我会好好学着做的。

果不其然，大约一个星期，柳月的家常菜已做得很出色，和瀚文吃得开心，啧啧称赞道：小柳呀，你还真心灵手巧嘛，这么快就能把菜炒得色香味俱全呢！

柳月说：什么事只要用心，就能做好，您说是吧？

和瀚文连连说：对，对，小柳，你的体会很深刻。

一个星期六的晚上，和瀚文说：柳月，我带你上回街，帮你买几件夏装吧，天气已经热起来了。

不用，不用，和老师，我有衣服，柳月客气地推辞。

你有几件衣服，我能不知道？走吧，走吧！

柳月不再言语，跟着和瀚文走。和瀚文叫了辆的士，直驶本城最有名的服装夜市“寻梦园”。柳月是个少女，岂有不爱时装的？只是，她不愿让和老师为她花钱，这是离家时母亲一再嘱咐的。

因之，她在时装店里看得并不用心，总是说这件也不行，那件也不行，和瀚文陪她转了一个多小时，也没买成一件。

和瀚文渐渐感觉出了柳月的这种自尊，使他对她的好感更为加浓，反倒更想为她买几件像样的服装，将她好好打扮一番。

柳月，看来，不能让你拿主意了，和瀚文说。

在一家叫“倩雅”的时装店，柳月在一个模特的面前稍微多停留了一下，和瀚文立时抓住时机，问柳月：这套怎么样？

柳月仔细打量穿在模特身上的这套时装，杭绸，细腻、滑爽、挺括，上衣黄色，领口及袖口镶黑色的边，有鲜明的对比感、层次感，色调虽丰富却仍然明快不繁杂。下身是一条黑裙，有凝重的气质。

平心而论，柳月很喜欢这套服装，但一看标价，210 元。

和老师，这套好是好，就是太贵了。

你说好就行。和瀚文已拿定主意买下这套时装。

多少钱？他问店主。

两百一，店主说，您如果诚心要，少一点也可以。

少多少？

少三十吧。

行，就一百八吧。

和瀚文又为柳月买了两件女式汗衫，一条牛仔短裙。

柳月，你穿这种牛仔裙，一定漂亮。

是吗？可能吧。柳月笑答。

其实，她也知道自己的身材玲珑凹凸，穿这种裙能显出修长的双腿，令身体高挑。

返回时，和瀚文有意和柳月多交谈，便不叫的士，他们俩沿着林荫道慢走，和瀚文还大胆伸出手，握住柳月的手，柳月也没有推拒。

他们边走边随意聊着，直到将这条林荫大道走完了将近一半，才乘的士回家。

柳月第二天便穿上了那套杭州绸装。衣服衬托了她的美丽，这美丽又使她欣喜，使她自信。她感激和老师，这感激，无言地显现在行动中，因而这天傍晚，和瀚文回家时，便看见柳月将洗好晒干的被套和床单收进屋。

其时天已很热了，和瀚文早已只盖一床毛巾被，春季换下的被套被他塞进柜橱里，想等以后抽时间洗，但实际上，他早将这脏被套的事忘诸脑后了。柳月竟然细心到连这样的小事也没放过，这使和瀚文高兴之际，更添一分感动。

看见和瀚文，柳月笑道：和老师，晚饭已经做好了，我去拿。

饭菜上桌后，柳月从厨房走到客厅，双手藏在身后。

和老师，今天我自作主张，买了点东西，您不会怪我吧？

她双眼直视他，眼光中有些亲切，有些俏皮，又仿佛有几分担心。

怪你？干吗要怪你？我表扬你还来不及呢！和瀚文说。

喏，柳月终于揭开了她的小小秘密。

她将一瓶红葡萄酒露出来，您喝一点吧。书上说，中年人喝点葡萄酒，可以活血，可以预防心血管疾病呢！

和瀚文真是高兴！他漱漱口，眼角流露出抑制不住的笑意，哈，柳月不仅是我的厨师，还兼我的营养师呢！

他开了瓶盖，要倒酒。

我来，我来，和老师，柳月说，一边取出高脚酒杯，一边将酒倒进酒杯里。

和瀚文往口中灌了满满一口酒，说：不错，好酒。

真的？柳月放心了，这才坐下吃饭。

柳月呀，我也知道，喝点葡萄酒对我这个年龄的人有好处，不过，一忙起来，饭都顾不上吃，哪还顾得上喝酒！

以后，我来给您买呀，柳月说。

和瀚文不笑了，点点头，道：就是不知道，你能在我身边待多久哟？

这个问题一出口，柳月有点猝不及防。待多久？谁知道？谁能知道？她只好默然。在沉默中，慢慢地一口口地扒着饭。

柳月呀，谢谢你，帮我把被子洗了！和瀚文及时转移话题。

谢什么呀，这是我该做的！柳月忙说。

不，不能这么说，这是春季的事，你夏季才来，这事不是你该做的！

为什么分得那么清？柳月说，只要是您的事，我都该做！

这并非是什么豪言壮语，说这话的时候，柳月声音很轻，语调也很平常。然而，和瀚文听了，感觉却是十二分的温馨。他若有所思地点了点头，放下了碗。

柳月的出现，整个儿改变了和瀚文的生活，家里变得干净、整洁了，衣服都能按时换洗，地板总是擦得光亮，窗明几净的，让人心旷神怡，更重要的是，和瀚文不再有孤独的感觉了。

以往从教室回家，迎接他的总是黑洞洞死沉沉的几间空空的房子，现在不同了，现在窗前有了温暖的灯光，打开门，总会见到一位靓丽少女清风明月般微笑，心儿立时会有一种轻微的感动，如水波样在周身荡漾开来。

和瀚文感激这个使他有了家的感觉的少女，对她便格外好一些，平时从不使主人的威严，相反，还多方照顾柳月。吃饭时，他时时夹些鸡块肉块往柳月碗里送。

吃，吃，多吃点，他说。

柳月有些不好意思，和老师，我自己来，我自己来。

有天晚上，和瀚文写作写累了，到客厅小坐，见柳月正在看一本书。

小柳，看什么书呢？

是您的著作呢，《易经与中医理论》，柳月答。

这书比较深奥，你看得明白吗？

不全明白，有的也明白一点点。和老师，您在著作里说的这个谜：中国古代并没有电子仪器，人体的七经八脉三百六十五个穴位到底是怎么发现的，您自己也没有解释，这是怎么回事？

小柳，我看你挺聪明嘛，这个问题提得很有水平。关于七经八脉和穴位的发现，国内学术界有些不同的解释。比如古埃及修建金字塔，那时肯定没有起重机，二十多吨重的大石块，是怎样被搬到几十米高的地方的？这是古代人类的智慧，这种智慧现代人往往估计不足，中医理论中经络穴位的发现，正是古代中国人智慧的体现。

柳月直视着和教授，似乎不大明白。

哦，和瀚文一笑，这对你似乎深奥了一点，如果你有兴趣，可以学一点中医理论呀！

我也想，柳月说，和老师，您那么有学问，就收我做个徒弟吧！

是真，还是假？

当然是真。

学中医，起码五年，你有这个决心，这个耐心？

有，绝对有。柳月响亮回答。

好，那我就收你做个徒弟，学习时间是五年。

和瀚文从未收过徒弟，这回算是破了例。

太好了！柳月很高兴。

在和瀚文，最直接的愿望，是将柳月留在身边，时间愈长愈好。

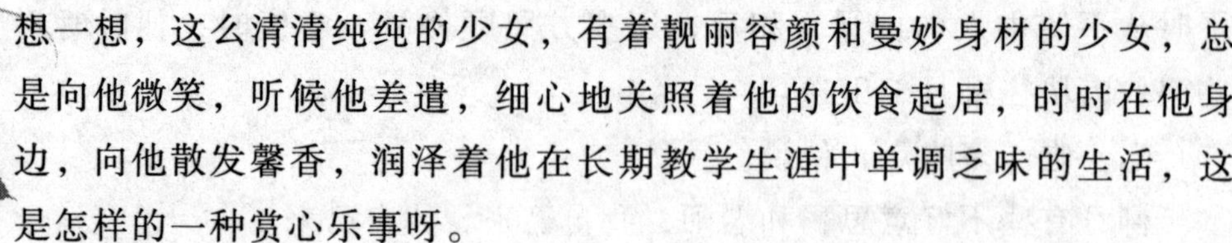

想一想，这么清清纯纯的少女，有着靓丽容颜和曼妙身材的少女，总是向他微笑，听候他差遣，细心地关照着他的饮食起居，时时在他身边，向他散发馨香，润泽着他在长期教学生涯中单调乏味的生活，这是怎样的一种赏心乐事呀。

就在前天晚上，和瀚文写作累了，正觉得有些口渴时，柳月恰好为他端来了一杯茶，他喝了一口，只觉得醇芳满口。

哎，柳月，这是什么茶叶，这么香？

柳月一笑：和老师，您猜呀！

和瀚文说：毛尖？

不对！

那……碧螺春？

不对。

14

红袖添香好读书

见和瀚文连猜了几种茶，都不对，柳月才揭开谜底：这是我从家里带来的新茶。

柳月刚洗了澡，洗了头，白嫩的脸由于热水的喷淋而容光焕发，从她的身上飘散出的阵阵芬芳使和瀚文有顿入花丛的感觉。他想起了古人“红袖添香夜读书”的名句。

柳月，你坐下，坐下！和瀚文邀请道。

不啦，不啦，别妨碍您工作，柳月说，随即退出了他的书房。

这一幕，和那“红袖添香”的句子，竟在和瀚文脑海中挥之不去。今天，当柳月提出要跟瀚文学医时，他当然满口答应，甚至收徒之心较柳月的拜师之意还更为迫切。

他立即找出几本中医学的基础理论书给柳月看。

然而，有想学习的愿望毕竟还不够。像《黄帝内经》这样的书，让大学本科生去啃，都觉得有几分艰难，何况柳月只是个高中生，古汉语知识并不多。不久，她就坚持不下去了。

和瀚文也意识到了这一点。

柳月，学不懂，就不要学了。你先学语文吧，重点学古代汉语。柳月点头同意。

和瀚文立即给她拿回来供中医学院学生用的大学语文教材，果然，柳月学得比以前顺利多了。

晚上的时间，柳月多是看电视，学语文，和瀚文写作累了，到客厅小坐，柳月就将不懂的地方请教他，他一一作出解答。

这种辅导方式，两个人当然挨得很近，柳月身体的某一处，会无意中碰触和瀚文，弄得他身体里涌起一股莫名的躁动，他要费很大的力气来克制这种雄性的欲望。

渐渐地，和瀚文有了一种感觉：他觉得离不开柳月了。他开始往那方面想——要是柳月能长久地陪伴在身边，照料他的生活，给他寂寞的日子增添亮丽的色彩与温悦的声音，那该多好！

她俏丽的身材真美妙！她的红唇多诱人！好些次，和瀚文都想搂住她，在她的嘴角印上长长的、深深的吻。

这是夏天。柳月修长白皙的双腿从牛仔短裙下探出来，浑圆而富于弹性，弄得和瀚文有些魂不守舍。

和瀚文去开会，会期三天，散会时得了两张音乐会的票，是国内某一男一女两位歌星的。和瀚文素来对通俗歌曲不感兴趣，回家后，对柳月说：歌星的演唱会，你想不想去？

柳月一听那一男一女两个歌星的名字，高兴得几乎跳起来。呵哟，我早就想去看看他长的什么样子，还有那个玉女歌星，人家说他们是一对呢！

和瀚文没料到柳月会这么高兴，这回倒是歪打正着了。

那怎么办，只有我陪你去咯……

和瀚文一副无可奈何的样子。

谢谢您，和老师！柳月欢呼道。

晚上，柳月穿上了和瀚文给她买的丝绸套装，洒了点淡淡的香水。

为不引人注目，和瀚文借口先去叫的士，让柳月在学院大门前等他。

整个学院就和瀚文一个人有票，他不用担心有人看见说闲话！

在的士里，当柳月紧挨着他坐下后，他心里甜丝丝的感觉又开始弥漫开来。

多像一对恋人去赴宴会啊，他想。

整个晚会，两位歌星唱了些什么，他全不在意，但他又觉得很高兴，因为柳月高兴呀。柳月鼓掌时，他也跟着鼓掌。

散场时，他们随着拥挤的人群往外流，和瀚文说：注意，别走丢了。稍一会，他牵住了柳月的手，他觉得这样“师出有名”，自己才有勇气。柳月没有挣脱，任他握着。

沿着剧场外的林荫道，他们手牵手地走着。随着时间的推移，和瀚文的感觉愈来愈好，勇气也愈来愈增，正当他想说点什么的时候，忽然一辆的士“嘎”地在他们身边停住：先生，要不要车？司机问。

和瀚文想说，不要，不要，可终于不好说，只是看了看柳月，柳月说：和老师，我们上车吧！

和瀚文才不大情愿地坐进的士里去。

刚走进家，在门“砰”地关上时，和瀚文轻轻将柳月拥到自己胸前，颤声说：柳月……

他正准备要说点什么，柳月却突然挣脱了他的怀抱，说：谢谢您，和老师！说着便快步走回到自己房里。

和瀚文听见柳月拴门的声音，却仍然走过去推门，柳月，柳月，你开开门，开开门呀！

毫无动静。

他又继续呼唤：柳月，柳月……

一会儿，柳月终于应声了：和老师，您有什么话，明天再说吧！

不，不，我就是要现在跟你说！

太晚了，我要睡了。

不用很久，我只讲几句最重要的，然后你就可以睡了。

那您说吧，我在这儿听着。

可是隔着门，和瀚文一句话也说不出。柳月，你先开开门，让我进去说呀！他央求。

此刻，他完全没了主人的架子，倒像是个遭到冷遇的求爱者。

里面又归于沉寂。他们就这么僵持着。

也不知多久，当和瀚文确信，柳月是绝不可能开门时，才轻声说：

柳月，那我去睡了，你也好好睡吧！

和老师，晚安！

里面传来柳月温柔的声音。这使和瀚文更心潮难平。

这个柳月呀，不就是一个普通的农家妹子吗？可是，她竟是这样的庄重，这样的自尊，她细心地保卫自己，可在保卫自己的同时，绝对是温和的，有分寸的，是绝不损害对方尊严的。

想起当年跟于水倩在一起时，她一有什么不满，就会狂风骤雨地发泄一通，脾气一过，又会要求和瀚文跟她亲昵，跟她温存，而和瀚文似乎还没从被损伤的状态中恢复过来，往往不愿将就，这又会激起于水倩的不满：你怎么就像个木头人，你还是不是我丈夫？

和瀚文这时会背过身子，朝外睡，不答理她。

他是个怕争吵的人，无论自己肚子里憋了多少气，要他骂于水倩一句，也是做不到的。

男人和女人是两个极，女人的女性韵味愈浓，便愈能激起男人的阳刚之气，反之亦然。

于水倩身上温存之处太少，和瀚文在她面前总是“男子汉”不起来。

而柳月，给和瀚文的感受却截然不同。在柳月面前，和瀚文第一次有了男人的感觉，这可能由于柳月像个女人吧！

和瀚文回到自己的卧室，躺在床上，辗转反侧地睡不着。

他确实想告诉柳月，他愿意娶她做妻子。他年龄还不算太大，48岁，比柳月大28岁吧！这样的年龄差，大是大了点，不过在现在，这也不算稀奇了。

主要的是，他可以为柳月提供使她终生幸福的保证。

不仅是物质上的，而且也是感情上的。

和柳月相处尽管才短短的两个月，但他确信他已经爱上了她，这种爱是真诚的，不掺假的。苍天在上，神明可鉴。

还有……还有……他会将她送去学习，比如进某个中医专科学校，让她先学习中医基础知识，然后进一步深造。

他的工作太忙，写作任务繁重，初稿字迹总潦草不清，他很想有个秘书，帮他整理书稿，而柳月正好担当这个角色。

她一旦成了他的妻子，那就不仅是生活中的伴侣，而且也将是事业上的助手，真能这样，那就太幸福了，人生若此，夫复何求啊？

想到这，他更睡不着，他急着要把心中的想法告诉柳月。

凭直觉，他知道柳月对他也是有好感的，甚至早考虑过他们之间的事情，他太想大江奔腾般将心里话向着她一泻无余，他急于知道柳月对这件事的态度。

他腾地坐起身，坐起来后，却又停下了。他知道，夜半三更地去叫门，柳月肯定会以为他有什么不良企图，心存戒备，决计不肯开门，刚才，不就是这样吗？

他紧张地思索开来：找个什么理由，才能使柳月开门？哦，有了，就说要拿点什么东西，柳月就不好拒绝了。她目前的身份毕竟只是个保姆，不可能抗拒主人“正常的”吩咐的。

那么，拿什么呢？有什么东西，是在夜深人静时，他必须要用的呢？

衣服？他的夏衣，柳月全给他清出来，洗干净，放在他卧室的柜里了。

驱蚊器？花露水？折扇？

唉，想起来了，就说找书嘛！柳月的房里，搁着他的一只大书箱，里面摆放着许多医学书籍及资料，只要说找书，柳月就不好拒绝开门了。

她知道我有夜间写作的习惯。这个理由成立。这样叫门，名正言顺。

想到此，他全身弥漫起一种新的兴奋。只要柳月一开门，他就可以向她一诉衷肠了。那真是大快人心事啊！倾吐，倾吐，尽情地倾吐！说不定，今晚就会有奇迹发生！

15

月涌大江流

他满怀希望地走出自己的卧室，穿过客厅，向柳月的房间走去。

柳月，柳月，你开开门，我有事。和瀚文叫道。

房内沉寂着。柳月，柳月，你开开门，我真的有事。和瀚文又叫。

仍无应答。

柳月，你是不是睡了？真对不起，我正在写作，需要一本参考书，就在你床边的那只大书箱里。

和老师，是什么书？我给您找！这回柳月立即应声了。是什么书？这倒没想好呢！他紧张地思索着，时间太紧迫，久了柳月肯定生疑，只好随口道：《周易参同契》吧！

哦，您等会儿啊，我来找。

他在门外等着。

约摸一分钟吧，听到柳月在房内喊：找着了，找着了。

好，那你拿给我。

和瀚文觉着自己的计谋要成功了，心中不无得意。

他听见，柳月房里有椅子移动的声音，接着，天窗口探出柳月笑吟吟的脸，她手上举着一本书。

是这本吧？和老师？

她将书轻轻一抛，和瀚文接住了，一看，正是《周易参同契》。

和瀚文一时不知该说什么好了。事情的发展本以为定如所料，结果却完全不如所料，新的情况来得太突然，他一时不知如何应对。

和老师，晚安！

晚安！和瀚文迫不得已答了两个字，心里想，是不是再要求柳月开门？就说还要找另外的书什么的。

但“晚安”都说过了，实在不好再出什么新花样。柳月从天窗递书的举动，让和瀚文出乎意料，又让他生出一种同情与尊敬：这个农村少女在保卫自己的时候，颇有些煞费苦心呢！既如此，自己何必担着她的疑心，硬要在这子夜之时跟她谈话呢？以后的机会不是很多吗？不必急呀！

想到此，和瀚文平静下来。

他回到自己卧室，将书扔到桌上，然后躺下来。

然而，心绪翩翩，难以入眠，满脑子都是“柳月”这个名字。

今晚的事，他又一次感到了柳月的那种庄严的气质，因而在心中对她的好感又增添了许多，爱意也倍浓了。

而此时的柳月，也是思绪翻腾，她从和瀚文的态度上，已感觉到他想说什么，会说什么。

从心底讲，她认为和瀚文对她是真心的。

他一直细心地呵护她，关照她，给她买水果，买衣服，时刻注视她的需要，她的感受。许多时候，她觉得自己不是和老师的小保姆，而是他的……

在和老师家，她第一次过上了与农家完全不同的生活。红色檀木地板锃光闪亮，落地式窗帘气派豪华，一溜的咖啡色成套家具，看着就叫人赏心悦目。

和老师甚至惯她、宠她。

一天，她切菜不小心将左手食指切破了一小点，和老师很紧张，立即用创可贴给她包好，而且坚持叫她不要再做饭了，带她上饭馆去美餐了一顿。

一餐饭，花了三百多元，但和瀚文很高兴。

如果是他一个人出来吃饭，花个三五十块他都会觉得很奢侈，但

有柳月在，情况就不一样了。只要柳月高兴，钱已经不再是钱。

和老师是个好人，是真的爱我疼我的。柳月想。

如果他真的想要我，怎么办？柳月给自己提了这个问题。

16

谷丰收为幸福奋斗

就在柳月为和老师对她鲜明的感情倾向而喜忧参半时，谷丰收也为了他心爱的柳月开始了扎实的行动。

他退伍时，有一笔复员费，虽然不是很多，但在这座城市安个临时的家，却是足够了。

为了租一间合适的住房，他开动两条腿，全城到处跑，市内繁华街道的房子，贵得令人咋舌。只有城中村的房子，还算便宜，他在那儿租了一个单间，厨卫配套，置办了一点简单用具，住的地儿就算有了。

离住地四站地，便是金时代广场，广场后面西南角一溜过去，共有四间画坊，左手边第一间空着，那是用塑料布搭成的小棚，五六个平米，一月租金上千块，他一咬牙，拿下！于是画坊也就建起来了。

他的紧邻画坊主人叫贺国喜，一个长着满脸络腮胡子快四十的男人。他毕业于湖北某地的师范学院美术系，来这边后，先是做民办中学的老师，后来感觉太累，工资又低，便出来单干。

他问了谷丰收的一些情况，还做了自我介绍。

帮人画像，赚得不多，一个月三四千块还是有的，主要是自由啊，想来就来，想歇就歇，上无人管，下也不管人，省心。

你下面还是要管人啊，谷丰收微笑道，指着一个帮他拉客的三十来岁的女人。

她啊，不用我管的，帮我拉一个客，给她五块钱，她领的是计件工资，贺国喜解释。

怎么样，你要不要请一个？贺国喜问。

我？看看再说。

谷丰收开张的那个晚上，没有人来道喜，也没人来送花篮，谷丰收根本就没把这事告诉朋友同事。他只想试试，干得好，就干下去，干不好，随时转舵。

九点左右，有一对年轻男女走过来，女孩问谷丰收：你画像啊？

谷丰收赶紧说：是啊，是啊。

贺国喜也走过来：你们要画像啊？画吧，画吧，保证画得像，不像不要钱。

女孩并不答理贺国喜，仍然问谷丰收：你还是刚开始做吧？你里面没挂一个样本。

谷丰收点头：是，我今晚刚开张。

贺国喜走过来说：来，来，来我这边画，我在这里做了一年了。

谷丰收对贺国喜这种明目张胆抢生意的行为，虽然不满，但没表露出来，想想自己刚来，马上就跟邻居闹翻，不好。

女孩仍然不理贺国喜，转头对男友说：我们支持一下这个新来的，就在他这画吧。

男孩说：行，你画吧。

女孩于是坐下来，谷丰收架好画板，拿出纸笔，开始为她画像。

中学时代，谷丰收遇到了一位很有责任心而且绘画基本功很扎实的老师，他对谷丰收的教诲尽心尽力，素描、人像是谷丰收用力最多之处，现在，倒正是用得着了。

贺国喜对那男孩说：你这么等着太难受了，不如，你也来画一张吧。

男孩想想，也同意了。

约摸一小时，两边都画好了，女孩看着谷丰收为她作的画，笑道：还真像，不错，不错！

男孩看贺国喜为他画的像，皱了皱眉头：这是画的我吗？

贺国喜赶紧说：你觉得哪不像，我给你改改。

女孩探过身子来，看看也不吱声。

男孩说：哪儿不像我也说不清，就觉得不是那么回事。

女孩道：主要是脸形不对，眼睛也不是那样，他的眼睛不大，但是有神，他故意把你的眼睛画大，结果反而不对路。

贺国喜一听，不高兴了：我在这画了一年多，还没见人这么说我，得了，得了，我给你一个八折，算我倒霉。

男孩一听这话，也不高兴了：怎么着，画成这样，你还有理了？这是七折八折的事儿吗？我看一折都不值！

贺国喜喊：怎么着，怎么着，你要全像是吧，那你去照相馆啦，照相就百分之百像，画像就这样，画像是艺术，要加进画家的想象，求神似而不求形似。

男孩仍然没被说服：至少，它得像我吧，不像我，你画什么像？

你想赖账是吧？贺国喜出言不逊了。

女孩说：赖账？这几十快钱我们还拿得起。

她掏出钱包，拿出两张五十的纸币，一张给了谷丰收，一张给了贺国喜。

那男孩仍然余气未消，将那张画像三下两下，撕了。

贺国喜说：撕吧，撕吧，只管撕。

男孩对谷丰收说：这位先生，你再为我画一张。

谷丰收考虑到贺国喜的感受，客气地说：下次吧，下次你来，我再为你画。

男孩执拗脾气也上来了：我还就今天画，你愿不愿意？不愿意，我上那摊去。

谷丰收这才说：那，行，你请坐。

用心认真地花了整整一小时，男孩的头像画成了，谷丰收左看右看，确信有八成把握，才拿给了男孩。

男孩看过，说：这才像个样子嘛。

见他掏钱，谷丰收说：钱就不收了，你们来这玩，图的是个好心情，高兴就成。

这对恋人走后，贺国喜不仅不感谢谷丰收为打圆场，反而说：谷画师，你画你的画，收你的钱，与我无关啊。

谷丰收说：我说了与你有关吗？

那倒没有，贺国喜说，大家都是出来混，谁也别充好人。

谷丰收被他的蛮不讲理激怒了，但还是克制着愤怒，冷冷地说：贺师傅，我没得罪你吧？你要是无理找碴儿，我会叫你吃不了兜着走，不信，咱们走着瞧。

谷丰收个头高大，平静中透出一股威势，还真镇住了贺国喜，他没敢再回嘴。

每天晚出晚归，半个月一晃而过，凭着不错的画技，他的收入还算差强人意。赚的钱他自己当然是舍不得花的，除了房租伙食费和一些最必需的开支外，剩下的他都存了起来。他计划一年存个三万多，三年存够十万，回家起栋楼就勉强够了。

有了房，才可以谈得上迎娶柳月。

一个晚上，他忽然想起要给柳月打个电话。很顺利，电话一拨就通了。

喂，喂，是柳月吗？

我是啊？你……是谷丰收吧？

是啊，是啊，我是谷丰收。

你怎么不来拿手机啊？

不急，不急嘛。我刚在西头租了间房，每晚都在时代广场帮人画像。

好啊，柳月说，万事起头难，你总算起头了呀。

谢谢，谷丰收听柳月这么说，心里很受鼓舞：有你的鼓励，我就更来劲了。柳月，你什么时候过来玩？我也帮你画张像吧。

我？只怕没时间啊。

来吧，来吧，谷丰收说，来看看也好啊。

17

和瀚文的陷落

那，好吧，柳月道：等我休息那天，我就去。

那，来的时候你给我电话啊，谷丰收大为高兴，甜蜜蜜地收了线。

嘿，今天这电话打得太对了，他合上手机，想：人生啦，有些事还真是得勇敢一点，你鼓起勇气去做，有的事说不定就做成了。

那晚他睡得分外香。

柳月一直把丰收看做朋友，把他对自己的好看做友谊的表示。

而面对和瀚文越来越明显的感情流露，她的想法多起来了。

我倒没什么，嫁给和老师也是挺幸福的，只不过……他的年龄是大了点，大我 28 岁呀，我自己可以不计较，可家里，爸爸妈妈，多半是通不过的。

唉！世界上的事就是这样，不是这不如意，就是那不如意，和老师条件样样好，就是老了点，我老爸现在才 50 岁呀，他比我爸才小两岁呢！

唉，就算不能嫁给和老师，我就这样侍候他，一直侍候他，不也很好吗？如果能这么过一辈子，比起在农村累死累活，那也强多了！

柳月就这样想来想去的，总也想不出个头绪来，也不知什么时候沉入梦乡。

她醒来时，东方的太阳已辉耀了半边房子，她赶紧爬起床，洗漱完毕，在客厅里发现了和老师的字条：柳月，桌上的早点是留给你的。

今天病房有会诊，我要去参加。有什么事，打电话给我。

柳月将字条揉成团，丢进纸篓，吃完早餐，就去买菜了。

一连几天，和瀚文没有再提那晚上的事，柳月倒感到有点纳闷。她心里有一种渴望，希望和老师将那晚上没讲的话讲出来。

这天晚上，和瀚文又在书房写稿，约摸十点，她估计和老师写得有点累了，便像往常一样，泡上一杯茶，给他送去。

和瀚文接过茶，脸上显现出一种格外柔和的光辉，说：柳月，你在这儿坐一会儿吧，我有话对你说。

柳月顺从地坐下了。

柳月，你在我这儿做得怎样？他问。

柳月点点头。

你愿不愿意长期在我这儿做下去？

柳月又点点头，轻声说了两个字：愿意。

这使和瀚文很受鼓舞。

柳月，自从你帮我以来，我觉得这个家好像变了个样子，又干净，又整齐，你的饭菜做得好，把我都吃胖了。

和瀚文望了望自己的身体，仿佛向柳月证实：自己确实是长壮了。

你知道，我和前妻离婚已经有些年了，她带着我们唯一的女儿去了美国。回顾这段失败的婚姻，我觉得双方都有责任，以前我总认为她脾气太大，而我呢，喜欢温柔的女性，像你这样的。现在呢，我也醒悟到过去我一心沉在学问里面，只想学术上快快出成绩，因而没有太顾及妻子，想想她的感受。一个女人，如果觉得丈夫不爱她，她会很委屈，很失望，脾气也会改变。

和瀚文停顿了一下，喝了一口茶，注视柳月的表情，见她一动不动地坐着，双眼低垂，知道她在认真倾听，于是又开始倾吐。

经过这一次婚姻，我反思自己，才懂得无论多么美丽的恋爱，结婚后双方如果不细心地照顾彼此的感情，也难免会出现危机。

这几年，同事也给我介绍过几个，我都没有动心。英语里有个词语，叫“ Fall in love” ——“掉入爱河”，掉入爱河是不知不觉的，无意的，当一个女孩非常清纯可爱，一个男人不知不觉被她吸引了，爱上她了，这就是“掉入爱河”了。

现在，我就是处在这种情况下。

柳月，你也知道，我的条件还不错，我是中医学院的副教授，不仅有宽敞的住房，较高的工资，更重要的是我有专利技术，学院的药厂与我签了合同，他们负责生产销售我的技术产品，我从利润中提成20%—— 哈，这可不是个小数目啊，如果工厂每年赚 100 万，我就有 20 万元利润。

说实话，不少女人对我有兴趣，想嫁我，但我无动于衷。冲着我的钱来的女人，我怎么会对她动心呢？

柳月，我们相处两个月了，在这两个月里，你一定了解了我的为人，我对你的诚意，可以说，我从见你的第一面起，就有些喜欢，后来是越来越喜欢，现在，我已经觉得离不开你了，我想……你……你……

说到此，和瀚文有些艰难了，自己毕竟已经 48 岁，向一个 20 来岁的少女表达爱情，在欧美也许无所谓，可这是在中国呀！

他再次注视柳月，只见她仍然一动不动地坐着，双颊微红，星眼朦胧，但绝无反感，他于是下定决心说：柳月，你……就做我的妻子吧，我可以保证，你嫁给我，你的终生幸福就有了保障了，不仅你，而且你全家的幸福都有了保障了。

当然，我知道，我们的年龄差距是大了点，二十多岁嘛，不过，相差二十多岁而结成幸福伴侣的，大有人在呀，你知道画家徐悲鸿和他的妻子廖静文吗？

柳月摇摇头，表示不知道。那孙中山先生和宋庆龄，你总知道吧？

这回柳月点了点头。

宋庆龄嫁给中山先生的时候，才 19 岁，而中山先生已经 50 岁了，可是他们的爱情却坚贞深厚，成为中国式婚姻的楷模。

他又举了一些年龄差距大但却很幸福的夫妻的事例，来向柳月说明：相差二三十岁的男女也可以成为幸福的伴侣。柳月的脸颊愈来愈

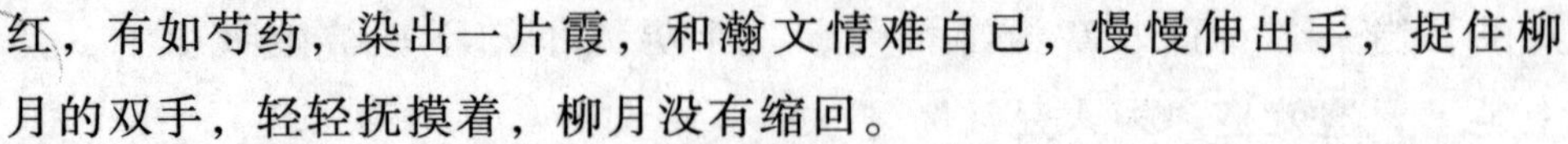

红，有如芍药，染出一片霞，和瀚文情难自已，慢慢伸出手，捉住柳月的双手，轻轻抚摸着，柳月没有缩回。

柳月，你同不同意？可以跟我讲一讲吗？

18

答案在空中飘荡

其实，在柳月，年龄差距的问题，她考虑得并不多。她的婚事并不能全由自己做主，甚至可以说，主要不是她自己做主，一切得听父母的。中国的许多农村，婚姻自主自由之风，并没有搅动一池春水，那儿的水仍然是死的，没一丝涟漪泛起。

和老师，柳月终于开口说话了。

我知道您对我好，我也知道您条件好，我怕我配不上您。

和瀚文一听，急了，忙说：配得上，配得上，我认为配得上。柳月，我并不看重农村呀，城市呀，这些差别，只要人好就行。

和老师，柳月低声说，您可能不大了解农村的情况，农村的女孩子嫁人，主要还是听父母的。我要征求父母的意见，才能给您一个回复。

那当然，那当然。和瀚文说，征得父母同意，是应该的，但是我现在想知道的是：如果你父母同意的话，你自己是不是同意？

柳月点点头。害羞地点了点头。

和瀚文在她的身前蹲了下来，激动地捉住她的手，贴在自己的脸上，声音颤抖地说：柳月，月月，我保证，我一定要让你幸福，我一定要叫你这一辈子非常幸福，非常非常幸福！

在这种时刻，同样激动的柳月已经听不到和瀚文的声音和这声音传达的意义。当她的双手被捉住时，由于他们相距很近，她的呼吸一下子急促起来，她完全不敢正眼注视他的脸而本能地将头偏向一边，本来白皙的脸由于紧张而泛成一片苹果般的红晕。

人说少女的羞态最美。和瀚文，这个在自己前妻的脸上从未见过这种神态的中年男人，此时确确实实醉倒了，不由自主地醉倒了。

他面前是一个新鲜的、稚嫩的、活力与朝气压抑不住地向外散发的少女的躯体，是他多年来未曾见过的，尤其是她的羞涩难掩的神情，更令他心旌摇曳。

他的双手迅速向上移动，扳住她的头，然后将自己的脸朝向她的脸。柳月坐的椅子稍高，和瀚文与她依偎时，不得不使自己的身子也高一些，这样，他蹲也不好蹲，站又不能站，身子憋得有些难受。后来，他索性站直身子，在自己站直的同时，顺势将柳月也托起来。

他紧搂着她，脸紧贴她的脸，就那么站着，站着，当他感到，柳月很温顺地、很听话地接受了他的拥抱时，胆子大一些了，他的右边脸开始向下移动，然后再向右，接触到柳月的双唇，老虎擒羊般，猛扑上去。他们的嘴唇黏接了，铆合了，和瀚文贪婪地吻着她的唇。

后来，他感到她的身子有些摇晃，有些站不稳，他于是将她推向墙边，让她有了坚实的依靠，这样，不论他如何用力吻，柳月都不会再晃动，也不能再躲闪。

和瀚文记不清这个吻有多长时间，这是他此生最渴望、最贪婪、最酣畅淋漓的一个吻，一个令他心醉不已的吻，直吻得双唇都有些麻木。

柳月起初有些意外，在和瀚文突如其来的行动前，她一时不知如何反应。不过，作为一个少女，男女之吻的镜头，在电视中她见得已经很多了，她也曾幻想过在遇到自己心爱的男人时，那男人会如何来吻她。

今天，在和老师面前，这吻是意外的，突发的，她未曾预料的，一旦反应过来，她便本能地挣扎，但和瀚文紧紧地搂住她，让她动弹不得。

和瀚文彻底地迷醉了。

他跟于水倩结婚十多年，从来没有过这样沁甜的令人神魂飞散的吻！眼前的这个叫柳月的少女，真正叫他从心底里爱不能舍。

他瞥见她颈下开领处那一小片如雪的肌肤，视线紧接着往下掠过，那里，白色的女式汗衫挡住了美妙的高耸的双峰，他急不可耐地从柳月的腰间拽出那汗衫的边缘，想要将它揭开来，他想探知柳月胸前的秘密，但此举遭到柳月毫不犹豫的抵挡。

和瀚文也倏然醒悟：我太孟浪了，别把月月吓住了，别使她误解，以为我是只色狼呢！因之，他立即停止了手的动作，而且，为了不使柳月在情绪上过分紧张，他后退了几步，仍然坐到了他书桌前的靠椅上。

柳月，我太冲动了，对不起！他向她道歉。

柳月低着头，对这道歉没有什么表示，稍顷，才说：和老师，我去睡了。

柳月，相信我，我是非常认真的。我一定要使你幸福，也一定能使你幸福！

有些感动，有些迷醉，又有些慌乱的柳月，对和瀚文的话，仍然没有什么反应，她站起身，走出了书房，速度不快，也不慢。

回到自己房里，她照例拴上门，然后睡下了。当然，她睡不着，她好像在想，又好像什么都没有想。摆在她面前的问题看似很复杂，却又很简单。

如果问她自己，你愿意嫁和老师吗？她会回答愿意。可是，她家里，她父母的意见，对于她的婚事，才是至关重要的。她必须等待。

和瀚文这晚睡得很香甜。

他已成功地使自己与柳月的关系产生质的飞跃，他很满意，至于以后的事，那不完全取决于他，等柳月回去征求她父母的意见再定吧！

第二天，他醒来时，已是早上八点多，柳月外出买菜了，他匆匆用过早点，便到住院部开例行的会诊会。

这时已是8月，学院早已放假，但学院的附属医院是不放假的，作为内科的肝病专家，他一年四季难得真正闲下来。

中午回家，柳月正在厨房忙着，看见和瀚文，她笑着说：和老师，您回来了，饭马上就好，我今天买了您最喜欢吃的北京烤鸭呢！

啊，那太好了，闻到烤鸭香，口水一尺长啊！平时不善开玩笑的和瀚文，这天可能因为心情好，也说了句俏皮话。

用过午餐，和瀚文待柳月收拾停当，将她叫到书房里。柳月，听你说过，你有一弟一妹还在读书，父亲的脚又受伤了，是吗？

柳月点点头。

这儿有一千块钱，你寄回家去，帮他们解决一点困难吧！

他将钱递过去，但柳月不肯接。柳月记得母亲的嘱咐：不可以花不该花的钱。

怎么了，柳月？

我……她嗫嚅着，这，不太好，和老师，我怎么能用您的钱呢？

哎呀，柳月，你跟我客气什么？给你，就拿着吧！

虽然柳月知道，家里正急需一笔钱。她爸的脚伤仍没有好，由于感染发炎，已经溃烂，县医院建议他开刀动手术，就因为没钱，迟迟动不了。可是，她怎么能要和老师的钱？他们之间的关系还没定，她要是接受他的钱，便仿佛确定了他们的关系似的，这是万万不可以的。

和瀚文似乎看穿了她的心事，说：柳月，你不要想那么多，这是我给你的一点帮助，也可以叫奖励，奖励你这三个月来帮我把这个家料理得这么好！

柳月绯红了脸，有些高兴，其实，我没做什么，真的没做什么。

那好吧，和老师，您给我五百元吧，算我借您的，以后您从工资中扣，好吗？

好吧，好吧，和瀚文只好从那一叠纸币中，数出五张来，递给柳月，柳月说：和老师，我给你写张借条吧！

好啊！

柳月找了一张纸，提笔写道：今借到和老师 500 元钱，请和老师从我的工资中扣。柳月，1998 年 8 月 26 日。

和瀚文接过一看，大笑说：唔，不错，不错，柳月的字挺清秀的。

他拿过钢笔，在“扣”字后加了一个“还”字。这样写，才通，明白吗？

柳月点点头。和瀚文将字条撕碎，丢进了纸篓。

和老师，为什么撕了？柳月不解地问。

我相信你，不就行了？和瀚文说话时，直视柳月，看得柳月不好意思地将头偏向一边。

柳月，你中午就去把钱寄了吧！

和老师，柳月想了想，说：过两天就是七月半“鬼节”，农村对这个节是很重视的，我想趁这个机会回趟家。

那好啊，和瀚文立即表示同意，你想回去几天呢？

三天吧，我只在家里待一天，柳月答。

那太匆忙了，你可以回去一个星期嘛，多陪陪你父母亲呀！

不行的，柳月说，您的工作忙，需要人照顾，我不能回得太久。

唔，和瀚文深感安慰，那，就三天吧。

可到了晚上，柳月到和瀚文书房送茶的时候，又说：和老师，我还是不回去吧？

和瀚文停下手头的工作，将身子半转，对着柳月：为什么呀，柳月？

我走了，没人给你做饭洗衣呀！

和瀚文心里漫起一圈涟漪：这个柳月呀，真叫人不能不喜欢她！心地好，又这么会体贴人。

你真是个傻妞，和瀚文欣悦地笑着，掩饰不住高兴地说，时间又不长，我可以到学院的食堂吃快餐的。至于衣服嘛，我自己洗呀！你不要犹豫了，回吧，回吧！再说，这次你回去，正好把我们的事跟你爸妈说说，征求一下他们的意见呀！

19

这一步终难跨越

那好吧，见和老师鼓励她回一趟家，柳月终于下定决心了：那我就后天一早坐车回去。

她说不清为什么会犹豫了一会儿。

好，就这么定，和瀚文说。

柳月转身欲去走时，和瀚文喊了声“柳月”，柳月止步，和瀚文站起来，走到她身边，双手攀住她的双肩：我，我想……

柳月立即明白了他的意思。她有些害羞地低下头去，但和瀚文将她的脸捧住了，然后在她的红润的双唇上印上了一个深深的吻。

这是比任何美酒都更令他醉倒的吮饮！

柳月初时很温顺，但和瀚文太贪了一点，吻的时间长了些，以致柳月忍受不了，挣脱了他的怀抱，跑回自己的卧室去了。

第二天晚上，和瀚文带着柳月上街，买了许多礼品：给柳月父亲的是一瓶名酒、两条烟，给柳月妈的，是一斤东北人参、两斤当归，又给柳月的弟妹各买了一套衣裳。柳月从始至终都很高兴。这次，她可真有点衣锦还乡的味道呢，给爸妈弟妹带了这么多礼品，一定让他们高兴死了，她甚至想象妈妈见到她，夸赞说：啃，我月月能赚大钱了！

购物完毕，和瀚文带着柳月返家，在客厅里，他们又并肩而坐，谈了许久，当然，少不了热烈的亲吻。

对和瀚文而言，这是使他充满幸福感觉的亲昵，如刀斫斧凿般镌刻于心，以后的许多年，每念及此，总难以忘记。

第二天清晨，和瀚文从学院要了辆桑塔纳轿车，将柳月直送汽车站。

当汽车开动时，和瀚文目送汽车上柳月的身影渐行渐远，直至在街头拐角处消失。

柳月这次很守信，第三天的傍晚时分准时回来了。她还带来了一只老母鸡，一块油浸腊肉—— 在柳月家乡，冬制腊肉越年后，都浸泡在茶油里，不变色不变味。

柳月当晚就炖好了鸡，炒了一盘腊肉酸笋，香喷喷的汤菜端上桌，令和瀚文胃口大开。素来讲究饮食卫生的他，竟破例多吃了半碗饭。

晚上，当柳月做完一切家务事，在客厅坐下小憩时，和瀚文才将忍了许久的问题提出来：柳月，爸妈的态度如何？

柳月神情黯然，和瀚文说：是不同意？

柳月点点头。

态度很坚决？柳月点点头。

为什么？柳月不答。

因为年龄？

柳月点点头。

这次她回家，第一天晚上就跟她妈说了和瀚文的情况：48 岁，教授，家境富裕，人很善良，对她也特别好。

你愿意嫁他？母亲问。

如果爸妈不反对，我愿意，这几个月，我觉得日子过得很快乐！

绝对不行！母亲的脸色倏然变得严厉至极，是那种斩钉截铁的语气。

他多大了？48 岁！你爸才多大？50 岁，我还只 47 岁，比他还小一岁，你要嫁他，叫我和你爸脸往哪搁？叫我们在这四乡八土还有什么脸面见人？人家不知道的，还说我们贪钱，将女儿嫁给一个老头儿！

他又不老！柳月嘀咕了一句。

反正是不行！柳妈气冲冲丢下这句话，从她的卧房里走出去，不一会儿，又与她父亲一道返回。

柳月，父亲板着一张严肃得可怕的脸，你要是还认我这个爹，认你这个妈，就赶快消了这个念头！你不要脸，我跟你妈可是要脸的，你去打听打听，我们柳家几十年有没有过叫人背后指背脊的事！

柳月立时双泪交流。

下午，回家时，给父母、给弟妹带了那么多东西，又交给妈五百元钱，家里充满了欢乐的气氛，怎么说变就变，一忽儿就指着我鼻子骂呢？我又没说一定要嫁，我这回回家，不就是征求家里的意见来的嘛！

父亲只说了这几句话，便到堂屋去干他的活去了，母亲看着女儿垂泪，有些于心不忍，说：月月，好了，别哭了，不是爸妈心肠硬，人要脸树要皮嘛！这个和老师，如果是个三十七八，只要不过四十，我们都可以通得过，快 50 的人哪，俗话讲年过半百了，你才二十出头，差太远了，不行，不行，万万不行！

我又没说一定要嫁他！柳月拭泪，说。

那就好，那就好！

那个和老师，没对你怎么样吧？母亲问。

没有，柳月答。

你呀，怎么就叫我这么操心？唉，柳月呀，你长点脑子好不好？

柳月不知道自己为什么不长脑子，应该怎样去长脑子。

我看哪，你不要在那个老师家做下去了，母亲说。

那怎么行？这五百元钱，是我从和老师那儿借的，起码把借的钱还上，才能走吧？

不等了，不等了，母亲的态度又格外坚决起来，钱，以后你做工还可以还他嘛，要出了什么事，你一辈子就完了。

不会出事的，妈，柳月有些焦急，和老师又不是坏人！

不是坏人总是男人哪，男人冲动起来，谁知道会做什么？

不会的，不会的，和老师真的是个好人！柳月努力为和瀚文争辩。

他好也好，坏也好，我都不管，总之你马上出来，不在那里做了！

我不！柳月这回态度强硬：这样做，我还像个人吗？

她赌气回到自己房里，倒头便睡。

一会，苗苗爬上床来，伏在她枕边，小声说：姐姐，你生妈的气呀？

对妹妹，柳月素来疼爱，于是赶紧说：没有，没有，苗苗，你快睡吧！

姐，我要跟你睡一个被窝！

好哇，苗苗，快来呀！她把妹妹抱到里侧，让她睡到自己旁边，苗苗吵着要姐姐讲故事，柳月于是讲了一个“狼和羊”。

故事还没讲完，苗苗已经睡着了。

母亲不知什么时候来到床边。

月月，听爸妈的话，不去那个老师家了，啊！

柳月心里正生闷气，不答理妈妈。

月月呀，你相信妈妈，妈是为你好！一个黄花闺女，嫁个男人比你妈的年纪还大，这不把全村人的牙齿都笑掉？知情的说你们有感情，不知情的只会说我们家闺女贱，图人家钱财，这会弄得我们一家大小一辈子做不起人的！

母亲走出去，不一会儿又返回，将五张百元大钞扔在柳月床头：钱，还他。总之，不准你在那里做了。

那我总得把东西拿出来吧？

柳月很怕母亲不准她进城，不准她再见和老师的面了，从心里说，她觉得有愧于和老师，他对她多好啊，处处爱护她，关心她，那种成熟的男人风度，加上事业的成就感，经济上的实力，使柳月觉得安全，觉得被呵护的幸福。

仅仅几个月，这个港湾要抛在身后，她的小船又要去漂流了，她心里很慌乱。

此时此刻的和瀚文，心中的焦急难以言说。她家的态度，并不出他意料，但反对如此坚决，却使他感到了一种危险：柳月是不是要离

开他了？

通常，男女之间，如果婚恋不成，分手便成必然，他对此当然一清二楚。为今之计，必须赶快稳住柳月，首先稳住她的心，再慢慢做她家的工作，如果让柳月离开，他在感情上会面临一场灾难。

他趋身向前，在柳月面前蹲下，他来不及去找一张小凳坐下，轻轻抓住柳月的手，急切地问：那你自己的态度呢？你怎么决定？

我……柳月欲言又止。

她能说什么？她是绝不可能违背父母的意志的。她生于斯，长于斯，和那方山水，和那个家庭，和父亲母亲血脉相连，她自小就按照他们教给的方式思索，在城里人看来非常顺理成章的“自由恋爱”，在她们那方土地却根本无法想象。

和瀚文当然估计不到“家”对柳月命运的决定性影响。他以为，只要她自己坚决，他们的婚姻是可以踏平坎坷成大道的。

在柳月，实在无话可说，离开这个她依恋的地方，是父母的决定，她无力反抗，向和老师倾吐一番痛苦，也只能陡增他的伤悲，又何必？

柳月，跟我的这三个月，你觉得幸福吗？和瀚文问。

柳月点头。

那好。既然幸福，那就不应当放弃。

我呢，小月，你是知道的，经过这段时间的相处，我已经对你产生了很深的依恋，不，不仅是依恋，是迷恋，我已经迷失在对你的这份忘年的感情里。月月，我们相差了二十多岁，这个年龄差距的爱情也很多，而且，由于年龄差带来的补偿心理，这种婚姻大都非常牢固。

柳月听着和老师那么动情的叙述，心里又感动，又怜惜，她在心里喊：老师啊，其实你不讲这些，我也相信，嫁给你，我会幸福。只不过，我是身不由己呀！

和瀚文不了解柳月的心思，仍然自顾述说，希望用说理、用逻辑来坚定柳月的信念。

和老师，您别说了。柳月说着，站起身，快步走回自己房里。

和瀚文赶紧追上去，可柳月已将门拴死了。和瀚文喊了几声，柳月没有应声，他是知道她的性子的，再喊十遍百遍也未见得有用，只得怏怏不乐地回到自己的卧室里。看来，刚才的一番话没有起到预期的效果，看来，柳月不为所动，而会按照父母的旨意，拒绝他的爱。

情况真是糟糕！这个柳月呀，可爱的时候，叫他爱得不能自持；可固执起来，又固执得叫他无可奈何！在柳月面前，他深感自己竟是如此渺小，如此无能，如此无力！他躺下来，可一脑子沸腾的水，烧得滚烫，烧得冒气，要破锅而出了。

翻过来，覆过去的，无论如何睡不着。他知道，一旦柳月不肯嫁他，离开他的时日也就不远了，可他怎么离得开她！他已习惯于她那明月清辉般皎洁的笑脸，那娇憨的"和老师"的呼唤。

每当写作累了，柳月捧着杯清茶送到他面前，或者，中午，她做了一桌香喷喷的饭菜，到书房唤"和老师，吃饭了"，还有，晚上，他从书房走到客厅，看见柳月正被电视剧中的人物引得哈哈大笑时，他心里，乃至整个房里都会浸润着一种暖暖的春意，生活立时变得格外的美好。

自从柳月来了，他的"家"的感觉竟变得如此强烈，走在大街上，他牵着柳月的手，他已完完全全地将她当做了自己的爱人。他很自信：一个有着社会地位、学术地位、经济实力的男人，一个为众多女人垂青的男人，不可能打不动一个农村少女的心！

可眼前活生生的现实是：他征服不了柳月！在柳月面前，他的优势完全没有发挥的余地。

他的学生中，有柳月的同龄人，那些女大学生知他孑然一身，暗递秋波者有之，以请教为名传情为实者有之，但都没能引起他感情世界的波澜与震荡，娶个女大学生做妻子，不是如探囊取物般容易吗？

可他偏偏不感兴趣。而迷恋上这一个柳月，她又恰好对他的诸多的优越条件没感觉。难道她不想进城？难道她不想摆脱祖祖辈辈传续下来的贫困？难道她在现代的物质文明与精神文明面前真正心神若定？

和瀚文想不通！他鄙视一些城市女孩对物质追求的贪婪，但柳月这样的农村少女，在他的优越的环境和宽裕的经济条件前无动于衷，又使他感到非常失望。

他反反复复地想啊，想啊，努力地想要深入到柳月的那个世界去，但仍然是百思不得其解！无非是差了二十多岁嘛！真的就那么重要？

在38岁时，他还只是中医学院一名普通教师！他的成绩，全是在这最近的十年里取得的。三十八到四十八，甚至四十八到五十八，真正是一个男人干事业的黄金时代，是一个男人由幼稚走向成熟，由不自信走向自信的时代！

48岁，不大呀，真的不大，是一个男人最好的时候，如日中天的时候，可柳月的父母，为什么把年龄差距看得那么重要？为什么只看年龄，而忽视他其他方面的许许多多的优点？学院的这些女大学生，为什么不计较他们之间的年龄差，而向他频频发动进攻？

他实在理解不了柳月父母的思想逻辑。如今，他和柳月立即就可以摘取的幸福，只是由于他们的反对，便夭折了，便葬送了。

他恨起柳月的父母来！好恨，好恨！

唉，恨又有什么用？恨，你又能奈他何？那种渺小的感觉，那种无能的感觉，又袭上心头。

眼看着柳月将离他而去，眼看着柳月将带走他的幸福而他却毫无办法，他真觉得沮丧，觉得心灰意冷！

也许，可以去求助柳月的大姑？他们的关系，素来友好，在学术上，他给她帮助不小，在这关键时刻，她兴许能助一臂之力？如果她能出面说服柳月的母亲，事情可能会有转机？

但转念一想，这事情做得好则好，做得不好，就会更糟。求助于柳月的大姑，必须以她愿意帮忙为前提，如果反过来，她持的是与柳月母亲同样的态度，那事情的后果就难以想象，他的隐私可能暴露于光天化日之下，在学院里传为笑谈。

不能说，不能说。

那么，还有谁可以帮忙的？没有，一个也没有。别的事情上，只要他和瀚文开口，来帮忙的同事朋友绝不会少，可一牵涉男女之事，那可就得慎之又慎。弄不好，搬石头筑不了坝，反而砸了自己的脚!

他的思绪交缠冲突，却找不到喷发的火山口。他仿佛在一条黑暗的隧道走了许久，却找不到尽头的亮光。

忽然，他听见敲门声，然后是一声轻轻的呼唤：和老师!

是柳月！这声音，他太熟悉了，湿润，柔和，又有些怯怯。

快进来！他喊。

柳月推开门，走到他的床边，站着。和瀚文赶紧坐起来。他看见，柳月的双眼有些红。

和老师……柳月欲言又止。

有什么事，你说呀！和瀚文有些急。

喏，这是您的那五百块钱，还给您。

大事不好!

以他跟柳月的此前的亲密关系，五百块钱是太小的事，太小的事而她这么急着做，预示的是她会很快离开他。

果然，柳月说：和老师，我明天要走了。

要走？如坠冰窟的和瀚文吐出这个字眼。直觉一股寒气，从心房漫向胸膛，又向全身扩散。

为什么要走？为什么？是老师待你不好？他急切地问，声音带着微颤。

不是。

你在这里过得不开心？

不是。我……开心。柳月吐出的后面两个字，声音小得他只勉强听得见。

那为什么要离开？为什么？他将身子向前倾斜一点，形成一种催促的态势。

柳月想说，是妈叫我离开你的。可她终于没有说。

你说呀，为什么呀？他真急了，语气更急促。

您别问了。

能不能不走？他极力挽留。

20

荷花当“公主”

柳月又摇头。

和瀚文是知道这个农村少女的性格的，既温柔如水，又固执似铁，一经决定的事，鲜有改变。

现在，和瀚文觉得情况比他想象的要严重得多，如果他现在不能说服她留下，那么明天一早，他将再也看不见她了。这，在现在的他，是完全无法接受的事。

可是，他还能说什么？举例说明忘年恋也会很幸福？可不是说过了吗？在柳月面前描绘一幅未来美满生活的蓝图？这，也早就做过了。当这些都不足以留住她的时候，他还能做些什么？他真的不知道。他呆呆地坐着，想象着柳月明早离去时，他自己会怎样煎熬着独自面对空空的房间。

和老师，您别难过，我以后会来看您的，我知道，您是个好人。

柳月安慰他。

那有什么用？和瀚文沉沉地叹了一口气：柳月呀，是我没这个福分哪！

说完这句话，不觉悲从中来，两滴泪夺眶而出。

柳月见他流泪，心里也觉得黯然，其实，她心里何尝轻松？

从明天起，她又要开始漂泊的生活了，未来是个未知数，是福是祸，只能听天由命。好在从小穷惯了，苦惯了，离开和老师家安定富足的生活，她也不会太感失落。

但对和老师，她有一种深深的歉疚。

猛然，和瀚文张开双臂，将柳月揽入怀中，他的脸偎着她的脸，他呢喃着：月，别离开我，答应我，别离开，别离开，啊？相信我，我会让你幸福的！别离开，好吗？

没有回声。在他的拥抱下的柳月，娇羞难禁。

和瀚文向后倒去，柳月也跟着倒下。

和瀚文压到柳月的身上，然后贪婪地吻起她来。

他的感觉，柳月不仅没反抗，而且反应也很热烈。

她的双臂也紧紧搂住他。

这难舍难分的一吻，不知持续多久，柳月闭着双眼，听任和瀚文吮饮。后来，在吻后的间歇中，他躺在她身边，再次重复着那些话：月，答应我别离开我！好吗，别离开！

和老师，柳月轻声说，向右侧过身子，面对他：你要是想要我，就要吧！

这句话，和瀚文听清楚了，起初是觉得耳边爆了颗炸弹，震得他头昏目眩，他简直难以相信，柳月竟肯在临离开他之前，作出这绝非寻常的允诺，随后，他又极为感动，柳月对他的这种情义，太超乎一般了。

一瞬间，他愣住了，感动，感激，怜爱，心疼，惜别，心中千丝万缕的情愫汇集而成潮水，一阵一阵涨着，涨着，在全身奔腾激荡，然后向体外冲去……

他没有时间再想下去了。他侧过身子，搂紧她，吻她，并且解开了她的上衣纽扣，让柳月两只洁白如鸽的双乳蹦了出来。

他抚摸它们，用双唇不断地抚弄游戏于其间。

后来，他褪去柳月的裙子，还有她的粉红的内裤。当柳月洁净的处女地一览无余地呈现在他眼前时，他止不住将脸深深地贴在她的小腹上。

可能是她太纯洁，可能是她太不设防，和瀚文有一种不忍伤害，不忍占有的怜惜。在她的腹间停留良久，他终又将柳月的裙裤穿好。

月，你太好了，他说，我真的不忍心这样做，你以后要嫁人的。

柳月躺着，一动不动。

和瀚文赶紧说，柳月，我不是……我是……唉，我实在是……很想，很想……可是我不能……你知道吗？如果你现在就答应嫁给我，我马上，毫不犹豫地，要你……

可现在，如果我这么做，我会对不起你，也会对不起自己的良心的！我会一辈子愧疚的！

为了摆脱柳月少女躯体的巨大诱惑，和瀚文强迫自己坐起来，柳月也随之坐起来。

她眼泪双流地抱住和瀚文：和老师，你是个好人，真的，你对我好，我心里清楚，我只能这样报答你，我把自己给你，是自愿的，我不会后悔。

我知道，我知道。他又拥抱她，吻她，间歇时，他问：柳月，离开这里，你会到哪里去？

我不知道，柳月说，过一天算一天吧，到时候再说。

月，你会去你大姑那儿吗？他问。

不了，我不想麻烦她了。

那你先不要走，你先去找工作，找好了，再搬走也不迟呀！

不用了，我会有办法的。

又是那样，一旦决定，绝无改变，和瀚文在她的倔强面前，毫无办法。这个柳月！这个外柔内刚的柳月！

他们拥抱着，久久无语。忽然，柳月问：和老师，你以后会忘了我吗？

不会的，不会的，和瀚文赶紧说，忘掉这世界所有的一切，也不会忘掉你！

他再次将柳月拥入怀中，抱紧她，抱紧她，此刻，他已没有欲念，有的只是一种恐惧——害怕柳月离去，他仿佛觉得，只有抱紧她，才可以留住她。

时间就在这紧紧的相拥中一分一秒地过去，不知道过了多久，和瀚文才松开双臂，然后，他突然轻推了她一下：月，去睡吧！

然后，他将毛巾被蒙着头，朝里侧倒下去。

他几近于面临一种生离死别，害怕看柳月离去的样子。

柳月没有动。她在和瀚文床前站着。和瀚文知道她没有走，但是，他不想再坐起身来，再与她讲话。

当一切努力都无法挽留她，所有真心的话，甜蜜的话，深思熟虑的话，发自肺腑的话，都不足以凝聚成一股强大的力拽住柳月离去的双脚，那，还有什么必要再说些什么？

后来，他听柳月轻声说：和老师，我去睡了。

可他纹丝未动。他有一种想哭的感觉，可是又哭不出来。

他完全地麻木了，躺着，似悲似哀，如痴如呆，一忽儿思绪如沸，一会儿心如止水。

而柳月，毕竟年轻，20 岁的少女，无忧无虑的，告别和老师，虽有遗憾，但并没有在心中留下多少创伤。不过几天，她就把这件事忘得差不多了。

在大姑柳蔚家暂住时，柳月曾接到荷花的电话，荷花说她已经在一间迪厅找到了工作，柳月很为她高兴。

谢谢你，柳月，荷花冒出一句话。

谢我什么？柳月不解。

你帮了我呀。那三万块钱我已经存起来了。

这是你应得的，柳月说，心里着实高兴，觉得自己这个忙帮得对头。

荷花到一间叫“海得风”的迪厅当了一名服务员。

这份工不难做，端茶倒水送小吃。

荷花在大厅里来来去去，在热闹的、骚动的人群中穿梭着。

她常被舞台上一个领舞男生吸引住，后来她知道了，那男孩叫阿威。

阿威长得真是帅哟，金黄色的头发在狂舞时如猛狮身上的鬃毛上下翻飞，简直酷毙了。

有一天晚上，阿威领完舞，从台上跳下，荷花刚好送咖啡到一位

客人面前，阿威说：去，给我拿杯水来！

荷花简直不敢相信，她心目中的王子阿威，竟然会主动跟她讲话，她快乐地答应道：你等等啊，我马上去。

她几乎是跑着帮阿威拿来了一杯水，阿威咕咚咚一口气灌了下去，然后笑意盈盈地对她说：刚来的啊？叫什么？

我叫荷花，她兴奋地回答。

我叫阿威，他自我介绍道。

我知道，她不无自豪地说。

迪厅总经理朱总刚好看见了这一幕，不久，人事经理通知荷花，说升她做“包厢公主”。

所谓“包厢公主”，就是包厢女服务员的美称，是仅有公主之名，并无公主之实的。

之所以取个这样好听的名字，是为了招工时候哄哄女孩子，让她们以为这份工作很尊贵，心里获得一点安慰而已。

实际上，“包厢公主”就是陪聊女，陪酒女，侍奉男客的小姐。在迪厅，许多这类女孩已经被金钱驯化得服服帖帖，叫干啥就干啥，除了性关系，男客人是想做什么就可以对她们做什么的。

不过，荷花对此一无所知，还以为自己升职了，基本工资加了两百元，正高兴呢。

第二天晚上，凌晨一点左右，迪厅打烊了，阿威邀荷花去夜市宵夜，荷花高兴地答应了。

他们边喝粥，边聊天，闲谈中，荷花才知道，阿威是艺院舞蹈系的毕业生，96 届的。

也是那晚，他提醒荷花：迪吧是个大杂烩，有龙有凤，也有乌龟王八，你要打起精神，千万不要大意！

荷花“扑哧”一笑：有那么可怕？

她看到的迪厅，歌声缭绕，舞影婆娑，灯红酒绿，是个快乐得不得了的地方。

她问阿威什么是“包厢公主”，阿威如实相告，荷花心里便开始惴惴不安，不知道自己会遇到什么客人。

就在阿威提醒荷花“打醒精神”的第三天晚上，朱总叫荷花到8号包厢陪一位李姓老板喝酒:“这个客人很重要，他经常带人来这里消费，很帮衬我们的，你千万把他侍候好了!”

荷花正想推托，朱总已走开。

荷花心急火燎地跑去找阿威。阿威一听，也觉得意外，稍一沉吟，便很男子汉地说：不怕，谅那个人也不敢把你怎么样，我会让保安在外面多留点神。

可我根本不会喝酒呀，荷花可怜巴巴地望着阿威。

不会喝酒，才是她最担心的事。

没事，你让他给你喝可乐，阿威给荷花壮胆说：实在躲不过要喝白酒，喝了你别吞下去，拿餐巾纸往嘴上一抹，然后把酒全吐纸上。

荷花听罢点点头，又用右手按了按胸口，平息一下紧张的心情。

忐忑的荷花推开了8号包厢的门，那个叫“李老板”的客人正自斟自饮，荷花礼貌地向他问好，他没答理，只吐出一个字：坐！

荷花在他的对面坐下，他一瞪眼：谁叫你坐那儿啦？坐这边来，懂吗？荷花只得壮着胆坐到了他的身边。

刚坐下，李老板的右手便攀到荷花的左肩上，一用力，荷花的身子便倒进了他的怀里。荷花害怕地大叫，挣扎着站起身，向门口跑去。

站住！告诉你，他冷冷说道，只要你走出这个门，这个迪厅你就待不下去了。

荷花停住脚，没敢出去，但也不肯走近他。

你们朱总没给你讲吗？李老板问。

他只让我陪您喝酒，荷花说，我希望您能尊重我的人格。

是这样啊，李老板似笑非笑，好，尊重，尊重，坐。

荷花在他对面坐下。

坐这边来！李老板又是一声大吼，吓得荷花心惊胆战，只得再次坐到他身边。

21

阿威成了护花使者

李老板再次用右手攀住荷花的肩，这回，荷花不好再挣脱。

忽然，李老板冷笑了一声：尊重你的人格？好啊，不过你是人吗，嗯？是人怎么会到这里来做三陪？最讨厌女人在老子面前装贞洁！要钱，你直说就是！

荷花被他的话激怒了。想站起身，想一怒而去，但肩膀被他强有力的手压住，无法站起。李老板的右手一用力，荷花倒在他的腿上，接着，他满是烟酒味的嘴直向她的双唇压过来。

荷花一边挣扎，一边大骂：流氓！

正在这时，阿威在外面喊：荷花，荷花，有人找！

趁他一愣神，荷花挣脱他的铁钳似的手，打开包厢门，冲了出去，直跑进卫生间，对着洗手池“哇哇”直吐，眼泪不听话地溢满眼眶。走出来，见阿威正守候在门外，荷花此刻真想扑进他的怀里，大哭一场！

阿威问：荷花，你没事吧？

荷花答：没事！

阿威两眼喷火，你那儿没事，我这儿有事！他抓住荷花的手，走，跟我来！

阿威一脚踢开 8 号包厢的门，顺手从桌上抄起一只啤酒瓶，朝李老板一声吼：马上向她道歉，否则，我叫你脑袋开花！

李老板的身躯被阿威的气势挤压得仿佛缩小了一半，脸上堆出一个谄媚的笑，讲和道：刚才喝多了，喝多了，对这位小姐多有冒犯，失礼，失礼！来，兄弟，我们俩干一杯！

阿威冷冷道：酒你留着自个喝，下次你留点儿神！说着，牵着荷花的手，大步跨出包厢，剩下了发怔的李老板。

这一刻，荷花觉得，阿威真是一个高大威猛的男子汉！

荷花真的喜欢起阿威来了！

这件事过去没多久，一天晚上，阿威领舞，领完一节，回到化妆间，忽然喊肚子痛，一边蹲下身子，额上豆大的汗珠一串串向下滚落。

荷花听说，赶到化妆间，和一个领舞男生将阿威扶出门，上了的士，直送医院。荷花跑上跑下为阿威送化验单，交费，医生诊断阿威患急性胃炎，决定先输液消炎。第一瓶点滴吊完，阿威的疼痛缓解了，吊第三瓶时，他渐渐沉入梦乡。

黎明时醒来，看见荷花守在他的床边，阿威眼角湿湿的，他没想到荷花竟然陪伴了他整整一个晚上。

离开医院后荷花将阿威送回他的租屋，为他熬了一小锅皮蛋肉粥，又将他换下的衣服洗干净，将房间打扫整理了一遍。

阿威在荷花温情的目光下静静睡去后，荷花才离开。

阿威告诉荷花，干领舞这一行，生活是颠倒的，饮食不正常，他落下了很重的胃病。胃病是三分治，七分养，他没法养，所以治不好。

以后我来给你做饭，你要每天按时进餐，荷花说。

迪厅在城乡接合部租了栋民房给女员工居住，荷花和几个领舞少女住在三楼。一天凌晨两点，刚睡下，荷花依稀听到嘈杂的人声，但她太渴睡，又沉沉睡去，黎明时分，许多楼下的女员工们纷纷拥进荷花她们的卧室，荷花这才知道是发大水，第一层全进水了。

中午，迪吧的保安乘着用门板钉成的小划子，给荷花她们送来快餐盒饭。由于划子小，一次只能送十几盒，荷花总是推让着，让别人先吃，到下午两点，荷花还饿着。

忽然，有人喊：荷花，你那个阿威来咯！

荷花风一般冲上走廊，只见几十米开外，阿威头顶一只大包裹，踩着齐胸深的黄水向大楼走来，荷花高兴得大喊：阿威！阿威！

其他女孩子也兴奋得“哇哇”直叫。

阿威带来了盒饭、米粉、矿泉水。荷花见他浑身上下湿漉漉的，便顾不上自己吃东西，要去找衣服给他换，阿威说你这儿哪会有男人衣服，你别管我，我走了，说着，匆匆下楼，再次走进齐胸深的水里。

荷花注视着他，柔情汹涌。

大约四点，解放军的冲锋艇来了，接了五六趟，才将荷花她们全部转移到迪厅里，二十多间包厢住满了人。

可直到晚上，荷花也没见着阿威，荷花有一种预感，赶紧去阿威的租房，见他正捂着肚子蹲在地上，咬着牙屏着气，她知道他的胃病又犯了，急忙送他去医院。守着他输液，陪着他在静悄悄的病房里坐着，直到他不疼了，才开言：阿威，你是在水里泡得太久，胃着凉了，是吧？

老胃病了，一不留心就犯，与泡水没关系，阿威说。

荷花握着他的手，眼泪扑簌簌往下落，阿威笑荷花：瞧你，可以去演“爱哭猫”了！

痛成这个样，你还有心思开玩笑，荷花娇柔地说，在他的手心抓了几下。

迪厅因水患歇业，五天后重新开张了，阿威和荷花又出没在音乐、灯光和狂野发泄的世界里。

荷花对阿威的爱意一天天加浓。她看阿威的眼光注满深情，跟阿威讲话的声音也柔柔地散发甜蜜。

爱在心里注满了，要溢出来了，可荷花是个少女呀，阿威不首先表白，荷花怎么好启齿？

阿威像个木头似的，对荷花的诸多暗示没一点儿反应，难道真是“鸟儿倒知鱼在水，鱼儿不知鸟在林”？

最近几天，荷花注意到，阿威和 QIQI 走得很近。比如前天晚上，八点多，他们正在候场，忽然 QIQI 在门口喊阿威，阿威一听，提脚就走。

不一会儿，他回来，向荷花借一百元钱，荷花将身上的钱全搜出给了他。

演出完毕，荷花在化妆间对阿威说：等下我们一起走吧。

阿威却说：你先走，我还有点儿事。

荷花很惆怅，又不甘心，卸完妆走出大厅，愈想愈觉得心里不安：阿威是不是在和QIQI谈恋爱？

这么一想，荷花觉得一股又酸又涩的东西堵住了胸口，心被什么东西狠狠地撕扯着。

荷花在迪厅大门外驻足等待。迪厅的工作人员走光了，最后阿威和QIQI出现了，荷花跟着他俩直到他们在百米开外分了手。荷花叫了声：阿威！

阿威回头：花儿，是你？怎么还没回去？

我在等你，我有话要对你说。

有什么话明天再说吧，太晚了。

我不，我要现在说。

阿威只得停步。

可是，到这节骨眼上荷花仿佛噎住了，什么也说不出，阿威催促：有话快讲，不然我走了。

我……荷花忐忑着，太难启齿了。

半晌，荷花才找着了一个切入点：你是不是和QIQI好上了？

QIQI？没有啊。这怎么可能？

那你为什么躲着我？

躲着你？没有啊！

还说没有？你以为我不清楚？你要是真讨厌我，说一声，我以后再不来烦你了。

荷花说着，竟伤心地哭起来。

唉，你哭什么？不哭不哭。

都这么久的时间，你看不出我的心意啊，还是故意装糊涂？荷花满腹委屈地问。

阿威沉吟了。他何尝不知道荷花的心？他不敢接受荷花的爱，是因为这份感情太纯太真，他在娱乐场所混了三年，已有点儿玩世不恭。他是个帅哥，喜爱他的女人不少，满足性欲如同喝杯可乐一样的容易，以至于爱的感觉一天天迟钝了。可是荷花知道，他在内心深处仍然是渴望爱的，他也喜欢荷花。

花儿，别这样，阿威说，我不是木头，怎么会不懂？我，我……我配不上你。

配不上？你这么优秀，怎么会配不上我？

你……讲假话！想到这儿，荷花伤心了：既然你这么说，那就当我没认识你。说毕，掉头就跑。

对荷花而言，现在的情况真是严重极了，说出这样的话，就意味着断交，而与阿威，这个她深爱的男孩断交，她是根本不情愿的呀！

荷花哭着，伤心泪如断线的珠子，一串串往下掉。

她怨怪自己，刚才为什么不跟阿威多谈一下，了解他的心迹？只有了解情况，才能确定他到底爱不爱自己呀。

她越想越后悔。她一骨碌从床上爬起来，去找阿威。

虽然已是凌晨三点，但阿威的租房仍然亮着灯，荷花好生奇怪。

从窗户的缝隙往里一望，映入眼中的情景让荷花大吃一惊。只见阿威正跪在地上，左手袖已经捋到了肩部，他身边的沙发上，放着一支一次性针筒，一只矿泉水瓶，一只杯子，一根橡皮筋。阿威用牙咬住橡皮筋的一头，右手用橡皮筋飞快地扎紧左手肘，然后拿起注射针，一针扎下……

“阿威，毒品？”这个念头在荷花脑际一闪，荷花全身猛地颤抖了一下。

荷花曾听说过很多关于吸毒者的故事，但今天才目睹了这罕见的一幕，一阵恐惧如台风般卷过心头。

荷花想赶紧逃离，但又走不动，在好奇心的驱使下，她站住了，视线再次投入室内，见阿威仍然半跪着，一双眼微闭，如佛涅槃般神凝气定，完全进入了一种神游状态。

在暗淡的灯光下，他那张年轻的脸苍白但绝对的俊美。

荷花省过神来，发疯似的敲着门，门开了，她旋风般冲进去，扑进阿威怀里，号啕大哭。

阿威，你为什么要这样，为什么，为什么啊？荷花捶打着他的胸口，热泪滚滚打湿了阿威的T恤。

这一腔真情，也让阿威潸然泪下。

后来，他们相视而坐，阿威讲了他的经历：他早知道迪吧里有人贩卖也有人吸食摇头丸、白粉，一直远而避之。但就在那次涨大水他发胃病，QIQI给他抽了一支“进口烟”以后，他立即止痛而且产生了轻飘飘如登仙境的幻觉，从此一发不可收拾。

毒品怎么可以沾？在学校里老师是怎么教你的？你会毁了自己的啊！荷花捶胸大哭。

阿威无言地看着荷花。他知道，此时此刻，只有荷花会为他掉泪。

我已经毁了，阿威木然地说，摇摇头。

不，不，我不准你这样，绝对不准，不准！你戒，你戒掉！为了我，你戒！

阿威抱住荷花。这一刻，他们的心靠得很近。

三天后，阿威告诉荷花，他已经下了决心，当晚演出前最后扎一针，演出完回到租房，让荷花把他捆起来，强制戒掉毒瘾。

荷花满心欢喜，一口答应。

凌晨两点，荷花用粗麻绳将他的双手绑在铁床的脚架上。

毒瘾发作了，阿威拼命扭动身子，呻吟，狂叫，眼泪鼻涕齐流。花，花，我受不了，受不了，我要死了。我不戒了，不戒了，你让我再吸一次，就一次，然后我进戒毒所去，我一定去，绝对不骗你！

整整熬了两个小时，阿威好像濒死的样子，荷花怕了，给他松了绑，阿威熟练地给自己扎了一针，一切复归平静。

荷花帮他脱下汗渍渍的脏衣，又打来热水，为他擦身。看着荷花对他的一片深情，阿威全身漫过一股热浪。他一把抱住荷花，往床上倒去。

花儿，给我吗？他柔声问。

你要答应戒毒，我就给。

我答应，真的，阿威庄重地说。

那个夜晚妙不可言，当爱的潮水退去，他们的身心一片宁静，如置身浩瀚星空，一片虚无。

他们窃窃私语。

阿威说，花儿，你心太软，不可能帮我戒毒，我去强制戒毒所，不戒掉我不回来见你。

你一定要戒掉啊，一定啊，荷花又掉泪了。如果你失败，我只有陪你去死掉。

不，不，花儿，你放心，我还年轻，我也不想毁掉自己。我会戒的，会的，你要相信，永远相信。

我相信，荷花说，我最相信的就是你了。

荷花一副憨态可掬的样子，引得阿威爱意涨潮，将荷花更紧地搂在怀里。

阿威东挪西借，凑了一笔钱，去强戒所戒毒。荷花每周去看他一次，要倒三次车，再走两公里，才能到那儿。每次去，都会给他带用的、吃的。阿威戒毒十分顺利，还受到强戒所的表扬。荷花算了算，到年底，他就可以“凯旋”了。

一天凌晨，荷花刚从迪厅返回，准备就寝，忽然接到电话，电话那头传来阿威急迫的声音：花儿，你快到大桥来，我在这等你。

桥边阴影下站着一个人，荷花一眼望去便知是阿威。

这么晚了，你跑出来干什么？

阿威一言不发，突然朝着荷花跪下来：花儿，我对不起你。你骂我吧，打我吧！

荷花有一种不祥的预感，抖着声问：你怎么了？出了什么事？

阿威开始了断断续续的叙述。原来，在强戒所，有一批“粉仔”暗地里建有一个“秘密通道”，从这个通道获得毒品然后卖给戒毒

人员。 、

阿威毒瘾发作时，经不住他们撺掇，又开始复吸。他们用巧妙的办法瞒过了公安干警，表面上看起来一切正常不过。

花儿，荷花，我对不起你。阿威哭着：其实，我戒毒就是为了你，我知道你离不开我，要是我毁了，你也活不下去。我太没用了，真的，花……花儿，我今天偷跑出来见你一面，心愿也就了结了。我知道毒品不能沾，一沾上就是个“死”字。你告诉我父母，说我对不起他们，这生不能尽孝，只有来世报答他们的大恩了。

你，想自杀？荷花问。

阿威点点头。

好，应该。不戒毒，迟早是个死，让荷花陪着你一起死。

不，不，不，阿威赶紧阻止，这不行，你没吸毒，将来还有光明的前途，你不能死！

不，荷花斩钉截铁地说，我说过，我荷花这辈子只爱你一个。你死了，我就没有勇气再活下去。走吧，阿威，我们一起去投江，勇敢点儿！

荷花率先向江边走去，阿威喊：不，不，花儿，你不能死，这对你不公平。

荷花仿佛已听不见他的话，双脚已没入水中，河水打湿了她的裙边。

阿威这时还清醒。他冲上去，一把抱住荷花，将她拖回岸边，荷花挣脱开，飞跑着再次投进江水。

花儿，花儿，你别这样，别这样，你要是死了，我怎么对得起你，怎么对得起你的父母？你不能死，不能死！

荷花又一次挣脱开，疯了似的扑向江水，阿威冲上去，紧紧抱住荷花，死活不再松手。

阿威放声大哭：花儿，花儿，都是我不好，是我害了你！我答应你，答应你，我最后去戒一次，最后一次，这次我要不戒掉，就自己了断！

荷花一身濡湿，躺在岸上，一言不发。阿威的话，已不能激活荷花的任何想象。

阿威将荷花扶起来，背着，一步一步回到租屋。整整一夜，他们相对无语。

第二天一早，荷花将阿威送回强戒所，并且向公安干警反映了所内的“秘密通道”的情况，那几个贩毒者很快被隔离审查，阿威再次开始戒毒。

这次，阿威表现很好，戒毒效果显著。

年底，阿威脱毒。这时的他，体重增加了，面色也红润了，荷花高高兴兴去接他。

主治大夫是位胖胖的中年女警官，她笑吟吟地看着荷花：

你就是荷花？好漂亮的姑娘！你知道不，阿威戒毒最困难的时候，总是喊“荷花，荷花”，每次一喊这个名字，就会慢慢安静下来，看来，你是他的灵丹妙药哇！

又说：年轻人，走点儿弯路不奇怪，但一定要走回到正道上来！

回到租房，荷花做了几个菜为阿威接风，心情愉快的阿威哼起了张艾嘉的歌：“走吧，走吧，为自己的心找一个家。”

荷花故意说：嘀，刚出来就神气了，要找一个新的家？

阿威笑着说：不是“新的家”，是心（他指指胸口）的家。

荷花问：那你找着了吗？

阿威答：哼，你是明知故问。

稍顷，他满怀深情地说：花儿，你知道不，你就是我的心灵家园哪！那晚，当我第二次进戒毒所时，就暗自发誓，一定要让自己从肉体到灵魂都干干净净地回家，回到你身边，现在我做到了！

他一跃而起，举起双手欢呼：回家咯，回家咯！然后，将荷花一下抱入怀中。

荷花柔柔地瘫软在爱人的怀里。

22

柳云前方峰回路转

可是，荷花的幸福没能持续多久。仅仅一个月，阿威就在一些粉仔的引诱劝说下，在胃痛发作无处可逃的情况下复吸了。他花光了自己的钱，又借光了荷花身上仅有的钱，慢慢地，班不能上了，工资没有了，房租交不上，终于在一个晚上被房东赶了出来。

他没脸再见荷花，独自一人，消失在茫茫夜色里，不知所踪。

荷花记起阿威曾提醒她说迪厅是个大杂烩，要她小心，足见他当初也很警惕，不让自己堕落，可眼前的情景是：他首先被这个大杂烩吞没了。

她没有哭，没有流泪，她的眼泪早已流干了，当一切努力都无法拽回阿威匆匆奔向毁灭的脚步，她还能做什么？

她的生活又回归干瘪。没有变化，没有期待，没有幻想，没有希望，没有激动，没有欢呼，没有热情，没有鲜花，没有蓝天和云朵。

迪厅，这伤心地，她是一刻也待不下去了。她的眼前老是浮现阿威在舞台上狂舞的姿态，那飞扬的金色头发把她的身心都搅得眩晕了。

柳月新找了一份酒店的工作。一个下午，柳月听人说有个女孩找她，她到酒店门口，见到了荷花。荷花手里提着两只塑料袋，样子很憔悴。

月月，荷花半晌才开口，我，没工作了，我想到你那里住几天，行不？

柳月一听，犯难了：荷花，我们这儿是包吃包住的，我已经不租房了。

哦，是这样啊，荷花低头看着自己的提袋。

看着荷花失望的样子，柳月心有不忍，说：等等，我想起来了，柳云那儿有地方，我帮你问问。

她用谷丰收给她的那部手机，拨了柳云的电话。柳云说：你等等啊，我要问问公司领导。

几分钟后，她的答复来了：叫荷花在那等着，马上过去接她。

在这之前，柳云给魏驰拨了个电话，说有个小姐妹，想来住几天。

魏驰笑道：小姐妹？漂亮不？

柳云道：漂亮，漂亮得叫你一看见就心痒痒！

那，我批准了，住多久都行。

你可不准打她的主意！柳云说。

为什么？

为什么，你心里不清楚吗？

魏驰马上明白了柳云的意思，放声大笑：云云，你就是聪明，聪明得叫我不喜欢都不行。好啦，你那姐妹在哪？我们一起去接她吧。

嘿，哪用得着你去？你一个那么大的老板，去接个打工妹，不怕丢份？

丢什么份？我爱去，谁管得着？你马上下楼来，在门口等我。

荷花看见一部非常漂亮的小车向她这边驶来，她万万没料到，车里坐的竟是柳云。

车停，门开，柳云走下车，喊：花儿！

魏驰也从司机座下来，站在车头边，打量荷花。

荷花本来就不及柳云漂亮，加之这几个月来为阿威的事操碎心，所以显得有些老气，魏驰一见之下，便失去了来时的兴趣。

柳云帮荷花提着一只袋子，上了后座，车开动，魏驰随便跟荷花聊了几句，便住了口。车很快到了公司，柳云带着荷花到后楼她的单身宿舍去了。

荷花洗了个澡，柳云又找了点面包之类的东西给她填了填肚子，荷花的情绪似乎安定了一些。

云儿，你这里蛮好的嘛。

还行吧，柳云有种自豪。

你怎么，不在迪吧做了？柳云问。

那种地方，哪里是人待的？荷花转过头。

怎么啦？碰到什么不如意的事？

唉，说起来就话长咯。云云，你说，我怎么就这么倒霉，什么不好的事，都叫我撞上，你，月月，你们怎么就碰不上？

谁说的？我怎么就没碰上？我碰上的可多呢。

柳云于是讲起乔晖，讲起她那不堪回首的初恋。

哦，是这样啊，荷花听着，不插一句嘴，听完，说：你哪里比得了我？我和阿威，唉……

你和阿威怎么了？柳云急切地问。

不提了，不提了，提起来就伤心。

柳云想想说：那我去上班了，你好好休息吧。

柳云走进办公室，在自己的小间刚坐下，办公室主任田缤影便打内部电话叫她过去。柳云走进田缤影的办公室，见那女人正襟危坐，看她是一脸的不屑。

看看你打的这份文稿，一千字你错了五百，要按你这么干，全公司的人都得要睡大街做叫花子了。

田缤影把一份用红笔画了许多叉许多线的稿子，掷到她面前。

柳云惴惴地站着，说：我改，我改！

改，改，等你改完，就到28世纪了。真不知道白珊是怎么搞的，一个这么大的公司，尽招些小学生。

柳云退出来了。她不知道魏总是什么意思，她明明告诉过他，说自己很久都没摸电脑了，打字速度慢，可魏总说没关系，比乌龟走路快一秒钟就行了，可现在，田缤影却这么批评她。

柳云很委屈，这种委屈，当然不便去向魏驰倾诉，她不想去烦他，让他对自己产生不良观感。

想了一会，她决定去找人事经理白珊。

白珊听完柳云的诉说，十分亲切而且和蔼地告诉她，这种事情必须告诉魏总：你要不说出来，魏总不知道，田缤影以后还会欺负你，你的苦日子就熬不到头了。

魏总不会怪我多事吧？

不会不会，你要告诉他，他反而觉得你亲，把他当叔叔，不告诉，那不是生分了？

停了一会儿，白珊又说：你也不用说很多，就一句话，这工作你干不下去。

就这一句？一句就够？

够了，听我的，没错。

柳云当然不会知道白珊与田缤影之间的矛盾是由来已久。

田缤影毕业于复旦大学，身材高挑，皮肤白净，举手投足之间自有一种高贵气质，而且她天生就是做文宣的料，把公司的宣传活动搞得有声有色，轰轰烈烈。

魏驰两年前把她招到公司，本就是想要培养她做自己的小蜜的。田缤影也知道魏驰的心思，但不肯自降身价，硬要魏驰作出明确承诺，才肯献上她那娇美的身躯。魏驰心急，田缤影提什么条件，他就答应什么条件，即使这样，田缤影也拖了两个月，才让魏驰得偿所愿。

后来，田缤影发觉，魏驰根本没有跟他老婆离婚的意思，于是闹，吵，威胁，寻死觅活的，魏驰这才知道色字头上一把刀的道理。没法子，摊牌，给田缤影两条路：第一，结束他们之间的关系，留在公司，拿最高一级工资，以后婚恋自由，魏驰不干涉；第二，拿三十万，走人。

田缤影选择了第一条路。毕竟有这么高的工资，到别的单位，这是不能想象的。

可是，对魏驰余情未了。见到有新的漂亮女孩来公司，她都会嫉妒，嫉妒之下，就不由自主地要刁难她们。

她自认为是公司的一等要人，一人之下，百人之上。对白珊，她也不放在眼里，觉得她不具备人事主任的素质。什么人事主任？招了一大批中看不中用的花瓶，连电脑出点小毛病，都只能坐在那儿干瞪眼，等维修的师傅来。

其实，这是冤枉白珊了。白珊也想招几个英俊能干的靓仔来，男孩嘛，搞电脑这些事，小菜一碟呀。而且，来几个英俊青年，不仅做事效率高，还养眼，多好，可是这是她能做主的吗？

别的部，男人为主；文宣，女孩唱主角，这是魏总交代的，她不可能违抗。

可是田缤影不知道内里的原由，不懂得这是魏总的意旨，白珊也有意不跟她透这个底。

柳云来公司，不做具体工作，所谓打字，不过是让她打发时光，像个上班的样子而已。白珊没跟田缤影说清楚，她压根儿没打算说，她要让田缤影自己去撞墙。

果然，柳云给魏驰打电话了。

魏总，这工作我做不了。

怎么了？谁惹你不高兴了？

没谁，柳云答，是我自己不争气，打个文稿，错了好多字，弄得田主任不高兴。

魏驰一听就知道是怎么回事。心想：怎么搞的，不是说了柳云打字就是练练手嘛，错不错有什么关系？

正想打电话问问田缤影，电话却响了。

恰好是田缤影来的电话。

我说魏大老板啊，田缤影没好气：公司是要讲效益的，招个小学生来，打一千字错五百，公司还办不办？白珊这个人事主任是怎么当的？

原来她要告白珊的状。

魏驰冷冷地说：柳云是我亲自招的，与白珊没什么关系。

哦，是这样啊，田缤影立刻退却：那我没什么事了。

柳云在公司先实习一段时间，不要安排具体的事儿给她做，你明白吗？

明白……白珊应当早告诉我呀，这不是有意制造误会吗？

可魏驰那边已经没了声息，田缤影好生没趣。

柳云却接到了魏驰的电话。

云云，今晚一起吃晚饭吧？

好啊，请我吃什么？

你想吃什么就吃什么。

那么好啊。

这有什么难的？六点钟，在公司对面的枫叶广场等我。

六点，柳云如约等候在彼，不多久，魏驰开着他的银云Ⅲ型房车来了，柳云上了车，银云向着海滨快速驶去。

那是临近海岸的一条美食街，以海鲜为主打菜。柳云没想到，这里的生意竟然会这么好，一字排开的店铺几乎家家客满。

小车刚进街头，便有各店的拉客兼泊车员蜂拥而至，每个人都打着暂停的手势，魏驰不为所动，将车径直往内里开，直到小街的尽头。

从里往外数的第二间，生意好得令人难以置信：食客们竟在柜台前排起了长队。魏驰牵着柳云的手往里走，便有一青年男子迎上前来，满脸堆笑地说：魏总来了？请，请！

他将二人引到最里面一间房里，让座，倒茶。

魏总，还是老规矩，就在这儿为您摆一桌吧？

行啊，魏驰答道。

不一会儿，有两女一男三个服务员拿着桌子、碗筷、杯盘什么的进来，摆好。一个女服务员问：魏总，吃点什么？

春芳啊，在这里干得还如意不？

还行吧，那个叫春芳的服务员答：想去您那大公司吧，您又不要我。

要啊，要啊，谁说不要，等我们明年把公司餐厅办起来，我就请你过去当经理。

我有那个福分吗？魏总，您还是点菜吧。基围虾、大闸蟹、凉拌海参，这是您的老三样，今天照上？

还是春芳知我心啊，魏驰笑，加个鲍鱼汤吧。今天我要请我的小侄女儿吃极品海鲜呢。

你这个小侄女儿真漂亮哎，春芳及时赞道。她当然知道小侄女是魏驰的什么人，只是不说破而已。

柳云对春芳报以一个微笑。

菜上来以后，魏驰一一介绍，还亲自为柳云掐掉虾的头，剥下外壳，再送到她的碗里。吃螃蟹时，魏驰也不厌其烦地为柳云剥壳，让她尝蟹黄，弄得柳云有点不好意思。

我们在家吃的虾，都是小小的，用青辣椒一炒，也蛮下饭的，柳云说。

比这个怎么样？魏驰问。

那当然是这个好吃了，这多好吃啊，那个，没得比嘛。柳云答。

你吃过螃蟹吗？

吃过呀。离我们家两里多路就有一条小溪，是从大山里流出来的，溪里有石头，搬开石头，就能抓到螃蟹，不过，都不是很大，不比这里的，这里的吃着过瘾啊，好像吃棉花糖一样，不，不，比棉花糖好吃多了，柳云边吃着，边说。

鲍鱼，你吃过吗？魏驰问。

那就没吃过了，听都没听过，柳云用鲍鱼汤拌着米饭，吃得津津有味：我还以为鲍鱼是爆炒的鱼，香香的那种，结果不是，这鲍鱼啊，有点像蜗牛呢，下雨天路上到处爬的那种。

柳云的话，让魏驰觉得好玩。跟田缤影在一起的时候，她特别顾及自己的形象，一本正经的，吃得很少，还时不时用纸巾揩着嘴，深怕一不小心在嘴角留下一点点污秽。而柳云却没那么多顾虑，她吃得嘴吧嗒吧嗒地响，没一点做作。所以柳云更率真，更有趣，这无形中投合了魏驰的喜好。

吃完饭，魏驰又带柳云到海滨去看夜景。巨大的游轮在近海巡游，灯火通明的真如一座不夜城。岸上的灯光投进水里，被海水扭曲成一条条红的、黄的丝带，随着水波晃着漾着，给夜晚增了一丝神秘，一丝梦幻色彩。

魏驰搂着柳云，柳云也不推阻，反而小鸟依人地靠着他，这使他信心倍增，心想，一个销魂之夜在等待他是毫无疑问的了。

魏驰的车向着城郊开，城市五彩缤纷的灯火快速从车窗口向后退去。柳云也不知道开了多远的路，反正是在车上，无须顾及路的远近。终于，车停在一栋楼房前。

楼前的大铁门自动开了，车直往里开去。魏驰在汽车喇叭上摁了两下，楼房的门便打开，一个四十来岁的女人站在门边。

魏总，回来了？她微微躬身问候。

魏驰牵着柳云往里走，一边介绍：这是李妈。

李妈赶紧说：小姐好！

你好，你好！柳云连忙回答。

魏驰带她上二楼，在客厅坐下。

云云，累不累呀？

不累不累，柳云答道，魏总要累了，就早点休息吧。

我也不累，魏驰说。

这时李妈上来了，魏驰吩咐：给柳小姐煮杯牛奶吧。

李妈答了声好，下楼去了。

魏驰从酒柜里取出一瓶红酒，两只高脚酒杯，往两只杯里各倒了一点酒，对柳云说：来，尝尝，正宗的法国波尔多葡萄酒。

柳云接过，说：我可不会喝酒。

但为了不扫魏驰的兴，她用嘴抿了一点点。

有什么感觉？魏驰问。

没什么感觉，柳云答。

嗯，大实话，魏驰赞许地点点头：第一次喝，确实不会有什么感觉，喝多了，才能品出味来。

这时，李妈将牛奶端了上来。

柳云见烫，便用嘴吹了吹，随后放下。

这个奶，有一股香味哎，柳云说。

你鼻子还蛮尖的嘛，这是新西兰进口的原汁牛奶。新西兰畜牧业发达，他们喂牛的草，要种在经过处理的上壤上，这种土壤施的肥，是经过电脑分析调配的，各种营养很均衡，所以草就不同一般，草好，牛吃得好，牛奶才特别好喝。

真的啊？那我试试，柳云端起杯子，大口大口喝着，一会儿，奶杯便底朝天了。

是好喝耶，柳云赞道。

那，还来一杯？

还来？我那里有那么大的肚子？晚餐吃了虾、螃蟹，还有鲍鱼，还有米饭，刚才又是一大杯奶……

不要了？那，你去洗个澡吧！

嘿，早知道要在这儿洗澡，我就要把衣服带过来了。

没关系啊，有衣服的，你只管去洗就是。

柳云下了楼，李妈早在卫浴间的大澡盆里放了满满一池水，还撒了许多芳香的花瓣。

小姐，这是你的衣服，李妈说，你换下的衣服放这里，我今晚就会给你洗好，明天就可以穿。

好的，柳云很满意。

柳云翻看了一下李妈给她准备的衣服：内衣裤一套，丝质透明睡裙一件。

这睡裙真是太漂亮了，柳云想，将它拿在手里端详，一个平常女人，穿着这样的睡裙，都会立即漂亮高贵起来呢。

她用手试了试水温，不错，刚刚好，于是脱了衣，泡进水里。

浴池边摆着各种牌子的沐浴露和洗发液，柳云随便试了其中一种，很芳香，也就懒得一一去挑，直接就用它了。

在这样的大浴盆里洗澡，柳云是第一次，浴室黑色的大理石地板闪着白色的光，白色的浴盆映着彩色的壁灯，形成一种交织的多元的

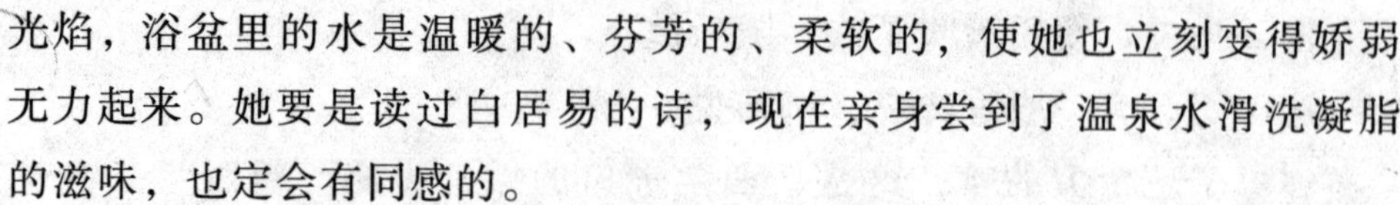

光焰，浴盆里的水是温暖的、芬芳的、柔软的，使她也立刻变得娇弱无力起来。她要是读过白居易的诗，现在亲身尝到了温泉水滑洗凝脂的滋味，也定会有同感的。

洗得一身香喷喷，脸色也红润润的，再穿上那套丝睡衣，她款款走上楼去。她知道，她现在很美丽，很动人，足以让魏驰心动，她估计魏总今晚可能会要她，她也做好了准备，不过她也并不是很确定。

二楼客厅没有人，但客厅后面最里的一间卧室亮着灯，她走过去，看见魏驰赤裸上身，躺在一间宽大的床上。

魏总，我睡哪儿呀？柳云问。

23

柳月的爱情奇遇

睡这儿呀，来，过来，宝贝，魏驰呼唤她。

这怎么行？柳云说，人却很听话地走到床边：我又不是你老婆。

你还这么小，怎么能做“老”婆？魏驰跟她开玩笑，把个“老”字拖得很长，做小——婆吧。

小婆？没听说过。

她上了床，将头靠在魏驰的胸脯上，这一个动作，自然而然，娇嗲无比，立时让魏驰爱意与欲念齐迸。

对魏驰，眼前的少女温驯、羸弱，是一片可以让他信马由缰的青青草地，在她面前，他是强大的，阳刚的，随意的，不比那个田缤影。田缤影很挑剔，她甚至会嘲笑魏驰的笨拙，弄得他心情紧张，男子汉气概被她祭起的一阵妖风吹到爪哇国去了。他记得，跟田缤影同床多次，只是在第五或者第六次才成功，而且那种成功还是很勉强的。

在柳云面前，他豪气勃发，他太放松了，男女之事，男方自然是愈放松愈好，愈放松，男人气概才能发挥到淋漓尽致。今晚，他真做到了。

在老婆面前，他是可以抖抻的，不过他没那愿望；在缤影面前，他当然想抖抻，不过他没那能力；在柳云面前，他是既有愿望又有能力，所以，这个夜晚正如他所愿：是销魂蚀魄的。

雨骤风狂，鬓云欲掩香腮；乱云飞渡，娇啼更见无力。

云收雨散，云淡风轻，月出东山之上。

魏驰搂紧她，打趣道：我怎么样？很棒吧!?

什么怎么样？柳云故作不懂。

哎呀，我的小美女，我都把自己的青春献给你了，你一个事后评语都没有啊？

嘻……柳云讪笑，都半老头儿了，还青春献给我，谁稀罕啦？

不稀罕是吧？

是，不稀罕。

你肯定？

我肯定。

那……魏驰突然一转话锋，那我稀罕你总行吧？

柳云倒是一下子不知如何回答了，稍顷才说，我，一个打工妹，有什么值得你稀罕的？

值得呀，魏驰说，我才不管你是什么打工妹不打工妹，可爱就成。

那……我可爱吗？

可爱呀，魏驰大笑，尤其是刚才，把身子都卷起来了，像个虾米，那样子特可爱。

你坏，你坏，我不跟你说了。柳云假装生气，把身体转过来。

云云，告诉我，你的第一次是给谁的？

见柳云沉默，他又补上一句：不许对我保密，听见没有？

柳云又转过身来，面对着他：是一个大学生，唱歌的。

那你怎么会认识他？

我刚进城那会儿，是在一间歌厅做迎宾，乔晖就是我们歌厅的驻唱，就这么认识的。

那，你们俩谁主动？

说不清谁主动，我是心里喜欢他，但我是女孩，不会主动找他的。

那是他来主动邀你？

嗯。

第几次约会你给他的？

第……柳云当然清楚地记得，是第一次。不过，她不能给魏驰留下一个放荡不羁的印象，便说：不记得了，蛮多次以后吧。

你们谈了多久？

一个多月，不到两个月。

为什么分手？谁甩谁？

也不是谁甩谁，他到北京读研究生去了，自然就分了。

你好傻，那么大方地就给，魏驰有点醋意。

那有什么办法，扛不住的嘛。

听了柳云这句话，魏驰止不住大笑：怎么就扛不住？他特帅，特酷？

算是的啦，柳云答。

真的很靓仔呀？

是的啦。

哦，我知道了，我们柳小姐好色，在美男面前丧失了抵抗力！

魏驰说毕，得意地哈哈大笑。柳云知道自己上了魏驰的当，左手握了个拳，朝魏驰胸口擂去。

哈，好舒服，好舒服，松松皮，松松骨！魏驰喊。

柳云说：那，我来给你按摩吧，你一定累了。

这就是柳云的可爱之处。玩笑归玩笑，正事归正事，主次尊卑之分她是不忘记的。

好啊，我还真是累了呢。

那你翻过身来。

魏驰听话地翻过身子，柳云骑上来给他压腰。她一会重压重摩，一会儿轻捏轻按，魏驰不一会儿就进入了梦乡。

那晚他睡得格外香甜。

柳云醒过来的时候，太阳已经升得很高了。她揉揉眼，坐起身子，发现魏驰已经不在，床头柜留有一张字条：云云，你今天去不去上班，由你自己定，不想去就休息吧，没事的。给你留了一张卡，你去买几件新衣，密码是……

柳云很高兴，赶紧梳洗打扮一番，出了门。到银行查了一下账，发现是笔不小的数字，心情更是爽。取出几千块，直奔佳佳乐而去。

女孩子，没有不喜欢时装的，人们常说女孩最重要的事是两桩：化妆+时装，此话确实错不到哪里去。

不过，柳云毕竟没有高消费的习惯。在家时，爸妈虽然娇惯她，一般都会满足她的物质需求，但农村人，再讲究也讲究不到哪里去，手上拿着几千块钱买衣服，这在以往是不能想象的。所以，现在她还是很手紧，超过三百块的衣服，绝不会买的。

她明白，魏驰给她这么多钱，叫她买衣服，当然是不希望她穿得太差，所以不买一两件好衣服，那也是不好交代的。

等她提着大包小包的衣裳走出佳佳乐，心情好得就像鼓胀的衣袋，被喜悦注满。她给魏驰打了个电话：我买了好多衣服哎。

那好啊，魏驰说，只管买，多多买，还要买好的，买少了买差了我都不喜欢。

她又给柳月打电话：月月，我去给你送衣服吧。

送衣服？为什么呀？柳月不解。

我买了几件新衣，以前的穿不着了，就给你呗。你是我妹嘛，不给你给谁？

不用了，姐，我们这里一天二十四小时都穿工作服，你给我我也没有机会穿嘛。

柳月说的是实话。在富丽酒店，每个服务员都穿着设计得很时尚很新颖的工装：白色上衣，蓝色筒裙，红色领结。对于身高160公分的柳月，那衣服就好像是为她量身定做的，穿上以后，身材显得匀称修长，胸脯高挺，女性气质和韵味尽显无余，柳月自己也发觉了这点，所以很爱她的这套衣服。

她多喜欢这份工作哟。看那环境，大厅的天穹足有三十米高，开阔而且通透，天顶的灯光像夏夜繁星一般在头上闪耀。地板总是亮晶晶的可照人影。酒吧里，每到晚间，会响起钢琴悠扬的旋律，一片迷人的浪漫渐渐升腾起来，使人觉得生活是那么的美好，每个人都该好好活着。

一层楼，16 间房，每次两名服务员轮值，工作并不累，但要求要细心、周到。柳月进店前参加过一段时间的培训，主要学习酒店操作规程。切莫以为做酒店服务员简单，光那叠被铺床的活儿，就很要学一阵子的。训练有素的服务员，只要几分钟的时间，就可以把床单铺得一抹齐整，连一丝折皱都不见。

柳月对工作的喜欢，不知不觉地流露出来。常挂嘴边的坦诚微笑，笑时若隐若现的两只酒窝，更衬出她的可爱和阳光。她的工作总是干得又快又好。

第一个月，她便被评为优秀服务员，此后这个称号便一直如影随形地跟着她。

当然，优秀服务员只是名字写在红榜上，和许多其他的员工一样，并不显得很突出，没有谁会特别把她的名字挑出来多念几遍，不过，有一件事，迅速改变了这种状况。

一名香港客人黄先生从深圳罗湖过关，住进富丽酒店的时候已是晚上七点，他分四次从中银提取了总共二十万的现金返回酒店，这是他支援父母的建房款，准备第二天将钱拿回家。他用眼扫了扫整个房间，想找一个放现金的地方，这时候，他的手机响了，是他老爸打来电话，他一边接听一边将钱放好，然后睡了。

第二天一早，他起来去退房离店，但那笔巨款却找不着了。他清楚记得钱是放在床头柜里的，但床头柜里并没有，至于其他地方，床头、床尾、床底下，他都找了，房间的其他地方，他也找遍了，但无论怎么找，却怎么也找不着了。

好奇怪哟，一捆那么大的钱，怎么会不翼而飞？

他还是四处找着，可是，那钱就像是长着翅膀，飞了。

他高喊“服务员”！柳月急步跑了过来，问他有什么事需要帮助，他仅仅问：我这房子昨晚有人进来过吗？

您请了什么人来吗？

没有啊。

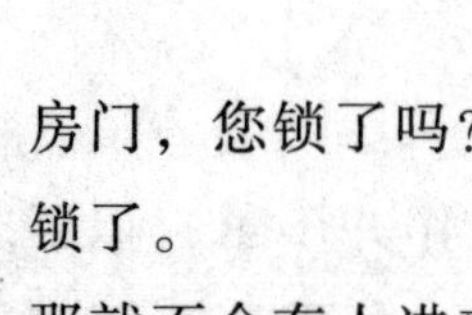

房门，您锁了吗？

锁了。

那就不会有人进来了。

哦，是这样。黄先生又怀疑是不是自己把钱遗忘在了出租车上，他打电话到出租车公司，问有没有司机捡到过钱，答复是没有。

怪事儿啊，他想。

因为家里在等他，他只能退房走路了。临行，他嘱咐柳月，如果找到了钱，就马上通知他。他把手机号留给了柳月。

他到银行另取了二十万元，给了他老爸。

柳月记住了黄先生的嘱托，清理房间的时候格外细心，结果，竟在卫浴间的物品架上发现了那一大捆钱。

黄先生怎么会把钱放到卫浴间，他为什么找了那么久总是找不着，她已经无心去考证了，马上把钱交到酒店办公室，还提供了黄先生的电话号码。酒店办公室主任林洁如，一个四十来岁的大姐，迅即将这件事报告了总经理，英国人亨利·哈里森，哈里森大为兴奋，第一时间赶过来看望柳月，称赞她是酒店的好员工，又叫林洁如联系丢钱的黄先生。

黄先生不久就回来，在办理了必要的手续以后，取走了钱。

哈里森认为柳月的行为，为酒店争了光，应该好好宣传，因此没多久，柳月的彩色照片连同事迹介绍，便登上了酒店前最正中的那个大橱窗。从此以后，她的月光般皎洁的微笑便时时温暖着来酒店住宿的客人了。

酒店给柳月一千元奖金，柳月全部寄给了母亲。

这天，一个年纪大约四十岁的男人，在酒店橱窗前驻足观看，柳月那张如皓月般的脸和发自内心的微笑，很有些触动他，他这才知道，原来在他那个楼层服务的别人喊她叫“小柳”的服务员，便是这个拾金不昧的女孩。一个平平常常普普通通的小姑娘，在那么大一笔巨款面前心不动神不摇，这是怎样一颗纯洁的心灵呢？

他便是本市新提拔的副市长，原城建规划局的局长郑可风。

郑可风刚上任，便主持召开全市年度城建与规划座谈会，会址就选在富丽酒店，不过，按郑可风的意见，总统套房和豪华房一律不用，所有与会人员都住六楼的标准间。

又凑巧，林洁如知道郑副市长要来酒店主持会议，便特意将酒店优秀服务员柳月调到六楼，专为会议服务。

那天一早，柳月来到郑可风住的601房，轻轻敲了一下门，里面答道：请进！柳月推门进去，问：首长，我可以清理房间了吗？

郑可风对柳月的到来很高兴，戏谑道：你怎么知道我是“手掌”而不是“脚掌”呢？

柳月答：是我们林主任告诉我的。

哦，郑可风微微一笑：你就是那个拾金不昧的柳月吧？

柳月答：是。

做得好，我们都应当向你学习。

快别学了，柳月说，自从我的名字上了大窗子，来采访的，来学习的，搞得我都没法正常工作了，不就那么点子事嘛，用得着吗？哦，首长，我可以帮您整理床铺了吗？

算了吧，整床铺这种事，我自己可以做的呀。

那不行，柳月坚决地说，这是我的职责，您现在是住酒店，不是在家里嘛。

那，好吧，郑可风说，把文件拿到窗口边的茶几上，坐下来，翻看，用红笔画些线。

可是，他不久就停下来，注视着柳月的举动，他看见柳月将用了一夜的床单撤下来，然后用两手捏住干净的床单的边沿，向上一抛，另一边整齐地不差分毫地落在了床头那边的边际，柳月随即抬起席梦思的三个边，将边沿快速塞进去，不一会儿，床单便如镜面般平平整整地铺好了。

他是第一次近距离打量柳月。脸是光洁的，纤尘不染，白色上衣在胸部突起来，呈“V”字形束入腰部蓝色的筒裙里，使得她的身材曲线鲜明而曼妙，不过这些都不是最重要的，最使郑可风感动的，是柳

月开朗无邪的笑容，那是足可滋润人心灵的。

他和柳月聊了一会，问她家在哪儿，家里有些什么人，来城里多久了，工作顺心不，等等，柳月都一一回答。不多久，房间打扫整理好了，柳月道了再见，退了出去。

郑可风若有所思。

会开完了，林洁如来看望郑可风，并征询他对酒店服务工作的意见，郑可风说很好。

那以后市里开会，就多安排一些到我们酒店来吧，林洁如请求道。

好啊，郑可风答。

他本来可以一早就走的，但为了再见柳月一面，故意拖延了一会。柳月进来以后，照例开始打扫整理房间。郑可风说：小柳，我们的会开完了，我等下也得走了。

哦，那就再见了，柳月说。

小柳啊，我留个名片给你吧，上面有我的电话，你以后要是有什么事需要帮忙的，就告诉我。

柳月接过名片，看了一眼，放进自己的上衣口袋：谢谢郑副市长！

小柳啊，希望我们还能见面啊。

柳月说：还见面啊？哦，我知道了，下次您又来开会是不是？

很可能啊。

您要见我，太容易了，我要见您，那就难上难咯。

那为什么？郑可风满脸笑容地看着她问。

您住市政府呀，那里有卫兵守着呢，我要走过去，他不把我抓起来呀？

郑可风大笑：柳月呀，要把你抓起来了，我就去给你送饭，好不好？

柳月笑道：市长给我送饭哪？我哪敢当啊？

郑可风说：市府前的卫兵，是解放军战士，解放军战士是不会随便抓人的，明白吗？

这次谈话不长，也没给柳月留下多少印象。

她刚回到宿舍，柳云就打电话来了。

月月呀，看你给我介绍的好事，现在荷花住我这儿上瘾了，不肯走了，一天到晚啥事儿也不干，一晚上睡得呼呼的，醒来就喊饿，我每天还得给她买吃的，你说我是上辈子欠了她的还是怎么的？

柳月说：姐，你就辛苦一下吧，她住几天，肯定会走的。

何止几天？现在就已经第十天了。

你给她找个工作嘛，有了工作，她就会走的。

我上哪给她找工作？

找你们老板哪。

一句话提醒了柳云，于是她给魏驰挂电话。

魏总啊，你帮我个忙，给我这个小姐妹介绍一个工作吧。

魏驰问：介绍工作呀？要收介绍费的哦。

行啊，收吧，柳云说，一次五毛，不少了吧？

不少不少，魏驰打趣，柳小姐的五毛钱，对于我就是一笔巨款哪。你说，你那个小姐妹她有多高的文化？

初中毕业。

初中生？那最好到饭堂洗碗抹桌子，可惜我们公司没饭堂啊。

想想法子呀，魏总，有什么事能难倒您呢？

叫我什么？

哦，错了，错了，我总不习惯叫你……好了，哥，求你了。

嗯，这还差不多。我看看吧。

第二天，魏驰打来电话，说有一家印刷厂同意招聘荷花到装订车间做工人。

你问问她，看她愿不愿意去。

柳云把情况跟荷花一说，荷花半响没吱声。

你给句话呀，去还是不去？

云云，我知道你这里不能长住，不过，印刷厂嘛，我是实在没做过，没把握呀。

去试试呗，不行再辞工嘛，又不是要你做一辈子。

荷花一想，也只能如此了。

魏驰派车把荷花送到了那间厂，柳云同去看了看，厂房挺简陋，宿舍也破旧，荷花心里直发凉，但不好意思再说什么。农村人，进城就是要吃苦的，这道理她懂。

柳云给妹妹打电话，说给荷花找了份工做，而且已经上班了，柳月也高兴。

姐，你真棒！柳月说。

棒什么？同村姐妹，这点忙还是该帮的。柳云心里有点得意。

柳月刚合上手机，阿细就来叫她，说林主任找。

柳月急忙去酒店办公室。

林洁如为什么找柳月？内里因由还得从一个电话说起。

头天下午，林洁如接到一个电话，竟然是郑可风打来的，她很意外，忙说：郑市长，您好，有什么事吗？

郑可风问：林主任，忙吗？

不忙，不忙，林洁如说，她懂得，市领导打电话来，肯定是有事情交办，就是真忙，也不能说忙的。

哦，要是真的不忙，你就到市府来一趟，我有点私人的事情想请你帮帮忙。

好好，我马上过去，林洁如答应得很干脆。

市长找她，不为公事，是为私事，这表明他对她的信任。

她有受宠若惊之感。

市府门岗的武警战士看了她的证件，礼貌地说：郑市长在等你，你请进。

林洁如走在市府里面很宽敞的林荫道上，想着郑市长找她究竟有什么……私事？

郑可风找林洁如，为的是柳月。

他是想让林洁如为他牵个线。

郑可风现年四十，结过一次婚，没孩子，妻子根本不能生育。因此心怀愧疚，郁郁不乐，三年前因肝癌去世。

郑可风与她是大学同窗，相爱极深，妻子的离去，让他悲伤不已，于是将感情全投入工作。

同事朋友为他做媒者不在少数，无奈东风无力，吹不皱一池春水，父母更是焦虑，担心儿子打一辈子光棍，弄得郑家无后。不过，这些担心纯属多余，所谓时不至兮情不至，时间一到，一切都变。

柳月身上那种浓浓的女性韵味，触碰了他尘封于心的感情之弦，引得他爱河翻波起浪，他只考虑了很短的时间便决定：就是她了，不改了。

为什么必是柳月，不是他人？这还得追溯到更远。

郑可风大学毕业后，由一个一般公务员而步步晋升，官至正局，与他的严于律己是关系紧密的。他也曾多次遇到过百万重金于面前，只须伸手便可攫为己有的情况，但他没有让内心的魔鬼跑出来害人。他克制了自己。

这次提拔前，省委郭书记跟他谈了一次话。书记说：小郑啊，我听说你干得不错。

郑可风答：谢谢书记夸奖。

郭书记又说：共产党对它的干部，要求其实不多，一个是廉字，一个是能字，简单说，就是既清廉又能干事，做到了这两点，就是好干部，就能长长久久，屹立不倒。

我们国家大呀，十三亿人，作为执政党，要有多少干部才够用？这些年，我们发展的步子大，人才培养跟不上，一些青年干部匆匆忙忙就上来了。他们缺乏最基本的修养，对自己内心的贪念警惕不够，一当领导，就被人吹捧、奉承，被各种各样的好处包围，稍有不慎，就掉进去了，拔不出脚来了。你管城建这块，钱多得可以把你淹死几千几万遍，一失足，你就完了，身败名裂，再回头已经没机会了，谁也救不了你了。你想到过这点吗，可风同志？

想过，郑可风答。

听说你爱人去世以后，你一直没找？郭书记突然转了话题。

是的。

你找爱人的条件，我不便发表意见，作为长者，我有个建议：要找，找个不贪财的，对物质享受看得淡些的，其次才是外貌啊、文化素质啊这些东西。你听过一句官场新语录没有：老婆不贪银子，老公不戴铐子。说得好啊，一语中的呀！

郑可风说：谢谢郭书记，我记住了。

在富丽酒店的橱窗前，他看到了柳月拾金不昧的报道，心有所感；及至和柳月接触，很自然地心有所动，于是便快速下定决心。

当然，柳月并不仅是合乎不贪财这一条，其他方面她也近乎完美。她是个美丽温柔的少女，她能引发男人内心深处去爱抚她保护她的渴望，有了这一点，便可以了。至于文化水平，她是低了点，但文化这东西并不是不可改变的，读个电大、夜大，文化不是照样可以提上去吗？

好，就这样，就这么定了，他对自己说。

林洁如轻轻敲了敲门，郑可风说了声请进，她走进去。郑可风笑容可掬地站起身，跟她问好，让座，倒茶。

郑可风坐到她侧边的沙发上，说：林主任，真不好意思，打扰你了。

林洁如答：郑市长，您别客气，有什么事，您尽管说。

那好，郑可风仿佛也在鼓起一点勇气：在说这件事情之前，我想跟林主任来一个私人约定，就是这纯粹是我个人的事，不论你是否愿意帮我，都请保守秘密，不外传。

林洁如点点头：行，我答应你。

那我就说了。他看着林洁如，仿佛有些为难。

24

暖风偏向好花吹

您请直说，没关系的，林洁如鼓励道。

我……我看上了你们酒店的柳月姑娘，想请林主任为我牵个线，搭个桥。

郑可风很艰难地说出了内心想法。

林洁如听了这话，不禁扑哧一笑：郑市长，现在都什么年代了，您还要找媒婆呀，看上了，您向她表白，不就完了。

不，不，郑可风正色道：可能真的需要林主任帮忙哎。

林洁如见郑可风态度严肃，就赶紧收起笑容，说：行，只要我能帮的，我一定帮。

我已经不年轻了，年轻人那些恋爱方式，对我已经不适用了，就算是可以用，我也没时间去用。

对，您太忙，这我可以想象，林洁如说。

郑可风谈了一下自己的婚姻状况。

这倒是林洁如没料到的，这么个年轻英俊的副市长，竟然还是个单身汉呢。不用说，他的追求者一定如过江之鲫，多不胜数了。

您看上了柳月姑娘，这是她的福气嘛，林洁如说。

也不能这么说，郑可风道：我虽然是副市长，柳月是服务员，但在人格上，我们是平等的，只是分工不同，所以也不能说我看上她就是她的福分。

林洁如听了这番话，倒有点佩服起这位年轻的副市长了。

您讲得对，林洁如忙说，这话我还只说了一半，反过来看，您找了柳月，也是您的福分嘛，据我看，这姑娘也的确是好，主要是品德好，是真好，不是假好，我都打心里喜欢她。

真的吗？郑可风听得很高兴。

那还有假？我们一间五星级酒店，不会随随便便树一个模范出来的嘛。

所以，我就更不能随便了，郑可风道，我想请林主任做些前期的工作，比如，了解一下柳月有没有男朋友，订婚了没有？如果还没有，她愿不愿意接受我，等等。

这可以呀，林洁如马上表示：我先跟柳月谈一下，看看情况如何，再告诉您吧。

对，就是这意思，郑可风说：那我等你的消息？

您放心，我今天下午就跟她谈。

林洁如站起身，郑可风送她到门边：林主任，记得我们的约定。

林洁如把手放到嘴边：保密！

两人都大笑。

柳月会答应我的追求吗？林洁如一走，郑可风便忐忑着挂念起来了。

柳月走进林洁如的办公室。林洁如起身，郑重其事地将房门关好。

小柳啊，今天林姐找你，谈点私人的事，你别紧张。

柳月本来不紧张，听她说是什么“私人的事”，倒有点莫名其妙了。她抬眼看看林洁如，见林姐正笑眯眯看着她。

小柳啊，是件好事，大大的好事，是关于你个人的事，不过，你得先告诉我，你现在有没有男朋友？

没有啊，柳月答，不解地看着林洁如。

想不想林姐帮你介绍一个？

介绍男朋友啊？

是啊。

不想。

林洁如没想到，自己还没进入主题，柳月便一口回绝了，这让她竟不知如何把话接续下去。

为什么啊？

不为什么，我还小，先好好工作几年吧，柳月说。

哦，是这样，你的态度很坚决，不能改？

是的，柳月道，说毕，站起身，谢谢林主任的关心，要是没别的事，我就回去上班了。

林洁如在突然的情况下没反应过来，只得看着柳月离去。

别着急啊，慢慢来，林洁如提醒自己。

可是，要是郑副市长问起，怎么回答？就说柳月拒绝了？可实际上柳月没有拒绝他呀，她只是现在不想谈而已。

这天晚饭以后，林洁如再次去找柳月。她们在宾馆后面的花园里漫步。

小柳啊，我为什么再次来找你谈，是因为这件事很紧要，这关系到你一辈子的幸福，我不能随便讲讲就放下，明白吗？

明白，谢谢林姐。林洁如再次找她谈话，使她觉得这件事非同小可，她自己也开始认真起来。

我跟你讲过，对方是一个很好的男人，一个百里挑一、千里挑一的男人，愿意嫁他的女人，恐怕也是上百上千呢，你也不考虑吗？

柳月没做声。

没听过一首民歌吗：绣球当捡你不捡，空留两手捡忧愁？这种事，是不能规定时间的啊。

这，柳月当然知道，一个二十多岁的大姑娘，是不能不常常考虑自己的终身大事的，她进城不到两年，爱情已经不止一次来敲门。不过，从本性说，她不是那种被动地等男人来爱来追的女孩，她相信自己的眼睛，她要亲自去寻找，去发现，要有感觉，她才会心动。国文就曾让她心动，她喜欢他长得清清爽爽，知艰识苦，有责任感，有奋斗心，而对那些养尊处优的男孩，她是避之唯恐不及的。

现在林姐说有个百里挑一、千里挑一的男人，那是谁？她有点好奇了。于是说：我也不是……唉，我说不清楚……

你也不是一定要等到以后再说，对吧？林洁如看出她内心的矛盾：这就对了，机会来了，就要抓紧。

是个什么人呢？柳月终于问了。

他呀，你认识的。

我认识？不可能吧？柳月惊奇地瞪大眼睛，脚步也停下了。

就是的，你认识，还跟他讲过话，林洁如神秘地笑着。

是谷丰收？不可能，柳月想。谷丰收是她的家乡人，而林姐是河南人，他们跟本就不认识，所以，他不可能通过林姐来跟她提亲。

那，还能有谁？没有了，猜不出来了。

林洁如见她一脸的迷惘，便知道这个谜可以不要再猜了，于是托底道：是郑副市长。

郑副市长？柳月大为吃惊：这怎么可能？郑副市长怎么能看上我？不可能，这太不可能了。

林洁如并不答话，让她想去。

她们无声地走了一会，林洁如才开口：小柳啊，我介绍的这个人，就是郑副市长，我是认认真真做这件事情的，你好好考虑一下吧。

柳月点点头，说：林姐，您的好心我领了，但是这不太可能吧？郑副市长怎么会看得上我？我一个打工妹，农村的，要地位没地位，要文化没文化。

她就是看上你了，林洁如正色道，就是他，委托我向你转达他的爱慕的。

这……柳月完全没有思想准备，一时不知道该怎么回答。

怎么样，小柳？

我……我不知道该怎么讲，柳月答，我觉得不太可能。

为什么不可能？

我们相差太悬殊了，将来不会幸福的，柳月说，现在我还年轻漂亮，到老了，40岁以后，工作没有，文化没有，容貌也没有了，那时候他还英俊潇洒，不要我了，怎么办？

看你说的，林洁如笑道，你四十，他不就六十了吗？花甲老头一个，还能潇洒到哪去呀？

柳月自己也笑了：男人嘛，经老呀，男人三十一枝花，女人就不同了，女人三十老妈妈呀。

我今年 43 岁了，你看我像老妈妈吗？林洁如问。

柳月知道自己失言了，马上改正道：林姐，你确实不显老，看上去也就三十几岁，不过，你这种情况毕竟是少数呀。

谁说的，我的几个好姐妹，都差不多年纪，也都不显老，现在生活条件好了，女人也不像以前了，都越活越年轻了。

还是算了吧，柳月说，林姐，我真的谢谢你，不过这件事，我真的没法答应，我从小就在艰苦的环境里长大，找对象嘛，也没有什么非分之想，不想攀大官，也不想嫁富豪，你就转告郑副市长，说我谢谢他的错爱了。

林洁如没想到，这个柳月还真有些思想，更有主见，她原以为只要她说出来是郑副市长喜欢她，她必定心内狂喜，一口答应，没想到实际的情况正相反，她是一口回绝了，看来自己是低估她了。

没关系，一次不成，还有下次。

没事啊，林洁如道，接受还是不接受，你都有绝对的自由，没人会强迫你，我还是那句话：郑副市长是真心的，你再认真考虑一下吧。

柳月这才点点头：好吧。

她们分手以后，林洁如自去打电话，把柳月的答复告诉郑可风。

柳月这么说倒让郑可风更觉得这女孩不同凡响。郑可风的情绪似乎没受太大影响，问：林主任，我是不是没希望了？

我看哪……林洁如字斟句酌地说：也不见得吧。我看她从头到尾谈的都是她如何配不上你，也并没有说你年纪大呀，有什么不合适她的地方呀，我看，还有希望。

真的？郑可风有些欢喜。

是真的，林洁如分析道，女孩嘛，毕竟是要追的，要是一句话她就答应了，那她岂不是太没分量，你说是不是？

对呀，郑可风马上附议，追，追，我一定要努力去追！这样吧，我忙过这一段，再去你们酒店，你看好不好？

林洁如当然是满口答应。

25

谷丰收当画师

柳月刚回到宿舍，就接到谷丰收的电话。

柳月，告诉你一个好消息，我到西庄画坊当画师了，现在成了工薪一族了。

哦，那祝贺你呀，柳月说。

柳月刚才还在思索之中，谷丰收报告消息时，她还没脱出来，所以话语显得比较平淡。

谷丰收感觉到了，忙问：柳月，你没什么事吧？

柳月这才醒过来，赶紧说：没有啊。你能当画师，这是好事嘛，你就好好干呗。

那是一定的，谷丰收最喜欢听到柳月的鼓励：下星期的星期天下午，我去看你吧，请你吃个晚饭。

柳月答：到时再联系呗，还不知道有没有时间。

对于谷丰收，柳月是时时不能忘记的心中圣女，他在努力奋斗，长期说是为了一生，短期说却是为了能有一天把柳月娶进家门，这可是他的人生最大目标。他过不多久就要给柳月打个电话，是为了拉上这条线，不让它断了。自然，他现在还不能向柳月表白，他还没这个条件。

谷丰收当画师，完全是一种偶然。

一天傍晚，有一个穿着很普通的中年男人经过他的画摊，先是瞄

了一眼他的画品，接着停下来，细细观察了一番，冷不丁说道：嗯，还不赖。

谷丰收问：先生，要画像呀？

男人说：画像？哦，画，画，就画一张吧。

那，您请坐。

男人坐下来，谷丰收摆好画板，开始作画。

男人面色黧黑，鼻梁高，两颧也高，加上满头黑发，使人几乎猜不出他的年龄。不过，谷丰收抓住他面部特征画去，倒也差得不远。

男人端详着谷丰收的人像作品，说：还行，有点像我，最怕的是既不像我，也不像任何人。

付了钱，男人收好画，说：你贵姓？

谷，稻谷的谷。

男人掏出一张名片，交给丰收，道：敝姓方，方建华。

谷丰收接过名片一看，这才知道这位方先生是同行，他的头衔是：西庄画廊总经理。

哦，想不到我们是同行，幸会呀，谷丰收也学着“拽文”道，然后从口袋里取出那五十块钱送回去：方经理，这钱就不收了。

不行不行，方建华说，你是靠绘画为生，怎么能不收钱呢。

谷丰收见他如此说，也就作罢，拿过一张小凳，请方建华坐下，随意地聊了起来。

你还当过特警呀，方建华打量着谷丰收，果然身板不错啊，做特警的还会画画，少见少见。

这没什么，谷丰收道，现在部队里人才济济，可不比以前了。

那是那是，方建华表示赞同，你在这里做得怎么样？

还行吧，谷丰收道，温饱不成问题，要大发展，就难些了。

我看也是，方建华点头，我一看你这个架势，就大体能估摸你的情况，要不这样，你到我的画廊来做画师，每月拿基本工资三千块，另外还有提成，你看怎么样？

谷丰收说：可以考虑啊。

他粗算了一下：在这摆摊，场租电费一个月八百块左右，他作画，好的时候一天最多可以作四张，得两百块，一般也就一两个人来光顾，有时全天无人，分文不入，下雨天也只能歇摊，算来一月也就两千块的纯收入。现在方建华那里一月稳保三千，就算没提成也很可以了。

心里是同意了，但嘴上还是不能急于表态。

请问方总，你那个画廊主要画些什么东西？不知道我能不能胜任？

我们是描摹西方名画，再卖给来中国旅游的外国人，方建华说。

那，不侵权吗？谷丰收问。

不存在这个问题，方建华解释，我们只是描摹，并没说这就是真迹，一张描摹的画才几百块，真迹呢，几百万哪，这能比吗？

哦，我明白了，丰收说，不过，这种人工描摹，比起原作，会差很多的啊。

不会。我们在画前，要用绘图仪拓下基本轮廓，再在细微部分下工夫，画出来以后，差不多能以假乱真。

真有这么棒？谷丰收来了兴趣。

其实不难，方建华蛮自豪地说着，你要做久了，水平会提高很快，比我画廊里的许多画师水平还高。

那，行，谷丰收爽快说道，我就跟着方大哥你去闯一番事业去。

刚去的一段时间，谷丰收有事做。草稿，也就是框架，已经由上道工序的人做好了，他只需要依原画描摹人物或风景，而这只要有点绘画功底，并不是什么难事。他描摹的第一幅名作，是俄罗斯画家列宾的《伏尔加河上的纤夫》，动笔前他做足了功课，所以动手后没怎么犹豫，画成后一次过关。方建华称赞说这么快入了门，在他们的画廊是第一个，谷丰收呢，放下了一颗悬着的心，心里也暗暗高兴。

这些手工作坊制作的画，都挂在画廊里，有国内国外的游客来参观，购买，通常一幅在三四百元的价格，买的人不算很多，一天销出三五幅的样子，谷丰收算了一下，依这个销量，无论如何不够养活十几个人。

当然不止这些啦，面对谷丰收的疑问，方建华解释：我们还有一

个大宗业务——批发，这是专门跟机场、轮船大港、各地画廊做的，一年要几百幅呢。

谷丰收慢慢做得熟了，工作速度也加快了许多。

一个星期天，谷丰收去看柳月，他们一道吃了晚饭，然后匆匆作别。回到画廊，却看不到往常的热闹景象，车间里画架依旧，只是作画的人却不见了。

丰收！他听见有人叫他，一回头，是方建华。

画廊出了点问题，我先把工人打发回去了，你呢，就留下来，继续跟我干。

出了什么事？谷丰收问。

这你就不要问了，问题不大，要是大事，我也不能待在这里了，也就是税收方面的事吧。

你偷税漏税了？谷丰收是个直性子，脱口而出。

是，方建华倒也不回避，不过，我已经找人跟税务局沟通去了，补交点钱，没事的。

大哥，这种事我们还是不干为好，宁肯少赚点，也别违法，违法了，吃饭睡觉都不得安生，还能做什么生意？

话是这么说，方建华答道，不过有些事，法律也没规定，违法不违法也是稀里糊涂，又有钱赚，这时候，你做不做？要是样样都前怕狼后怕虎，像个小老鼠，那就什么都做不成了。

到底是什么事嘛？谷丰收问。

以后你会知道的。

方建华说毕，拉着谷丰收到门外：这里我们暂时不住了，我们找一个好地方去，趁这空档哥们也快乐几天。

他们叫了个的士，驶到了郊区，在一个旅店开了房。房子还算干净，两张床位，一人一铺。安顿好了，方建华叫上谷丰收去吃夜宵。

三瓶啤酒，几个小菜，方建华举杯和谷丰收一碰，然后一饮而尽。

老弟呀，跟着大哥我，你不用愁吃愁穿的，方建华说，想赚钱，我们有大把机会！

那当然好，谷丰收也一口饮尽杯中酒，给方建华满上，接着说，不过大哥，我有言在先，正当生意我做，违法的事儿我是不能干的，我是党员，入党的时候是宣了誓的。

行，行，违法的事儿我们不干，不干，行了吧？你以为谁都愿意违法啊？有些事，是被逼无奈嘛。

酒喝得多了，方建华说话渐渐没了遮拦：你说嘛，我，我……在一个农家收了个碗，是宋代瓷器，河北曲阳的，叫什么村来着……涧……涧……划花的，被一个外国人看上了，说要拿一百万买我这只碗，条件是办了出口手续才付款。我拿到海关，海关说是什么国家二级文物，不准出口，好了，到手的一百万打了水漂。更加头痛的是还说这是盗墓得来的，要我交代，关了我几天，罚了几万块，才放我出来，碗也没收了。

谷丰收这才知道了一点影子：方建华涉嫌走私。

深夜，他搀扶方建华回到旅店，待他熟睡，自己才和衣躺下，他脑子开始急速运转：去，还是留？

画廊是做正规生意的，这点无须怀疑，至于方建华本人做什么，这就无从知道了，如果干些非法勾当，他谷丰收是绝不参与的，必要时还可以拽他一下，不让他走得太远。

还是留吧。现在没地方可去，好不容易谋得的一份工作，又合他的兴趣，也不应该说丢就丢。

好，留下来，看看再说。

想清楚了，睡意也就来了，他也不知道自己何时入的梦乡。

第二天八点多，两人一道去喝了早茶，那是典型的粤式茶庄，早点极其丰富，谷丰收尤其喜欢一种叫酸辣凤爪的小吃，吃完一碟又要了一碟，还有就是一种花生粥，浓浓的，很好喝。席间，方建华说要让谷丰收到邻近的 S 市走一遭，见一个大老板。

见他干什么？谷丰收问。

卖一幅画给他，方建华答。

他看过这幅画吗？

还没有，方建华说，先只能给他看照片，谈好条件了，自然就可以看真迹。

不会是赝品吧？谷丰收问，有点不放心。

绝对不是，方建华说，百分之百的真品，要不，我岂不是把你都卖了吗？

那个老板，是个搞地产的，生意做得很大，平生两大爱：漂亮女人加古代字画。这次我和他初步讲定，他拿八百万买我这幅画。你这次去，就是和他敲定这桩生意，成了，你有10%的提成。

谷丰收脑子里马上滚过一个画面：一大袋子的钱，80万，属于他谷丰收了。

真要这样，那真是做梦都要笑醒。盖房子，不成问题了，娶柳月，不成问题了，今后的路，一帆风顺了。

不过，这一切是梦还是真，他现在也无从得知，首要的问题，是要搞清这幅画的真面目，那就等方建华介绍完情况再说吧。

不过，此后的几天方建华再也没提起这事，谷丰收很纳闷，想问又不便问，憋得好生难受。

方建华的手机倒是经常响，他一接电话，谷丰收的耳朵便成了灵敏度极高的天线，想要意外获得一些信息，终于，这天晚上，他听到方建华在接一个电话时说：明天？定了？好，好，我一定派人去，咱们不见不散！

合上手机，方建华对谷丰收说：好事情来了，你明天就出发，到S市走一趟。

行啊，谷丰收道。

走，咱们去喝两杯，边吃边谈。

照例是啤酒、炒菜，三杯下肚，方建华开言：你这次去，要把古画的照片带去，把情况向对方讲清楚，你要判明对方的诚意，如果他诚心想买，给我电话，我再带真本过去。我一出现，你的任务就是保护我和这幅画，该拼命的时候，就得拼命。我这条小命不值钱，不过这画可是价值连城，贵过黄金呢，我跟你说，800万卖了我心都疼，要不急等钱用，我……

没事的，大哥，你尽管放心，一般情况下，上来五六个、七八条汉子，我一分钟全部放倒。

方建华一听这话，笑得咯咯脆响：好，老弟，有你这句话，老哥我就放心了。

谷丰收到这时还没想到，方建华看中他，不为他的画技，而是因为他的前特警身份，为他的身手。

大哥，现在你该得亮亮真家伙，给我讲讲那幅画了吧？

这是当然，说起这幅画，要讲的可就多了，我只能简单地给你说说。

26

方建华神侃古画

这故事有点长，你要耐心听，方建华说，搞清楚每一个细节，这样，他们问起来，你才能对答如流。

我问你，方建华倒了半杯酒下肚，才入正题：徐悲鸿，我们国家最著名的画家，你知道吧？

这还能不知道吗？谷丰收答。

我们要卖的这幅画，与徐先生有关，事情呢，还要从很久以前，从1937年说起。那时候，日本鬼子打到了我国的湖南长沙，悲鸿先生已经流落香港。一天，他的老朋友、作家许地山找到他，说有一个德国女人叫马丁，她老爸是德国驻中国使馆的武官，家里搜集了许多中国古字画，马丁夫人要回国了，打算把这些字画买掉，徐先生一听，马上跟着许地山来到马丁夫人家。马丁夫人搬出几个大箱子，徐先生逐一打开翻看。一箱看完了，又一箱看完了，很可惜，那个德国武官可能只擅长枪炮，对于中国古字画一窍不通，花那么多钱，买的多是，用我们现在的话说，叫假冒伪劣的东西。正失望呢，第三个箱子打开了，悲鸿先生看到了一幅画，这画老旧不堪，绢底已呈褐色，没有落款，没有历代名人或者皇室的藏印，也没有题跋这些一般名画所应有的东西，总之，就是一幅画。但是，悲鸿先生一见，却是眼眶都大了，欣喜若狂，爱不释手。当即表示，他就要这一幅。

马丁夫人问：那你能出多少钱？

悲鸿说：拿我的七幅作品和你作交换，你看行吗？

马丁夫人一看徐先生开口就是拿他的七幅画来换，知道这画非同寻常，又支吾着不想卖了。

悲鸿先生怕事久生变，一咬牙：那我再凑两万银元给你。

马丁夫人这才同意。

那么，这幅古画到底是谁的作品？

悲鸿先生请来了国画名家张大千、谢稚柳来鉴定，他们都异口同声说十之八九是唐代画圣吴道子的作品。悲鸿一听，更是兴奋不已，如果真是吴道子的真迹，那可就是唯一呀，是罕见的国宝！那将会在中国画坛和收藏界引起轰动！

这幅画长 292 厘米，宽 30 厘米，绢面上用明快而有生命力的线条，描绘了 87 位列队行进，前往朝拜元始天尊的神仙。加上亭台曲桥、流水行云等的点缀，画面优美，宛若仙境，赏画间似有仙乐在耳畔飘荡。

他无比地兴奋、激动，将这件事形容为“平生做的最快意的一件事”，并制作了一方刻有“悲鸿生命”四个字的印章，郑重地加盖在长卷上。

从此，这幅《八十七神仙卷》就日夜不离地跟随着悲鸿先生，不管是外出讲学还是举办展览，他都随身携带。

1942 年，徐先生流落云南昆明，那正是日本鬼子轰炸昆明最厉害的时候。

5 月 10 日，徐悲鸿在云南大学的办公室整理作品，突然，空袭警报呜呜狂叫，匆忙间徐悲鸿与大家一起跑进了防空洞。等空袭警报解除，他再回到办公室时，发现门和箱子都被撬开，自己珍藏的《八十七神仙卷》和其他三十多幅名画不翼而飞。徐悲鸿感觉如五雷轰顶，眼前一片漆黑，昏死了过去……

1944 年，徐悲鸿全家迁往重庆。一天，他收到了从前的学生卢荫寰的来信。卢荫寰在信中告诉老师，一个偶然的机会，她看到了老师丢失了两年的《八十七神仙卷》。

收到卢荫寰的信后，徐悲鸿和妻子廖静文兴奋不已，立即请一位朋友前往成都，找到持画者，如果确认画为真迹，再花钱把画买回来。

不久，消息从成都传来：那幅画的确是原画，持画者也愿意把这幅画卖给徐悲鸿，不过，他开出了天价，银元 20 万，同时还要徐悲鸿的 20 幅作品。20 万银元是个什么概念呢？在当时，北京城里买一个上好的大四合院也不到一万银元。

但是，为了画的安全，徐悲鸿接受了他的条件。不仅如此，徐悲鸿还决定不惊动警方，也不追究当初此画遭窃的缘由。他不顾自己体弱多病，白天黑夜忙于作画，夫人廖静文则帮助丈夫找朋友筹款。20 万现款很快汇到成都，又过了几天，20 幅作品也寄到成都。很快，在一位新加坡朋友的帮助下，《八十七神仙卷》又重新回到了徐悲鸿手中。

当徐悲鸿再次见到这幅魂牵梦萦的神仙图画时，非常激动。画幅上面“悲鸿生命”的印章和自己的亲笔题跋已经被割去，但是徐悲鸿依然记得当初写下的跋文，依然记得当初见到此画时的激动心情。值得庆幸的是画的主体没有丝毫的损伤。

问题是，这幅还回来的画就是真迹吗？方建华把谷丰收的思绪拉回到现实：悲鸿先生委托的那位朋友并不是书画鉴赏家，他说是真迹并不能代表就一定是真迹；悲鸿先生呢，渴望之心太烈，很可能那时已经不辨真伪。

我自己在前年到云南游玩，方建华道，顺便也搜罗有价值的画品，昆明有云南古玩城、潘家湾文化艺术收藏品市场、小龙四方街这些知名的收藏市场，但是我在那些地方都没发现什么有价值的玩意。反而是在石林，一位朋友介绍我去一位收藏者家里，我看到一幅画，竟然就是那幅叫做《八十七神仙卷》的唐代名画，我震惊得几乎要喊起来。

我先是怀疑，说那一定是一幅赝品，真品现保存在悲鸿纪念馆呢。但人家拿出诸多证据，说明他这幅才是真品。据他们讲，盗画者是国民党的刘将军，因为偷来以后，没法出手，才故意将消息泄露给悲鸿先生，他知道悲鸿爱此画如命，一旦得知，肯定不惜血本赎回。但这画实在太名贵了，他很有点舍不得，于是做了一个拓本，将这个拓本卖给了悲鸿先生，真迹仍然保存在刘家。到上世纪90年代，此画已三度易手。

说到这里，方建华拿出一个卷宗，打开，里面便是各种证明文件，其中一份尤其引起谷丰收的注意，那是某高能物理所出具的一份检验证明：根据本所原子同位素检测，此画所使用材质（绢帛）年龄在1100年左右。下面是通红大印。

不用复杂计算，1100年前，正好是我国唐代。

待到方建华将画摆到谷丰收面前时，他一眼扫过，也不能不承认这画确实非同一般。

某文物鉴定所的鉴定语是这样写的：此画形神刻画，细致入微，笔墨遒劲洒脱，线条行云流水，风格豪迈博大，生气勃勃，雄浑健伟，气度开放与典雅庄重并具，疑似唐代画家吴道子作品。

那，你请悲鸿先生夫人廖女士鉴定过吗？

没这个必要，方建华说，你想想，以廖女士那种身份，她能说什么？她说我这是真品，那岂不等于否定了她的馆藏珍品？说我们这是赝品？她那儿不是文物鉴定机构，她不便于说这种话，做这种事嘛！

你去S市，就是把这方方面面的情况，跟对方讲清楚，方建华嘱咐道，我们不瞒他，是真是假，请他自己判断，就像押宝一样，押对了，赚的钱是几个亿，我们只要800万，小意思了，在云南买块石头，动辄千万，八百万算什么？

谷丰收想想，觉得这无论如何不能算是欺骗，就凭画的材质在1100年以上，就很可以说它有七八分真。

好，我马上动身，谷丰收说道。

那还要把这个带上，方建华取来一长约2.9米，宽30厘米的大幅照片，是《八十七神仙卷》的写真照。

第二天，方建华变戏法似的，叫人开了一辆宝马车来，载着谷丰收直向S市疾驰而去。他们下午三点出发，到达时也就五点多钟。

在S市一间五星级宾馆的20楼，谷丰收见到了那位大老板，四十七八岁，气宇轩昂。他招呼谷丰收坐下，亲自为他奉茶，然后问：

贵姓？

姓谷，谷丰收，是西城画廊方总的副手。

那男子递过一张名片，谷丰收看过，颔首道：魏总，久闻您的大名，今日能得见一面，是我的荣幸。

叫魏总的男人也没客气，说：你讲讲情况。

谷丰收便将从方建华那儿听来的关于《八十七神仙卷》的种种，一一道来。他说得极其流利，比方建华跟他讲的时候流利多了，他昨晚几乎通宵未眠，将所有要对买方讲的话，背诵到水银泻地不差分毫的地步。

讲完了，他等着魏总的表态，魏总却没有说什么，倒是问了一句：小谷，你原来是干什么的？

原来在武警当特警，谷丰收答。

这就对了嘛，我一看你这个架势，就知道你像个当兵的。

真怪哟，怎么个个都对我这个特警身份感兴趣？谷丰收想。

这样吧，你把相关资料留给我，我先看看，今晚你就在这里住下来，晚饭我会安排好，我比较忙，不陪你了。

他把谷丰收送到门口，便招手作别。大老板的气势十足，但礼数一分不少。

谷丰收到宾馆前台办手续，接待小姐说魏总已经帮他办好了，然后把房卡、食卡交给他，房间在403，就是4楼，吃饭在宾馆餐厅，吃完刷卡就成。

谷丰收刚进到403房不久，就有一个个头高挑的小姐轻轻敲门：是谷先生吗？

我是，谷丰收答。

我叫田缤影，是公司办公室主任，魏总叫我来给你做导游，陪你到处转转。

谷丰收微微低首：谢谢，我想我还是不转了。

田缤影并没有退却的意思：其实，我来陪你走走，也是想进一步了解那幅画，你要知道，我了解越多，提出的意见就越中肯，我们成交的可能性就越大哟。

那也可能越小，谷丰收说。

田缤影一笑：反应真快！好，你这个朋友我交定了，那，就算我尽尽地主之谊吧，不接受吗？

谷丰收见田缤影露出的微笑很友好，也就不再拒绝：那，你请进。

我就不进去了，我在外面等你，我们一起吃晚饭。

在酒店的真龙餐厅，田缤影给谷丰收斟上啤酒，给自己也满上，说：为我们的相识，干杯！

谷丰收和她碰了碰杯，然后喝了一大口。

魏驰见到谷丰收后，觉得这个年轻人英俊帅气，说话实在，身上没有江湖气，当得知他是特警出身后，更有相惜之意。于是急令田缤影从公司赶来，其实是有心让她和谷丰收结识。对田缤影，他一直心存愧疚，他知道她心绪不好是因为爱情无果，进入大龄的未婚女孩，身心常常会为此失衡。

初见面，田缤影果然对谷丰收印象不错。

三杯酒过，田缤影一脸红扑扑的，双眸如夏夜星星，亮亮地闪着，说话自然也格外嗲娇。她问：谷丰收，我听说你是特警出身，那你打架是不是很厉害？

也不是啦。特警当然会打架，不过越是会打，越是不能打，因为一动手，对方不是伤就是残，轻的是赔一大笔医药费，重的，就要戴铐子了。

你这个看法我赞成，田缤影说，这至少说明你是个对自己行为负责任的男人。

面对一个年轻女孩的表扬，谷丰收并没有惊喜，脸上仍是淡淡的表情。

你知道，我们魏总为什么想买一幅古画吗？缤影问。

谷丰收摇头。

因为有一位台湾老板好这一口，他正跟我们谈合作的事情，谈成了，他会有一大笔资金注入我们公司。我们老总想买幅名画送他。

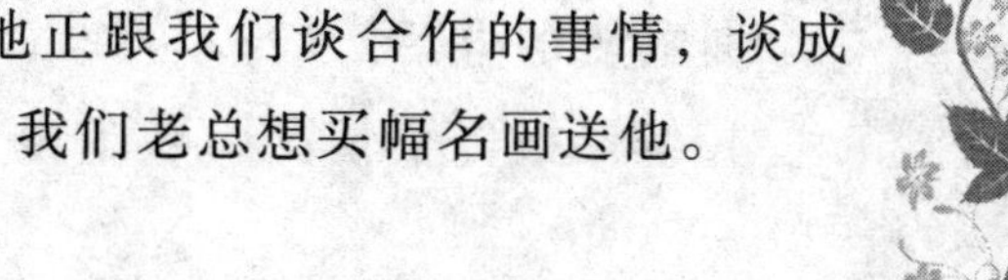

哦，是这样，谷丰收很注意田缤影透露的这一细节：可是，我们这幅画只是疑似真迹而并不能确定它是真迹呀。

对，魏总知道，就凭画的材质年龄在1100年，它也很可以与真迹一比高低了。如果是唯一的，无争议的，那是无价之宝，哪里是八百万能买得到的？

嗯，谷丰收点头表示同意。

这样一来，画的价格就很有商量的余地了。我们先假定它是真迹，那它的价格就是几千万，你们老板不敢定几千万的价，说明他还是心虚嘛，对吧？再有，你说你的是真品，能比得过悲鸿夫人的权威吗？别人不信嘛，所以，给这幅画定位为一幅有价值的古画，才比较恰当。

谷丰收有点佩服田缤影了，由衷地说：田小姐这番话，还真说到点子上了。

田缤影很高兴能得到谷丰收这样的夸奖，一张俏丽的脸犹如桃花绽开，处处绯红。说：那我就给你交个底，台湾的虞老板明天就会到，我们想让他见到这幅画，他如果喜欢，成交就不是问题，但价格……

魏总嫌画价太高？

是的。田缤影说，你能给我交个底吗，你们老板最多还能让多少？

他没跟我讲过，谷丰收老实说，不过，我可以问问他。

在虞老板喜欢的前提下，魏总愿出一百万买下，你如果能做通你们老板的工作，魏总愿意另拿十万给你本人。

谷丰收听到这里，明白田缤影已经把底交给他了。

我尽力去说服方总吧，谷丰收说：钱，谁都想要，不过要我背着老板私下收钱，我还做不到。

田缤影这回对谷丰收刮目相看了，她凝视着谷丰收的脸，才发觉它前额宽阔，鼻梁高挺，非常阳刚，心里便有一种触电的感觉。

正在这时，田缤影的手机响了，她看了看显屏上的号码，说：对不起，我出去接个电话。

是魏驰的电话。

田缤影报告了情况，魏驰说：你让谷丰收打电话给方建华，请他今晚就带画过来，明天虞老板来的时候，我们当着谷丰收的面，展示给虞老板看。价格嘛，请谷丰收今晚就跟方建华谈妥，我们只出一百万，多了不要，这话一定要讲清楚。

好的，田缤影答。

回到座位，田缤影把魏驰的话传达给谷丰收，谷丰收马上给方建华通话，请他立即带画赶过来。

是不是谈得很顺利？方建华问。

您来了就知道了，电话里不便讲哦，谷丰收说。

谷丰收刚合上手机，田缤影立即说：明天赏画的时候，你们方老板不能在场，但是你可以在；其次，如果虞老板看上了，一百万立即成交，不拖延；第三，如果一百万方老板不卖，画就不必看了，你们可以随时带回去。

谷丰收回答：好，方总在十点前应该可以到，我会把你们的想法转告他。

现在还有点时间，我陪你去转转吧，我们还可以多聊聊啊。

谷丰收没拒绝，他觉得对面这个女孩还不讨厌。

走出酒店，田缤影说：离这不远就是红荔公园，我们去那走走？

谷丰收说好。

他们在公园漫步时，田缤影讲了自己的家庭、学历，等等，她说得那么详细，谷丰收都觉得没多少必要。

我就是个高中生，后来就当了兵，谷丰收一句话，就结束了自我介绍。

你现在在画廊，收入还不错吧？

一月几千块钱吧，谷丰收含糊地说。

太少了，田缤影说，来我们公司吧，我给魏总说说，我们这儿的待遇就比方老板的画廊高多了。

哪儿那么容易啊，谷丰收说，我只是个高中生，有一份三千块的工作，就算不错了，人不能尽想好事儿。

你就放大胆子想一回吧，田缤影说，只要你愿意，其他的事包在

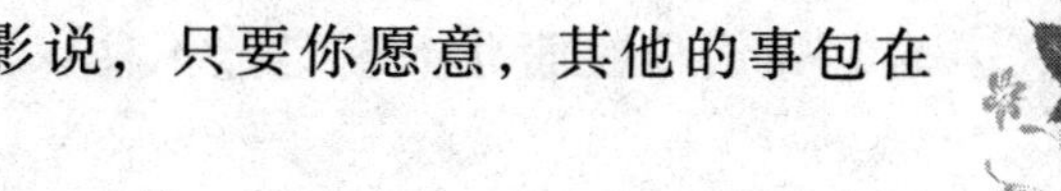

我身上。

我……再说吧，谷丰收说。

他能感受到来自田缤影火辣的热情，但想到自己的身份，他又不敢去做那个青春梦。

他的矜持，倒使得田缤影更喜欢他了。

十点多，方建华到的时候，谷丰收还在公园和田缤影散步，接到他的电话，谷丰收赶紧返回酒店。

把情况向方建华报告完毕，谷丰收说：老板，我的活完了，拿主意就是你自己的事情了。

方建华停了一会，才说：这个魏某人，真是精到家了，一刀就给我砍了七百万。

谷丰收不说话，等他说。

方建华在房里踱来踱去，思考着什么。老半天，他才说：一百万，你说卖得卖不得？

谷丰收摇头：我怎么知道？要看你的进价了。

进价？进价就贵了，方建华说，不过放在家里，也是个负担。你能不能跟魏老板说说，再加点，比如，二百万？

你自己可以跟他谈啊，谷丰收道，他说超过一百万不买，你也可以说低于两百万不卖呀，谈判嘛，就是拉锯子，他拉过去了，我们再拉回来。

行，就这么定，我马上给魏老板打电话。

方建华拨魏驰手机，要求把价格定在两百万，不料魏驰一口回绝：一百万，多一分不要。

这回方建华骑虎难下了。要是抖抖男子汉气概，带着谷丰收，一跺脚，走了，连电话都不给魏驰一个，那也够畅快的了。可一百万哪，一跺脚，没了，舍不得呀！

答应？当然是可以的，毕竟有一百万到手，可是，从八百万到一百万的大跳水，要是你方建华也能接受，那你原来定那么高的价干什么？骗钱啦？面儿上真是挂不住。

难，难，太难办了。

看看眼前的谷丰收，他喊：丰收，别尽坐着不吭气，拿个主意啊。

主意？您自己拿吧，一百万您能受得了，就卖，毕竟有一百万哪，我们描那些画，一年都赚不上一百万呢。

八百万跳水到一百万我都接受，那我早先不是发神经？

还想那干吗？一百万，你亏了没有？没亏，赚了，不就成了？

不管他，卖？方建华仿佛在自言自语，又仿佛在征求谷丰收的意见。

谷丰收没答话。这是要老板自己决定的事，他的意见无关紧要。

方建华掏出手机，拨号。

魏总吗？就按您说的办，一百万。

好咧，明天你等我电话，把画带过来，我们请了个人来看看，看完了，他说行，我马上付款。

第二天的上午，十点刚过，魏驰电话来了，方建华和谷丰收带上画，到魏驰指定的一家宾馆大厅候着。没多久，田缤影下楼来了，叫谷丰收拿着画和他一起上20楼的总统套房。

方建华在原地等候，坐了一会儿，便站起来走动；走一会儿，又坐下，他有点烦躁。这幅画，他其实只花了不到十万买来的，卖一百万，已经是超乎想象的好，但原来定的目标太高，一旦回到现实，他反而接受不了。

田缤影和谷丰收下楼来了，田缤影拿出一式两份合同，要方建华签字。

不用了，方建华说，我卖你买，现金交易，什么合同都不用签。

田缤影打魏驰电话请示，魏驰答复：可以不签。

田缤影这才拿出一张一百万的现金支票交给方建华。

我们走，方建华招呼谷丰收。

回到他们下榻的宾馆，方建华说：老弟，原先我给你讲的10%的提成，现在怕要变咯。你想，原来是按八百万的成交价我给你提八十万，我赚得大了，给你八十万不算多，现在才一百万，我是只要回了本钱，再给你提十万，那你赚的岂不是比我还多？

谷丰收一听，不大高兴了：方大哥，讲好提10%，怎么好变？是，你得的是少了，那我也同样少了嘛。其实，你要不说提成，我帮你走这一趟，也没关系，不过，既然你已经开了口，那就不要失信为好。

给你奖一万块吧，这已经很不错了，毕竟你只花了两天时间。想当初你在广场画画，一个月才得两千块嘛。

谷丰收一听，火气就冒上来，这能比吗？不过，他克制着，说：给，你就履行诺言，给十万；不想给，你就一分不给。你看着办。

正在这时，谷丰收的手机铃响，他接听。

是田缤影的来电。

小谷，你还没走吧？

没有。

能来我这一下吗，就是刚才你到的那间宾馆。

好，我就去，谷丰收回答。然后转身对方建华说：我有事，要出去一下。

你快点回啊，我急着走。

田缤影在大堂等谷丰收：魏总想见你。

他们一起来到20楼，台湾的虞老板已经离去。魏驰见到谷丰收，客气地上来跟他握手，招呼他坐，田缤影为他斟了一杯茶。

魏驰说：丰收老弟，我对你印象不错，有心要把你挖过来，你要是愿意，就来我们公司。

我到你们公司，能做什么？谷丰收问。

做我的私人保镖，魏驰答，月薪暂定三万，年底另给四万，合共四十万。

丰收说：魏总，谢谢你看得起我，薪水吗，确实很有吸引力，做保镖我也胜任，如果不动枪，我一个人对付七八条汉子不成问题。不过，我是在部队学的武，部队讲究官兵平等，你要拿老板对雇工那一套来对我，我只怕受不了，要是冲撞了你，你也会受不了，那时后悔了，不如现在就不开这个头。

魏驰大笑：好，我就喜欢你这种爽快脾气，只要你不背后玩阴的，摆到桌面上，多厉害都没关系。

谷丰收说：那，我考虑一下？

魏驰说：这不像你谷丰收的性格了，答应就答应，一句话嘛。

谷丰收想起方建华的小家子气，便下了决心：行，魏总，我就来当你的兵，替你挡刀遮枪，子弹飞来了，我要不上去，那你算看错了人。

魏驰高兴：好，丰收老弟，我们做好兄弟，彼此肝胆相照，铁心相交！

田缤影端来三杯红酒，他们举杯一碰，干了。田缤影特别高兴：谷丰收，我代表公司同人，欢迎你！

魏驰高兴，因为他得了一个身手了得的保镖，一个很可能愿意为他赴汤蹈火的兄弟；田缤影高兴，因为她和谷丰收以后接触的机会多了，他很可能成她的“那一个”；而谷丰收呢，因为得了这么一份高薪工作，一年的收入足可以建房娶妻，柳月终将属于他，属于他谷丰收，跑不了啦，他怎能不为此而心内起蜜？

等会儿就给柳月挂电话，她一定会为我高兴，谷丰收想。

27

市长在行动中

而柳月这边的情况呢?

柳月并没有痴等谷丰收，不，不仅不是痴等，而是根本没等，她压根儿不知道谷丰收心里有她，她以为谷丰收对她只是校友对校友的感情。

郑可风却是个雷厉风行的人。和林洁如谈过以后的第一个周五的晚上，他到富丽酒店来了，林洁如仍然将他安排到601，这是柳月负责的房间。

柳月并不知道郑可风来住店，她当时在林洁如的办公室商量她到旅游系统先进工作者汇报会上发言的事。回到六楼不久，她听到601房的客人的门铃声，走过去，轻敲门，里面有人喊：请进！柳月推门进去，却看见了郑可风。她着实惊了一下，但很快镇定了自己。

郑市长，你好！有什么需要我帮忙的?

你好，柳月，我们又见面了，我这次来，是想跟你聊聊，不知道你愿不愿意?

柳月答：可是，我现在在上班啊?

林主任已经安排了，暂时让另一个服务员替你。

柳月听了，不做声。郑可风走到沙发边，说：柳月，你请坐吧。

柳月听话地坐了下来。

柳月，我今天来，是想用行动告诉你，我上次托林主任转达的话，是认真的，我非常严肃地对待这件事情。

柳月觉得心情慌乱。在郑可风讲话的一段时间里，有一瞬间，她甚至不知道自己身在何处，在跟谁谈话。

后来，她回到了现实的环境里，明白了坐在对面的是一位市长，他在向她表白。

她心里并不抗拒他的好感，她只是怕自己配不上对方，以后闹笑话。他的到来让她高兴，她知道他是认真的了，但她要如何应对，她还是不太知道。

她听他表白。大意是共产党对它的官员的第一要求，就是清廉。而一个官员除了自己想清廉还不行，还得有不贪财的妻子，不贪恋富贵的家人。上次他到宾馆，看到了柳月拾金不昧的事迹，觉得自己要找的人就在这里。

我是真心实意的，只要你答应，我们马上去登记结婚，一天都不耽搁。

柳月听清了最后面这句话。

别的话，她其实都不在意，最最紧要的，是最后这一句：他要娶她，会马上和她结婚。

市长是个什么职位，他有些什么权威，能带来什么好处，这些，柳月还真没考虑过，她脑子里没这些概念。如果她回家去，家里给她说说了一门亲，要马上结婚，她也会按家里的意思做的。

柳月，你听明白我的话了吗？郑可风问。

柳月点点头，表示明白。

那，你愿意吗？

柳月答：让我跟我爸爸妈妈商量一下吧。

他们要是同意呢？

我就同意啊。

他们要是不同意，你怎么办？

那……你就去找更好的呗。

郑可风大笑，笑毕，他点点头：好，你说了句大实话，我就去找你爸爸妈妈，问问他们的意见。本来嘛，以前男方看中了姑娘，首先就是去拜女方的家长嘛。

如果柳月表现得很渴望，很迫不及待，他反而会心生疑虑，怕对方会因为他身居高位而同意。

柳月并没因为他是市长就特别看待他。老规矩不废，听父母的。他喜欢柳月没被权势污染的单纯的心灵，他觉得自己选择她是选对了。

那，我们明天就出发？郑可风问。

我就不去了嘛，柳月说，只要我爸妈同意，我就没二话。

好，我们一言为定，郑可风说，柳月，你等我的消息。

柳月走到门边，转过身来说：郑市长，我妈是个很朴素的人，你不用给她带很多东西。

一句话，使郑可风大为高兴：柳月，谢谢你的提醒！

柳月离开以后，郑可风立即给林洁如打电话，把事情如此这般说了一通，林洁如说：好啊，郑市长，你趁热打铁嘛，免得夜长梦多。

那是那是，不过，我还得借一回你的力呀。

你让我陪你去？

正是，我们明天就出发，好吗？

林洁如答得毫不犹豫：行，就明天，我是做好事做到底，做媒婆嘴说干。

到晚上，郑可风仔细一想，又觉得这样贸然去柳月家拜访提亲有些不妥，无论是他还是林洁如，以往跟柳月家都不认识，靠一番自我介绍，很难取信于对方。

后来，他想出了一个办法，反复斟酌之下，觉得比登门拜访要强很多，便想给林洁如打电话，跟她交流一下，但一看钟，已是凌晨一点，便放弃了。

当晚他躺下睡去，睡得不怎么踏实，第二天早早醒来，又想给林洁如打电话，一看还只六点，只得再等待。直到七点多，林洁如来电话了，他才把自己改主意的事告诉她。

林洁如听完，也认为改个方式的确好一些。

上班后，她把柳月叫到办公室，将郑市长的想法转述了一番，柳月听了似乎很高兴。

那就这样了，你告诉你爸妈，就说酒店邀请他们方便时到城里来旅游参观一番，往返路费、食宿费全部由酒店负责。

这样好吗？柳月问。

好啊，林洁如答，你是酒店的先进工作者，酒店给你这种待遇，既是为了奖励你，也为了激励其他员工更好地工作啊。

柳月这才点点头。她心里当然是高兴的，爸爸妈妈来了，看到她成了先进工作者，一定会高兴的。是她，柳月，让全家人在村里露脸啦。

她赶紧给爸妈打电话。电话是打到邻居家的，她们家还没能力装电话。

柳妈妈接了电话，听说柳月当了先进，她的工作单位邀请他们全家去城里旅游，当然是非常高兴。回去跟柳爸爸一说，柳爸一脸笑出了多路电波：我们家小妞为咱们争光了，好孩子，好孩子啊！去，去，咱一辈子没出过远门，托女儿的福，这回也去开开眼界去。

柳月的弟弟也吵着要去。向二丫算了一下，说：行，我们“十一”去，学校也放假了。

按郑可风的设计，柳月的爸、妈、弟弟来以后，由他全程陪同，国庆长假他只是七号在市府值一天班，前六天他都有时间，至于他的真实身份，就暂时保密着，只说是酒店派的。

事先，郑可风和林洁如讲定：柳家来城所有费用都由他个人承担。

柳月的爸妈和小弟在10月1日中午抵达，郑可风雇了个面包车和柳月一道去长途汽车站接了他们，到富丽酒店安顿好以后，才下楼吃饭，郑可风陪着柳爸喝酒，和柳妈聊天，席间气氛轻松。柳爸在一个新环境中显得有点拘谨，倒是柳妈谈笑自然，十分得体。

一连五天，郑可风陪着柳月一家人看本市名胜，逛百货商场，品尝风味小吃，很是惬意。

第六天上午，郑可风没来，林洁如出现了。她请柳月的妈到大堂

小坐，柳妈去了。

她问：郑同志呢？今天他还来吗？

林洁如说：郑同志今天要回单位值班，不能来了。

他不是你们酒店的人吗？

不是，他是我们市的副市长。

真的？柳妈惊得张大嘴：副市长？这么和气的副市长？

是啊，林洁如说，官越大，人越好嘛。

想不到，想不到，柳妈说，这个郑市长，可是个好人，是个好人。

你们家柳月，也很好啊，林洁如转换话题。

是你们做领导的培养得好，柳妈说，不然，她一个农村孩子，懂什么？

是您教育得好，林洁如说，柳月拾金不昧，那么大一笔钱她不要，没好的家教，是绝对不可能的。

柳妈点点头：这倒是的，我从小就教她别贪财，是咱们自己费力气挣的，才敢要；别的钱，咱一分不往口袋里装。

好，有这么个好妈妈，才有这么个好女儿，林洁如赞道，柳月呢，也过二十了，也是到了该找人的时候了，我呢，就冲她是个好孩子，想给她作个介绍，不知您意下如何？

这事儿啊？我……柳妈有些迟疑地说：你林主任作介绍，当然是看得起我们，就是不知道我们柳月配得上人家不？

配得上，配得上，柳月这么好的女孩子，怎么会配不上？林洁如连连说。

那，是个什么人呢？柳妈问。

就是我们省城的，您认识啊，也见过啊。

柳妈吃惊道：我认识，还见过？这怎么可能？

就是郑市长啊。

郑……林主任，你没开玩笑吧？他那么大的官，能看得上我们柳月？

是的，他就是看上你们柳月了。你们的柳月多好，人长得漂亮，品德又好，郑市长看上她，很正常啊。

好是好，柳妈摇摇头，就是不配称啊，我们家柳月才高中毕业，他一个大市长，寻个大学生什么的，不是随便找？我看，还是算了，别误了郑市长的婚姻大事。

28

回眸林中自在啼

柳妈妈，您这看法呀，不对，郑市长是真的喜欢柳月，这次，你们来省城，他不是一直陪着你们嘛，他多忙啊，平时都有司机给他开车，这次，他当你们的司机，跑前跑后，不容易啊，配不配称，这您别管嘛，他觉得配，不就成了。

哎，道理我都懂，柳妈说，就是我们柳月太高攀了。

郑市长今年多大了？

四十一岁。

唔……年龄嘛，还勉强过得去。

那，你算同意了？

我……总还得跟她爸商量一下吧。不过我有言在先啊：郑市长要娶她，就得快，不要超过年底；再有，娶了她了，就不准抛弃她，不能将来有了更好的，就不要我闺女了。他要同意这两条，我们家就同意柳月嫁他。

好好，林洁如大喜过望，想不到柳月妈这么爽快干脆地答应了这门亲事，她这媒人终于了却心愿了。

正想问柳月妈还有什么要求，向二丫却开言道：我先回房间，跟她爸说说，你能不能请郑市长来一下，我们当面把事情谈清楚？

那是当然啦，林洁如说。

她随即拨郑可风的电话：郑市长，你给我的任务，我总算圆满完成，柳月妈答应了，不过，她说要见你，跟你当面谈谈。

郑可风喜不自禁，忙问：什么时候？

现在呀，就现在。

行，我马上过去。

林洁如陪柳月妈回到酒店房间，说：柳月，我带你和你弟弟到对面的世纪广场去玩吧。

三人出去了，只剩下柳月的爸爸和妈妈。柳妈妈如此这般，把事情跟柳爸一说，柳爸道：人家市长看得起咱们，那还有什么可说的，你的意见呢？

柳妈道：我看行。

柳爸道：你说行，那就行了。

柳月的妈是知青，这么多年，家里的大小事情都是她拿主意，这回当然也不例外。

不一会儿，郑可风到了。向二丫见到他，竟觉得亲了几分，她直截了当问郑可风：你是不是真看上我们家月月了。

郑可风说：是的，我是真心实意喜欢柳月，望二老批准。

柳月妈说：你也别叫我们二老，我还只四十八岁，柳月爸也只五十岁，比你大不了几岁。

柳月爸插嘴道：二丫，人家郑市长这是敬我们，才这么叫的，没关系嘛。

郑可风赶紧改口道：那就叫伯父伯母吧。

柳月妈说：我是快人快语，你既然看上我们柳月，那是她的福气，也是你的运气，算你们两人前世有缘吧，不是我吹，我们家月月也是个人见人爱的孩子，初中高中年年三好学生，没断过线。

郑可风说：这点我心里明白。

我就两个要求：一是要娶柳月就快娶，不要拖；二是结了婚就不准抛弃她，不能今年结婚后年离婚，一辈子都不要离婚。你要答应这两条，我们就同意。

郑可风一听，说：这是当然的，我要不爱她，就不会娶她，娶了

她就不会和她分开，这点，请你们放心就是。

关于婚期，郑可风问：哪个时候最好，请你们定吧，我这边都准备好了，房子嘛，是现成的，随时可以办喜事。

柳妈说：我的意见呢，你们先把证给领了，领了证，先别住一起，到明年春节时候再办酒圆房，你看行不？

行，这样最好，郑可风道，春节时有假期，我这个女婿，总得见见乡亲们嘛。我们两边办，先到你们家乡办，然后回到省城，把我爸我妈接来，全家人聚一起，再办一回，这样可好？

好，好，柳月爸说，笑逐颜开，柳月妈也是喜悦难掩。

等柳月回到酒店，向二丫将她叫到里间，将情况这么一说，柳月才知道，就这么一个小时的时间里，她已经成了郑可风的未婚妻了。好在她对郑可风有好感，觉得嫁给他也不错，而且爸妈都同意了，她还有什么可说的？

话讲完，母女俩走出来，郑可风对柳月说：我们明天上午就去办证吧。

柳月害羞了，一朵桃花倏地上了脸，点点头，又走回里间去了。

只是向柳月快速地一瞥，她的神态便让郑可风醉倒了，真所谓“春城无处不飞花”呀。

柳月，整个人就是一座春城。

女人的美丽，最可贵为与生俱来者，清水出芙蓉，浑然不自觉，与生在城市还是乡村并无多少关系。

好奇怪哟，事情一定下，柳月便开始对郑可风有了一种牵挂与依恋，她的双眼有意无意会朝郑可风扫过去，当郑可风向她看过来，她又会赶快躲闪。

真有意思，郑可风想。

柳月妈叫柳月给柳云打电话，叫她过来一起吃餐饭，柳云毕竟是她的亲骨肉，心里总是挂牵着的，但柳云说，她现在在外地，来不了。

柳云真是在外地。

柳云慢慢地、逐渐地知道了，做魏驰的情人，在他手下讨生活，绝对不是一件轻松和快乐的事。

柳云必须招之即来，挥之即去，她的手机必须二十四小时开着，魏驰给她的手机有两块电池，一块用着的时候，另一块必须在充电。手机铃一响，魏驰召唤了，必须以最快速度赶到他身边，分毫不得耽误。

那天，已经是凌晨一点了，她的手机铃滴滴响起，她睡得迷糊了，迟了一会接电话，结果被魏驰诘问：怎么才接电话？你在哪里？

在家啊，我还能去哪里？柳云打着哈欠。

你马上赶到D市来，打的来，两个小时要到，听清楚了吗？

清楚了。

魏驰那边电话一挂断，柳云这边便是急急如律令，穿衣、洗漱、化淡妆、整行囊……五分钟里她已经走到了楼下。

的士到了D市魏驰指定的宾馆，柳云乘电梯到了他指定的房间，没容她喘口气，魏驰便一把将她抱上床，剥光她，扑上来，疯狂地发泄，直到成了一只瘪了的皮球，没了一丝力气，侧身呼呼睡去。这时，柳云才能去卫生间洗个澡，喝杯水，看看时间，凌晨四点，蹩进被窝的一侧，小心翼翼地扯只被角盖到自己身上，却睡意全无了。

这还算可以忍受的。做情人嘛，让他发泄性欲，很正常，难受的是在某个难堪的时刻，他还是那么蛮横霸道毫无怜香惜玉之心。

那天，魏驰买了画，送给了虞老板，两人谈得十分融恰，合作的事看来十拿九稳，他心情特好，雄性荷尔蒙分泌加速，等田缤影一走，便吩咐谷丰收：你开我的车，到省城去接一个人。

魏驰掏出钥匙交给谷丰收：到了以后，把车停在长途客车站小件行李寄存处的前面，有人上车以后，你开回来就行了。

是什么人？男的，还是女的？

女的，二十来岁的样子，戴一个红色头箍。

你得把她的电话给我呀，到时好联系，谷丰收说。

那是当然。

谷丰收开着车，沿高速公路急驰。这种高级轿车，装有GPS全球

定位系统，不必担心走错路，车的装备完善，开着非常轻松自如。他又是经过专门的车技训练的，开这种车如同玩玩具，十分随意，所以一路上倒也不难受。但心情总是快乐不起来。这缘于不久前跟柳月的谈话。

定下给魏驰当保镖的事情以后，第二天上午，谷丰收陪着老板和田缤影回到省城，谷丰收迫不及待，打电话给柳月，邀她一块吃晚饭。那时柳月刚好和郑可风一道送她的爸妈弟弟到车站，接到谷丰收的电话，柳月望了一眼郑可风。郑可风问道：谁的电话啊？

柳月答：一位校友的，他要请我吃晚饭。你今天晚上有没有什么安排？

郑可风答：我今晚刚好要和程市长聊安居房的事，你去吧，八点钟我再给你电话。

他们上午刚去民政局登记结婚，两人的关系起了质变，一分开就觉得有点依依不舍。

吃晚饭时，谷丰收点了很多菜，柳月喊：谷丰收，你疯了？点这么多菜，我们哪里吃得完？

谷丰收说：我们就奢侈这么一回吧，今天我高兴，我有一份新工作了，老板给我支了半个月的薪水，你知道是多少吗？

柳月微笑着望着他：很高吗，三千？四千？

再猜，使劲儿猜！

柳月说：那就……五千？

谷丰收还是摇头：No！No！

那，我猜不着了。

是一万八呀，月月！谷丰收喊，你说我能不高兴吗？

钱多了，存起来呀，将来要花钱的地方多着了，柳月说。

是，是，谷丰收连连点头，他是很听得进柳月的话的，就这一回，一回，没有下次。

柳月问：你这是什么工作呀，这么高的工资？

我是给一个房地产大老板做护卫，也就是保镖，这是要拿命去拼的事儿，所以才会有这么高的工资。

不危险吗？柳月问：你可别为了赚钱把命搭上了。

那不会，谷丰收说，做保镖主要靠智慧，不是靠武力。人家不动手，我绝不动手；人家动了，我还击也是点到为止，尽量不伤人。

对，这样才好，柳月说。

吃过饭，谷丰收邀柳月去公园走走，柳月推脱说要回去上班，谷丰收却说他有要紧的事要对她讲，柳月只得跟他走。在公园里的一条长凳旁，谷丰收说我们在这坐坐吧，柳月说还是别坐了，我们边走边谈，好不好？

29

说话时此村已过

谷丰收觉得自己受挫了，虽然是很小的挫折，但勇气却丢了几分，他的心怦怦直跳，随即有种预感：今天的表白很可能是投石不见水响。不过，放弃已经不可能了，只能竹筒倒豆，溜光干脆。

柳月，我有句话想告诉你，这话已经在我心里藏了很久很久了，我没胆子吐出来，今天你给了我这个机会，我就讲吧。

讲啊，柳月笑道，你一个大男人，别像个小女孩，有什么话，只管说嘛。

那……好，谷丰收鼓起勇气：柳月，我想告诉你，从中学时代开始，我就喜欢你了，不过，考虑到自己出身农村，家里又穷，哪有条件娶你？高山有好水，平地有好花，人家有好女，无钱莫想她，这是好多穷人家男孩的叹息呀。现在，我有了一份收入高的工作了，一年四十万，在城里买得起房子了，车子也能买了，我能让你过好日子了……

听他讲到这里，柳月插嘴道：丰收，你有这个想法，为什么不早说？其实我不是那种很讲究物质条件的女孩，我从小就在艰难的环境里长大，苦点不在乎的。

早说？现在说难道晚了？

是啊。我告诉你，我今天已经登记结婚了。

你？登记结婚？

是啊。

这怎么可能？

是真的，谷丰收，我没骗你，就是今天上午的事。

这么不凑巧，你今天上午结婚了？谷丰收自言自语道，我怎么，没听说你谈恋爱啊？

没怎么谈啊，我们酒店的林主任做媒，我爸妈来了一趟，把事情定下来，就这样，结了。办酒要等春节，主要是他没时间。

他……是什么人？

本市的。

做什么工作的？

干部吧，我也不太了解。

不太了解就嫁他了，你不觉得太轻率？

是有点，柳月点点头：了解不了解，真的说不上呢，找对象，好多时候是凭感觉，押宝一样。押对了，一辈子幸福；押错了，一辈子倒霉呗。

唉……你呀你呀……谷丰收叹着气，你怎么……

丰收，我们回去吧，谢谢你看得起我，我们做好朋友，永远的朋友，好吗？

谷丰收又是一声长叹，摇摇头说，这应了一句老话：命里有时终须有，命里无时莫强求啊。说毕，快步往外走，柳月叫他，他反而走得更快。

那个时候，谷丰收真想大哭一场。多年的思念与爱慕一朝破灭，他心内酸楚，不过，他不允许自己哭。

现在，回忆这一幕，他心里已经渐渐平静了。旧梦失去，该重新考虑自己的婚姻大事了，田缤影嘛，对自己确实有那份心思，他已经明显地感觉到了，不过，他真的觉得自己不配。她是名牌大学毕业生，能干，又强势，他呢，是那种嘴上不说，心里却特自尊的男人，他不可能容忍田缤影那种女人。

田缤影的确漂亮……一双眼睛大大的，身材高高的，单从外貌说那是特配他，只不过，他们走不到一起……

这么想着，想着，车已驶入省城。刚停稳，便有一个女孩打开车门，坐进车里，柔声问候道：师傅好。

他一转声，差点惊叫起来：柳……

你是……那个武警？柳云问。

我是谷丰收。

我是柳云，柳月的姐姐。

那天晚上，柳月看着谷丰收的背影消失在淡淡月光下，心里也有些惆怅。

她的手机铃响，接听，是郑可风的，心中立时春风荡漾：我在红荔公园呢，你过来吧，我想你了。

“我想你了”这种话，柳月以前是绝对不会讲的，现在，却是脱口而出。

郑可风听着爱妻亲切的召唤，直觉得全身暖暖的，心里生出蜜汁般的甜，酽酽地直注到心底里去了，他答：我马上过来。

从的士里跨出，他抬眼看见柳月正站在红荔公园大门边，朝他挥手，他快步走过去，捉住她的手，问：我们去哪儿？

我们在公园走走吧，柳月道。

他们手牵手，往公园里走去。

月儿刚从一朵云里爬出来，朗照了一会儿，又向另一朵云里钻去，这时，光影便朦胧了。柳月很自然地倚偎着丈夫，顷刻间便有娇弱无力的感觉。

郑可风很幸福。他就喜欢柳月这般的小鸟依人。也许不止郑可风，每一个身心强大的男人，都喜欢做女人的倚靠，女人愈是靠着他，他愈是满足。

草坪上有一张木凳，郑可风说：我们去那儿坐坐。

他们坐下了。郑可风搂着年轻的妻子，让她斜靠在自己身上。柳月呢，闭着眼，静静地享受和丈夫第一次相依相偎的幸福。

郑可风觉得必须要说点什么。这个机会太难得了。

月月，知道我爱你什么吗？

不知道，柳月答，爱错了吧。

怎么会爱错？一点都不错，郑可风坚决地说，你呢，月月，你爱错我没有？

我呀……也不会错。

为什么？

感觉呗，我讲不出来。

好，我相信，你的感觉也没错。月月啊，在和平年代，嫁一个共产党的官，好处多多，危险也多多呀，你想过没有？

没想过，柳月说，嫁给你，没想过得什么好处，也就不会有什么危险吧。

说得对，郑可风道，比如我吧，副市长，一个月拿着一万多块的工资，住着一套四室两厅的房子……哎，你还没去看过我们的房子呢，等一会就去吧？

好啊，我也想去看看。

我讲到哪儿了？啊，是这样，我说，我有挺高的工资，住着宽敞的住房，国家给我配了车，用的汽油还可以报销。可是，逢年过节、各种大大小小庆典、活动送的现金、贵重礼品……多得数不清，我要是给自己过一个生日，没准那些老板给我的生日礼金就足可上百万，这些财物就是所谓的灰色收入。

那你是不是有很多钱？柳月天真地问。

如果我想有，当然会有很多钱，如果我想要，一个月里我捞几个百万千万都不是难事，不过，接下来，纪委的人就要上门了，我就要被双规了，被起诉了，被判刑了，要坐牢了，一副铁铐子把两只手锁起来了，我要是被关在牢里二十年，六十岁才放出来，那就人也老了，家也没了，一辈子就毁了，这就是危险。

这有什么危险？你不去捞这种钱，不就什么事都没有吗？

说得对呀。不过，我自己不想，还得我妻子、孩子都不想啊。我们市政府这十年来倒了二十几个官，一查，老婆都贪得无厌，是加油

门的不是踩刹车的，你说那多危险？我们机关流传一句顺口溜叫做：老婆心野贪大钱，老公牢里过大年。

柳月没接话，她觉得这些离她很遥远。

危险还在，郑可风道，在一些地方，如果贪官多过了清官，清官就只有两条路，一是跟他们一起去贪，二是被他们踢出去，丢官去职。

听到这，柳月下意识地握紧了丈夫的手。

如果有一天，我因为不肯跟他们同流合污，被他们排挤了，丢官了，你会怨我吗？

柳月说：别讲这些不吉利的话，我要你平平安安地陪着我过一生一世。

郑可风说：我是在说大实话，月月，我们真的要做好准备。

柳月说：大不了回农村啊，我来养活你，我什么都会做，插秧，打谷子，种菜，养鸡养鸭……还有，养几只大肥猪，给你炖排骨汤喝。

郑可风很欣慰地笑了：有你这一句话，我真的什么都不怕了。

柳月说：可风，我不要你赚很多钱，只要你每天都回家，让我看到你，不担心你，就行了，可风，你不要做贪官，不要去坐牢，好吗？你答应我，好吗？

郑可风把柳月的身子扳过来，对着自己：好，答应了，你也知道，我娶你，就是为了不去贪，不去做贪官哪。

我就是这么个人，柳月道，从小就对物质享受不在意。

我就喜欢你这点，最好的一点。

别的就不好了。

哪儿呀？别的好的太多了，比如，漂亮呀，柳叶眉，樱桃口，白玉肤……

酸，酸，酸得掉牙！

不酸，不酸，很甜，很甜，郑可风打趣她，把她的身子扳过来，让柳月跟他脸儿对着脸儿，柳月害羞了，但不能避开，也不想避开，于是只有闭上双眼。

郑可风看见，在月亮的清辉下，柳月的脸是纤尘不染的洁净，莲花似的白晰。她的双眼闭合，成了弯弯的两枚细叶，还有，她的红唇抿着，诱人地呈献着。

月月，我想吻你。

没有回答。没有躲闪。

我吻了哦，他故意说，想要逗引柳月回他一个字，但柳月就是没有。

他轻轻触碰了她的唇，这轻轻一碰，好像引燃了冲天大火，他一用力，她的腰被他搂紧了，接着，一把吻住柳月的双唇，压住它，柳月开始时热烈地配合他，但郑可风太贪婪了，一黏住就再也不肯分开，于是，柳月就唔唔地喊着，挣扎着。

郑可风这才放开她。

柳月稍有喘息，害羞地用拳头打了他一下，随即又扑进他的怀里，把头埋进他的胸口。

郑可风彻底迷醉了。

无论娇态或是羞态，柳月都是那样的随性随意，毫不做作，以至于他觉得他的爱人简直是无处不美，无时不美。

他就这么搂着他，安静地享受着爱带给他们的幸福与甜蜜。

走，去看看我们的房子，郑可风站起身，牵着柳月的手，往外走。

市府宿舍建在南郊临湖亲水区，除市委书记和市长（还有老书记老市长）是各家一栋小楼外，其他都住在口琴格似的楼房里。郑可风的房子在 A 区 8 栋 8 楼。当郑可风打开房门，牵着柳月的手走进去的时候，柳月的第一印象是红色木地板，一片地红过去，又不耀眼，很温和的那种。再就是那天顶的吊灯，很特别，不是花朵般散开的枝形，而是像夏夜天穹闪烁的星空一般。

墙上挂着好几幅油画，柳月不是很懂，但还是被一幅《拾麦穗者》所吸引，在它前面看了一会儿。

喜欢它？郑可风问。

我就是觉得很亲切，柳月答，小时候，妈妈常常带我到收完了的田里去捡谷穗，一块田里可以捡一两斤谷子呢。

哦，难怪你对这幅画感兴趣，这么看来，画也好，歌也好，诗也好，都是和生活紧密相连的。来，我带你看看我们的卧室。

主卧室不是很大，但布置很温馨。宽大的床，床边有立式灯，地板是深色调的，显得凝重。

郑可风坐到床头说：月月，今晚就不走了，好吗？

柳月走到他身边，搂着他，说：我的七天假已经到期了，明天要上班呢，还有，我妈说要我们春节办酒再圆房，这是她，一个母亲的愿望，我想满足她。

郑可风说：那……就这么办吧。不过，你要想着我啊。

柳月将头靠着他的胸，说：登记以后，我不知怎么的，老是想你，分开一下下都想。

郑可风笑：那你就使劲儿想，想多久都没关系，我是你老公啊，你不想我想谁啊？

那……你，你想不想我？

想，很想，郑可风说，你不知道你有多可爱，我原先也没想到你会这么好。

我哪有那么好？尽造夸张句……柳月话没说完，裤口袋里的手机铃滴滴作响。

你是柳月吗？一个男声问。

我是啊。

我是南西山派出所，我姓秦，你是不是认识一个叫李荷花的女孩？

是啊，她是我一个村的。

她涉嫌卖淫，被我们抓了，你带钱来帮她交罚款，领她回去吧。

说完，对方啪地挂了电话。

郑可风问：谁的电话？

南西山派出所的，说荷花被他们抓了，要我带钱去领人。

荷花是谁呀？

我们一个村的。可风，我要赶快去呢，柳月说着，往外走。

你等等，我帮你问问情况再说，郑可风止住她。

他走到客厅的沙发边，找到茶几下的一个电话号码本，翻看。

市公安局的彭局长，他们还算熟悉，前不久，为了警官宿舍的建房资金，在市委常委会开会前，他还找过他这个主管副市长。不过，这种小事情，没必要去找正局长，他略一思索，拨了公安局主管基建和后勤的慕副局长的手机。

慕副局长和他太熟了。要地，要钱，哼哼唧唧的，像是对上下铺的兄弟。

这事儿找他，管用，郑可风想，他主掌市公安局包括分局及各派出所资金、房子的调配，他还是局党委常委，人事任免调动也能说得上话，下面的人是不敢随便得罪他的。

老慕大哥吗，我郑可风啊。

少帅啊，今天怎么想起给我打电话了？

千万别这么叫，郑可风赶紧纠正：传出去，人家还以为我郑可风多张狂似的。

没事，没事，我们兄弟之间，叫着玩嘛。有什么事要交办？只管说！

交什么办？一点私事而已。是这样，你们南西山派出所抓了个女孩，叫……

说到这，他用眼示意柳月，柳月马上说：李荷花。

叫李荷花，她是我爱人的同村人。刚才派出所来电话，叫我爱人去交罚款领人呢，有这事吧。

就这点事啊？慕副局长说，我打个电话问一下，你等我消息啊。

没几分钟，电话铃就响起来：郑市长，是有，您这就叫你爱人去领人吧。

柳月往外走。在门边，郑可风说：你还忘了一件事。

柳月看着他，不知道什么事，后来见郑可风一脸坏笑，便红着脸抱了他一下。

这是我们分手时候的规矩，谁也不准破坏，郑可风说。

那你好好遵守吧，我走了。

你打个的去吧，身上有钱吗？郑可风边说边从自己口袋里掏钱。

我有，柳月说着已经进了电梯。

在南西山派出所，荷花已经被带到了值班室。看见柳月，她面无表情，只点了点头。

姓秦的警察让柳月在一张处罚决定书上签了字，然后说：你带她走吧。又对荷花说：下次再犯，就要送你去劳教了，你长点记性啊。

走到外面，柳月什么都没问，只说：你准备去哪？

荷花道：我有地方的，你别管我了。

柳月说：路太远了，我送你吧。

荷花没表示反对，柳月叫了出租车，把荷花送到了她的租屋。

荷花的租房里只一张床，床上一张竹席，一床毛巾被，床头屋角凌乱地扔着一些衣服、丝袜、高跟鞋，一张梳妆台上，摆放着一只化妆盒，还有眉笔、口红之类的东西。

柳月坐下来，她想跟荷花谈谈。

荷花将鞋一摔，上了床，在床头靠着，说：困死我了，在那里根本没法睡觉，只一张硬板凳，三个女的坐，坐着都挤，睡不了。

柳月问：荷花，你不是在印刷厂做工的吗？怎么……

荷花当然记得是怎么入了这行的。不过她现在可没心思向柳月说。

月月，有钱吗，给我一点，我去买点东西吃。

柳月把身上带的钱都掏出来给了她，又陪着她到街边小摊上吃了粉。

回来的路上，荷花主动开口：别告诉我家里，你要讲了，我就回不去了，我怕我爸把我腿打断。

柳月道：放心吧，我又不是老鸦嘴。

荷花讲起她到印刷厂装订车间做工再到做“小姐”的经过。

她到工厂以后，每天早晨八点上班，中午休一个小时，再做到下午六点下班，说是六点下班，其实都要加班到晚上十点，每天就是手拿着装订尺，刷，刷，摺纸，摺纸，不停地摺纸，一天班上下来，腰酸背痛得不得了。

做了一个月，没拿到钱，原来老板要在第二个月的月中才会发工资，这样，工人有半个月的钱便始终在老板手里捏着。在这里做工，活累工资低，留不住人，政府又规定不准收工人押金，老板就想出这招来应付，对付工人，老板的招数多着呢。

第一个月工资经过七扣八扣，到手她才拿到了六百块钱，于是叹了口气道：这钱拿得太难了。

她的工友胖姐说：妹子，你这么年轻漂亮，还怕挣不到钱？卖这种苦力干什么？

荷花说：我不卖苦力，还能做什么？

胖姐道：找个男朋友嘛，叫他养你，不用干活，吃穿不愁。

这种生活，荷花倒并不陌生。

哪有那么好的男人哪？荷花答道。

一天晚上，难得不加班，胖姐对荷花说：今晚上我给你介绍一个男的，帅哥哎，又有钱。

荷花化了点淡妆。当工人以后，她都忘记化妆这挡子事了。重新拿起眉笔，她竟有点兴奋，觉得这才像女人该做的事。

跟着胖姐走到街上，胖姐不停地打电话，在一栋居民楼前，她们站了一会，胖姐接完电话说：错了，不是这栋，然后又去问路问门牌号。

终于，在一栋老旧楼房前，胖姐按了门铃，门啪地开了。她俩走了进去，走到五楼，敲了一扇门，一个年纪大约五十的男人开了门。

荷花等着那个年轻帅哥出现，然而没有，胖姐和那男人说了几句悄悄话，便对荷花说：你们好好聊聊吧。

胖姐走到门口，荷花跟上去问：就他呀？

胖姐答：是啊，不错了，我们厂里有几个姐妹，找的都是六七十岁的，又不是要跟他结婚，管他呢。

胖姐一走，那男的就上来抱荷花，荷花问：干什么？

不是说好了吗？二百块一回呀，男人答。

说好是找个男的包养我，我又不是卖的，荷花说。

行行，包就包呗，你开价吧。

他们争论了一会，后来达成协议，荷花就给了他。

拿着那二百块钱，荷花走下楼，胖姐还在等她，从她那里要走了五十块介绍费。

那个五十多岁的老帅哥男人再没来找过她，胖姐又给她介绍了几个男人，三天里她收入了八百块。于是，不做工了，专门做起了小姐。

别做了，柳月劝道，做这行总不是个办法，你要再进去，就没人能救你了。

不做，我做什么？荷花说，你也知道，月月，我比不了你，你能吃苦，我不行，我吃不了苦，我只能赚点轻松钱。

柳月摇摇头，说：荷花，我们是从农村出来的女孩，从小就苦惯了的嘛，在城里做，总比三伏天打谷子来得轻松吧？太阳晒不着，雨也淋不着。

荷花没做声。看来没被说服。

柳月说：花儿，你自己看着办，不过，下次再进去，我真的帮不了你了。

柳月走出来，心里难受得像是被堵了一堆茅草。她掏出手机，打郑可风的电话。

可风，是我。

我知道。你的声音我一听就知道，泉水一样，特滋润人……

我不滋润，我心里难受。

是为那个女孩吧？接出来了？

是啊。她劝不过来了，以后只怕还得做啊，我又没什么好办法。

郑可风半响没说话。柳月问：可风，你在听吗？

在呢，哦，我记起一首古歌来了：大天苍苍兮大地茫茫，人各有志兮何可思量？人各有志，人各有命，实在劝不动，也只能随她去了。

我就是心里难受。她是和我一起长大的姐妹。

那……你还是回来睡吧。

不了，不了，柳月说，我明天一早就要当班呢。

30

她被幸福撞了腰

那，你早点回去，早点休息。

好的，柳月柔声道，你也别干得太晚，保重自己，啊？

花开两朵，各表一枝。

再说柳云坐进车里以后，谷丰收一直没和她讲话，在这种有点尴尬的场合，他不知说什么好。女孩子，大多心眼儿小，他怕自己一言不慎，惹得她不高兴，那又何苦来哉呀。柳云呢，也没说话，第一，因为做了人家的小三，虽说现在小三到处都是，但无论如何，总说不上是什么光彩事业，她抖不起劲儿来。再加之魏驰把她半夜叫起，她瞌睡还没醒，也没什么精神来跟谷丰收聊天，所以便靠在后座上睡着。

车开了多久的时间，她不知道，后来感觉车停了，谷丰收在打电话。

谷丰收是在拨打魏老板的手机。

手机答语是：您拨打的电话已关机。

这让谷丰收觉得很奇怪，既然叫他去接人，人还没到，他怎么倒关机了？

再打酒店总机转给魏驰，总机小姐说：客人交代，他睡了，不接电话。

谷丰收回过头对柳云说：魏总睡了，不接电话，怎么办？

柳云仿佛很高兴这个结果：那好啊，他睡了，我也正好睡啊。

正在这时，两人的手机同时响起了短信铃声。

谷丰收看屏幕，是魏驰的信息：你回来吧，不要去接了。

柳云接的手机短信也是魏驰发的：算了，你不用过来了。

谷丰收一看对方发信时间，竟是0:19，而现在是2:38，算来老板的短信发了有两个多小时了，这短信怎么迟到这么久？他发短信的时候，自己已经在去省城的高速路上跑了半小时了。

又想：这个魏老板，一会这样，一会那样，算个什么事啊。

而柳云想的是：是不是刚才她的回答，使事情起了变化？

两小时前，魏驰打她手机，她正睡得迷迷糊糊，接慢了点，魏驰不高兴了：你怎么这么久才接电话？你在哪里？

在家啊，还能在哪里？

你赶紧起来，我已经派人接你去了。

我不去了吧，我来红了。

来红？来红有什么要紧？我烦，睡不着，你来陪陪我。

那你不许碰我啊。

好，不碰不碰，把你当个一级国宝大熊猫，抱着，总可以吧。

柳云于是快速起床，洗漱，化淡妆，拣了几件衣服塞进包里，走到楼下时，门卫的肖老头惊异地问：柳云，你这么晚还出去？注意安全啊。

柳云自嘲地说：安全？他不管我的安全，我自己管得着吗？不过，声音是小到肖老头听不见的。

这次去，魏驰还是不会放过她的，她知道。

上次，魏驰在市郊一家海鲜楼喝酒，一个电话把她叫过去，让她陪着喝，完了又把她带到宾馆，柳云说你不能动我啊，我来红了。

不动，不动，说不动，就不动，魏驰口里念着，手却紧紧搀着她，把她推到床上。

接吻，抚摸，一层层剥柳云的衣服，当只剩一条内裤时，柳云用手抓住裤腰。

魏驰欲火如焚，一使劲，把柳云的内裤扯破了。

我来红了，柳云说，你会惹病的。

来红？来红怕什么？来了红，灭了虫，泄了气，死了心，一觉睡到大天明！

魏驰特喜欢搞这种排比句式。

柳云只得任他。完事以后，她蹩进卫生间，见自己的下身和两腿间满是鲜红的血。

魏驰，你个野生动物，只管自己快活，不管我的死活，柳云气愤地想。

她回到房里，见魏驰已经睡到另一张床上，她于是把弄脏的床单撤下来，将被子垫着床，睡了下去，一边想这种生活何时是个头。

想归想，要说离开魏驰，她还是不肯的。魏驰给的这份薪水，没别的地方能给。

谷丰收说话了，把她从回忆中叫醒。谷丰收问：怎么办，是送你回去，还是在这儿找个地方给你住一晚？

柳云说：还回去？你当我是钢筋铁骨啊？

谷丰收不再说话，挂了挡，车又启动了。他把车开到一家宾馆外面的停车场。

柳云走出车外。夜的凉风一吹，睡意竟没有了。

谷丰收，我饿了，你陪我去吃点东西，好不好啊。

谷丰收心里很乐意。在夜市的沙摊椅上坐下，谷丰收有机会细看了一眼柳云，除了那只红头箍，她就是另一个柳月，谷丰收心里涌出一份爱怜，一种想要好好保护她的渴望。

而柳云呢，上次见谷丰收，她正为失恋而痛苦，根本没好好看看他，今晚两人单独相处了，才发现他原来是这么个帅气英俊的男儿，心里便生出几分喜欢，对他的态度也随即多了些亲昵。

谷丰收，我想吃烤鱿鱼，柳云说，声如莺啼燕哱。

谷丰收站起身说：你等等啊，我去去就来。

他迈开两条长腿大步跑，在街边见一摊问一摊，终于，买回了几串烤鱿鱼，当他把这叫人馋涎欲滴的美食送到柳云手上的时候，心里

有一种满足感。

柳云吃得津津有味。

谷丰收，你吃不吃？你也吃嘛，柳云说着，从一束鱿鱼串里取出一支递给谷丰收。

谷丰收不接，说：我不喜欢吃。

你吃嘛，吃嘛，柳云说，把鱿鱼往他嘴里送，谷丰收这才咬了一口。

好吃吧？柳云笑眯眯地说。

嗯，谷丰收答，心里甜滋滋的。

他发觉，柳云和她妹妹一样，其实心里蛮单纯的，也很可爱。

只可惜被那个魏驰糟蹋，谷丰收想，心里好不是滋味。

柳云吃完了，咂咂嘴，说：我们走吧。

到了宾馆，谷丰收为她开了一间房，他们一起进到房里，谷丰收说：你好好休息吧，我走了。

柳云说：你这就走了啊？

是啊，谷丰收答，不走，还干什么？

我胆小，怕，你陪我一会儿，就一会儿，等我睡着了，你再走，行不行嘛？

谷丰收说：行，就陪你一会儿。

柳云在卫浴间洗澡。忽然开了一线门，喊：谷丰收，你帮我把我的内衣内裤拿来，好不？在我的提包里。

谷丰收很快找到了她的衣裤，他敲了敲卫浴间的门，柳云开了一丝门缝，接了谷丰收递给她衣服。

不一会儿，她披着一条大浴巾走出来，到床边以后，卸去浴巾，扯着毛巾被盖住自己的身子，而后躺下。

谷丰收，你给我讲故事，好不好？柳云请求。

我哪里会讲故事？谷丰收说。

讲嘛，讲嘛，柳云再次恳求，你不是当过特警吗？就讲你们抓强盗的故事好吗？

行，嘿，我真的不会讲啊……哎，那，我就……讲一个？谷丰收架不住柳云的柔声攻势，答应了。

讲，讲，柳云给他鼓劲儿。

谷丰收开口道：有一次，我们接到上级的命令，去抓一个黑老大，那家伙住在市郊一栋三层楼房里，楼房前砌了四米高的围墙，围墙里养着三条大狼狗，一有生人进去，就会扑上来撕咬。黑老大平时是枪不离身，而且是杀伤力很大的 QBZ－95 式步枪。我们的侦察员去看了周围地形，那栋楼前方三面是平地，只有后面是一个臭水塘，我们十几个特警队员蹚着齐腰深的臭水接近那栋楼房，还好，那晚吹的是南风，我们从北边上，狼狗没闻到我们的气味，所以没有叫。

我们用叠罗汉的法子上了房，爬上三楼，先把卫生间的窗户打开，摸进一个队员，他开开后门，等全体队员都进去以后，再开始攻击，结果那家伙还没反应过来，就被我们活捉了。人抓到，铐起来，他的狗才汪汪狂叫，那黑老大说：都是一群死狗，老子养你们几年，被抓了你们才叫，号丧啦。

不好听，不好听，柳云说，一下子就抓住了，没味道，再讲一个吧，讲一个抓流氓的，好不好？

抓流氓的？谷丰收有点为难，为了不让柳云失望，他挠挠脑袋，想着，回忆着，忽然说：记起来了，还真有一次让我撞上一伙强盗。

讲啊，快讲啊，柳云喊着，把被子都抖开了，她的只戴着胸罩的双乳在谷丰收的眼前露了一下，她赶紧用毛巾被掩盖起白嫩的肌肤，脸也倏地红了。

胸膛里有小鹿乱撞，这是恋爱的感觉，柳云有点意识到这点。

奇怪，她在魏驰面前就不会有羞涩，今夜面前换了个男人，羞态竟复萌了。羞红的脸加上亮晶晶的眼，使她今晚格外动人。

她的眼睛如两口深井，正在让谷丰收陷进去。

他低下了头，开始讲故事。

就是前年，我请探亲假回家，在长途车上坐了差不多三个钟头，过峡石以后，车走在山路上，有点颠，忽然，车里有四个蒙面的男人

站起来，喊：打劫！都不准动！

我的座位在前三排，挨过道，那四个人一个人在前面用刀顶住司机，让他停车，另三个首、中、尾各站一个，都拿着刀，逼着乘客从口袋里掏钱出来，我用眼扫了一下，想着怎么收拾这帮家伙。幸好，这帮人都只带着刀，没见枪，有枪，就麻烦多了，因为如果跟他们动起手来，他们一开枪，百分百会伤着人，那就不如不动手，让他们拿点钱走人，案子嘛，等以后公安去破。

有个家伙到了我面前，朝我喊：拿钱！

我说：我的钱都买车票了，没钱了。

那家伙拿刀指着我：拿钱，莫怪老子不客气！

我翻了翻口袋，里面还有三十块钱，都掏出来给了他，他见我五大三粗，又一点不慌张，知道我大概不好惹，就朝下一个吼去了。

只十分钟，那四个家伙搜遍了全车旅客，要撤退了。

四个人往车下走。走到只剩最后一个的时候，我突然站起来，左手抓住他的后衣领，一用力，他啪地倒下了，我一脚踩住他，对司机喊：司机，快开车！

已经下去的几个劫匪一看情况，马上反身上车要来救同伙，我守在车门那儿，来一个，我飞一脚踢下去，第二个上来，我又飞一脚踢下去，结果那几个人硬是没上得了车。

司机这时候反应过来了，关上了车门，挂挡，踩油门，车开了，那车下的几个劫匪还在喊：停车！停车！还跟着车跑，不过很快就被甩在车后面。

车开到最近的县公安局，我把那个劫匪押下车，在那里做了笔录，全车的乘客都签名作证，以后听说另外三名劫匪都落网了。

县公安局给我们部队去信表扬我，部队还给我记了一次三等功。

谷丰收，你好厉害哟，柳云赞道。

谷丰收道：这没什么，特警嘛，要打大仗的，收拾这么几个小混混，小菜一碟呢。

柳云望着谷丰收，星眼朦胧的：谷丰收，哪个女孩嫁了你，一定特有安全感，不怕被流氓欺负，是不是？

就算是吧，谷丰收说。

哪个女孩有这福气啊？我怕是没有了。

你怎么知道你没有？

我都……嘿，不说了，我睡了，谷丰收，你睡哪儿去？

我再去开一间房呗。

不要开了，节省一点哪，柳云说，要不，你就睡这里吧，睡我旁边也行，柳云说着，自己朝里挪了挪。

那怎么行？谷丰收说，要是魏老板知道我跟你睡一张床，那不把我活剥了？

刚才还那么伟大，一讲起魏老板就怕了，他是老虎，鳄鱼，会吃了你？

那倒不是，我……也不是怕他。

不怕，那你就睡下来嘛。我又不会告诉他。

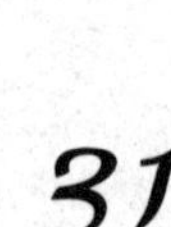

命运在此急转弯

唉，谷丰收叹了口气，魏老板待我蛮好的，我要是背后做对不起他的事，良心上过不去呀。

你说什么呀，柳云道，我又不是他什么人，他都有老婆孩子了……

谷丰收还是站着，不肯坐下。

你是嫌弃我，是吧？柳云伤心地说，你嫌我不干净，是吧……

没有，没有，谷丰收说，我真的不是嫌弃你，我……心里也喜欢……唉，等你脱离了魏老板再说吧。

柳云的眼泪刷地就出来了。

柳云，你别哭嘛，别哭啊，谷丰收尽力去安慰她：我是说真的，等你跟魏老板脱离了，我一定，一定和你好！

真的？不骗人？柳云揩了揩眼泪。

是真的，绝对不骗你。

那我明天就跟他脱离，柳云说。

别，别，你别那么急，别那么显眼好不好？慢慢来嘛。

我等不得了，我就是要赶快跟他分手，跟你好，柳云认真地说。

谷丰收很感动。他帮柳云压好被角，说：好好睡，好好睡，说话间，却触碰到柳云水灵灵的眼睛，他忍不住了，去吻她，柳云似乎比他还渴望，这个初吻就变得甜蜜而漫长。

那，我走了，谷丰收说，我要不走，你别想睡，我也睡不了。

柳云没答话，用被子把自己的头盖上了。

谷丰收赶紧离开。他知道，要是自己不走，他们之间一定会发生点什么，而现在，并不是时机。

他是个有强大自控力的男人，知道什么事情可以做，什么事情不可以做；什么事情什么时候才可以做，什么时候绝对不可以做。

第二天上午，谷丰收试着给魏驰打电话，结果一拨就通，谷丰收说那女孩已经接过来了，住在幸运星宾馆，魏驰说：你带上她，再来接我，我们今天回去。

魏驰见到柳云，比平时客气了许多，问她昨晚休息得好不好，柳云说好啊。

小车在高速路上急驶，一路上，柳云打瞌睡，魏驰想心事，谷丰收心里有点虚，不发一言地专注于开车。

魏驰昨晚接到一个极重要的电话，于是立即改主意，叫柳云不要来了，其实他才不会管什么撞红不撞红的问题。

那个电话告诉他，新任主管城乡建设环境保护的副市长叫郑可风，刚结婚，新婚妻子叫柳月，柳月的孪生姐姐叫柳云。

柳云？是不是我公司的这个柳云啊？魏驰喜出望外。

是的，就是她，一点不错，那人说。

已经半年了，魏驰和几个房产大亨筹划着把太阳湖边的一块地拿下来搞开发，这是省城被称为最后一块金元宝的1188地块，原本是预留给市委、市府和几个大局的，后来，市领导思维转了弯，决定把机关大院搬迁到比较偏僻的西区，这样，1188地块立刻成了各路诸侯争抢的香饽饽。

魏驰的腾龙房产实力不弱，身后又站着银行、国土规划、税务、工商等政府强势部门，拿下这个地块本已十拿九稳，就等主管副市长和市长签字了，在这关键时候，主管城建的副市长韦金玉调走了。

关于韦的调离，市府和民间传说很多，一说韦得罪了上级领导，被发配到边远山区“交流”去了，另一说是举报他受贿的信件太多，

上级纪委来查了几次又都查不出结果来，只好采取预防措施，先调走再说。

魏驰相信第二种。城建这摊本就是个肥水横流的地方，想捞钱几百万几千万都绝非难事，魏驰自己就给韦市长送过一百多万，都是现金，没收条，不走银行的那种，还好，韦金玉口风紧，没供出他们，韦一调走，这钱就打水漂了，打水漂就打水漂吧，只要不出事，破点财没所谓。

他们都睁大眼睛，注视着新任主管副市长的任命，后来知道了，他叫郑可风，从邻省调过来的，特年轻。昨晚他更得知，新任副市长刚结婚，其妻子竟然是柳云的孪生妹妹柳月，这一个大惊喜，弄得他几乎通宵无眠。

说起来，那个柳月还是他的“妻”妹呢，他想，要是在过去，旧社会，这称呼肯定成立，因为柳云就是他的姨太太呀。不过现在这层关系就不好维持了，现在是新社会了，郑副市长如果知道柳云是他的小蜜，对他魏驰的第一印象就肯定好不了，以后再想和他拉近关系就难了。

共产党的官儿，养情人的虽然有，毕竟还是少数。那个姓郑的，还刚结婚，不会去做这种事儿，而且按中国人的老传统，对这种事反感的居多，所以他必须赶紧作果断处理。

那就快速反应。

回公司以后，他把柳云叫到他的办公室，问：柳云，你是不是有个妹妹，孪生的？

是啊，柳云回答。

叫什么？

柳月呀。

柳月是不是最近结了婚？

好像是吧，柳云不太肯定：我亲生父母十多天以前来过，好像跟男方见了面，定了这件事。

你知道不知道你妹夫姓什么？

不知道。

你呀，够糊涂啊，魏驰笑嘻嘻地说，你打个电话给你妹，问一下你妹夫姓什么，现在就打。

柳云不敢怠慢，马上给妹妹打电话，她们聊了几句以后，柳云收了线，对魏驰说：我妹夫姓郑，叫郑可风。

好，对板了，魏驰心里一阵高兴：柳云的话，间接证实他得到的情报的准确性。他当即告诉柳云：从现在起，他们的情人关系结束，她，柳云，从此自由了，可以另外找男朋友，可以随时嫁人。公司的工作不变，不仅不变，还升任公司项目经理。

我，做项目经理？我懂什么项目？柳云大为吃惊。

这你就不要管了，我说你行，你就行。从今天起，柳经理就上任了。

我，柳经理？魏总跟我开玩笑吧？

开什么玩笑？这事情是能开玩笑的吗？下午任命书就到你手上，魏驰万分肯定地说。

魏驰的一个手下敲了敲门，魏驰喊：进来！那男人推门而进，将一沓名片交给魏驰，然后退出。魏驰将名片给柳云，说：你的名片，看看吧。

柳云接过一看，只见名片设计和公司其他人一模一样，腾龙房地产公司几个大字金光闪耀，在它旁边是一只地球仪，一颗亮星绕着它转。在柳云的名下，赫然印着项目经理四个大红字。

魏总，这……我能搞什么项目？我什么都不懂啊！

没事，没事，到时候，会有人帮你的嘛，你只管大胆地干，出了成绩是你自己的，出了事算我的，好不好？

我，我真的……

行了，行了，不要顾虑嘛，我看人从来不走眼。

柳云叹息了一声：那，我就……

走出魏驰的办公室，她特地到走廊上给谷丰收打了一个电话：丰收，你想不到的好事来了。

谷丰收忙问什么好事。

我们老板放我自由了，说以后跟我没那层关系了，说以后我想恋爱，想结婚都由我的便，还让我当了一个什么项目经理，你说是不是好奇怪？

是啊，是有点奇怪，谷丰收说。

你高不高兴？

高兴啊。

真的假的？

还能假吗？

那，我们今天晚上见个面吧？柳云提出请求。

要看那时候老板有没有什么事，没事儿就可以。

放下电话，谷丰收专门去了一趟魏驰的办公室，想不动声色地了解一下关于柳云的事。果然，魏驰一见他，就说：昨晚叫你去接的那个女孩，是我新聘的项目经理，她叫柳云，你们已经认识了吧？

是啊，昨天晚上在车上认识的。老总，她是你的那个……

没有，没有，魏驰赶紧否认：我就怕你误会，以为她是我的什么什么的……

这没什么啊，现在找小三儿的老板不是大把多嘛，何况魏总你英俊潇洒，又有钱。

这个真不是，魏驰说，要是，我不会瞒你的，我们是兄弟嘛。

这个女孩那么年轻，能做什么？

她呀，很有来头的，魏驰说，以后你就知道了。

刚才柳云打电话给柳月，问妹夫姓什么，柳月想姐姐只是随便打听一下吧。本来，这事情是想告诉她的，不过当时她不在，没碰上。

郑可风曾嘱咐柳月，不要透露他的身份，否则会引来很多麻烦，柳月并不知道具体会引来什么麻烦，她对官场的事一无所知，但她会忠实地按丈夫的要求做。

郑可风刚才来过电话，说：月月，你能过来陪我一下吗？我好烦。

柳月说：我今天上中班，晚上八点下班，一下班我就去。

郑可风到底烦什么？他烦的是事情多，多如牛毛，而且都是不解不行、解又难解的问题。

一上任，关于1188地块的各种文件资料便堆了他一桌，粗看了一下，打它主意的真不少，还都是大公司。他找主管局的局长、副局长聊这事儿，提出：干脆招标吧，透明、公开。那三位局座都说招标在其他市行，在这儿不行。你以为招标法公平、公正，其实下面那些大公司早就有对策，他们串通好了，只许某一个公司中标。中了，好处大家平分，那些不知内情的公司去投标，根本摸不着门道，挨不了边儿。

那，给谁才合适？他问。

三位局长说这里面的矛盾太复杂，只有市领导才能决定，他们不好说什么。摆明就是不想负责任。

谁定？市长是抓全局的，关于某个地块交由谁来开发这种具体的事，主要由他这个主管副市长拿意见，别的人可以绕道走，他郑可风不行，绕不开。

还不止于此。

就在上个星期，在北重门经适房小区，晚上八点，一位女士出现了，她去那儿是为了找自己的一套房，可找来找去，就是找不着，这事引起了好几个住户的好奇，于是其中一位把这事发帖到了网上，“女士找不到自己的房”便是文章题目。不久，有网名“狗鼻3211”的网友跟帖说，那女士不是别人，是市图书馆的萧长华，她爱人便是市房地产局的局长蒯明。蒯明自己有房，还来买经适房出租，涉嫌以权谋私。第三天的跟帖更多，有网友揭发蒯明在太阳湖畔有一处豪宅，每平米两万多的那种，两百平米要四百多万呢……

热闹，太热闹了。

报纸、电视跟踪报导，舆论大哗，要求清理经适房购房者资格的呼声高涨。市长找郑可风谈话，要他查清情况，拿出处理意见，郑可风立即召见蒯明，要求他主动将经适房以原价退还。蒯明说：市府各个局买经适房，然后拿来出租的大把多，要退，大家一起退。

郑可风将情况报市长，不久，市里组成经适房购房资格复审小组，由郑可风牵头。哪知不查则已，一查，竟有45%的购房者不属于住房困难户，他们大多是各局有职有权的人物，而且，不仅是经适房，他们还囤有其他房产，少则三五套，多的竟达到十几二十套。

怎么处置，成了市委市府“烫手的山芋”。

请求网开一面者，当面求情者，电话里当说客者，还有登门送礼者……把个郑可风弄得左支右绌，应对乏术。中国古语说“法不责众”，还真有道理：不是不想责，而是责不过来，真要都责了，市府的工作也就瘫痪了。

这都是郑可风烦心的理由。

这天晚上，郑可风回到他的住处，倒在沙发上闭目养神，说是养神，其实哪养得了？他梳理着思路，想把当前之事分个轻重缓急，这时，门铃响了，他知道是柳月回来了，便赶紧去开门。

正是柳月。一脸杏花春雨般的微笑。

郑可风觉得自己的烦恼被她的笑容摘走了。

他牵着她的手，到沙发上坐下，柳月朝他微笑，问：告诉我，烦什么？

郑可风不想给妻子讲具体的事，那太多，讲不清，有些也不便讲，于是转个话题：月月，你累不？

我不累，我们的工作很轻松的。柳月依旧笑着，她的笑温暖，开朗，像是给郑可风服了解压药，他的心情立即好了许多。

来，我给你做做按摩，柳月说，一边走到沙发后面，在郑可风头部时轻时重地推拿起来。她的手暖和而柔软，舒服的感觉便在郑可风周身荡漾开来。

为了更舒服一些，他一侧身，睡倒在沙发上，柳月便开始从头到手到肩地按下去，郑可风在妻子的妙手下竟然睡过去了。

不知道过了多久，他醒了，见柳月还在为他按腿。他坐起身，说：行了，我好多了，月月，你是我的止痛剂、开心果。我的工作负担太重了，你就搬回来住吧，我要你天天在我身边。

那我们要打破原来的约定了？柳月问。

那就打破吧，这也是顺其自然的事。

好的，我听你的，柳月说。

他看看钟，说：哦，都十一点了，今天晚上我就不看文件了，好好陪陪我的爱人。月月，你先去洗个澡吧。

你先去，柳月说。

郑可风去找换洗衣服，柳月说：你去吧，我帮你找，郑可风便走进了卫浴间。

他洗了一阵，听到柳月敲门，就将门微开，柳月说声“给”，递给他睡衣睡裤。

洗完，穿好衣，走出来，他睡到了主卧室宽大的床上。

现在轮到柳月洗了。郑可风打开床头灯，看报，心里有一种期待。

过去了半小时，柳月洗完了，该来了，可迟迟不见她来。

月月，你在干什么？你快点呀。

我想把衣服洗了。

郑可风“哦”了一下，表示他知道了。

阳台上洗衣机在转动，声音隐约可闻，一会儿，声音没了，他估计衣服洗好了。

可柳月还是没进房来。

月月，你还不来睡呀？郑可风催促道。

就来，就来，柳月说，我在拖地，你这地板很久没拖了，有一层灰呢。

不管它啦，郑可风道，明天再拖。

那怎么行？明天我上班，你又没时间拖。

郑可风只得再等待。

后来是一片寂静，郑可风想，地该拖完了，柳月该来了，但等了一会，还是不见柳月。他于是起来，走到客厅，却见柳月在帮他清理茶几上的文件书籍。郑可风心里暖暖的，又有点哭笑不得。

她怎么就不懂他盼望新娘的心情呢？唉，还是太小，什么都不懂。

不懂就不懂吧，毕竟单纯嘛，他想。

回到睡房，重又躺下，他不知道自己还要等多久才能等来他的勤快的新娘子。

可就在这时候，他闻到了一股沐浴露的芬芳气息，然后，一个温暖的少女躯体快速钻进了他的被窝，他一转身，便将她紧紧搂在怀里。他非常惊喜地发现，他的月月一丝不挂。

她其实并不是那么不懂事呢，郑可风想。

急风暴雨般地亲吻，从唇，到胸，到……

这个晚上，郑可风后来无法确切地回忆，他只知道自己完全彻底地迷醉了，丢魂失魄地陷落了。当心灵和肉体完全融合的时候，人世间便找不着精确恰当的语言来描述这种销魂蚀骨的幸福。

柳月说：可风，床单脏了。

他们起身，郑可风看见床单上有一抹嫣红，心有歉疚地说：我刚才，是不是太疯狂了？弄痛你了吧？

他想起，刚才柳月皱紧了眉头。

没有啊，我很好啊，柳月说。

换下床单，柳月说：我明天一早把它洗干净。

不准洗，郑可风说：这是我们的初夜，是我们爱情的见证，留下它。

柳月说好。

换了一床新床单，他们相拥躺下。柳月紧搂着丈夫，将头埋进他的胸口。

一会儿，她说：可风，要是能永远这样，那该多好啊。

当然是永远这样，他答，一直到我们俩离开这个世界。

这很难。我们俩差距有点大啊。

有多大？大到郑可风忘记柳月？山也崩，地也裂，太阳无光，星空无月，乃敢与尔绝！

我记住你的话了，可风，柳月道，就在我们的第一个晚上，你说的这一段很优美的话，我会记一辈子。

那你讲讲，我说了什么。

出乎他的意料，柳月竟一字不差地把他说的背了出来。

月月，没想到，你这小脑袋瓜还真可以哎，高兴，我太高兴了。

柳月说：我初中高中一直是《朝花》诗社的成员。

那，你一定写过很多诗？

是啊。

给我读几首。

柳月背了《月牙尖尖》，又背了《太阳》。

太阳在海水里洗了个澡，
湿淋淋就爬上山坳，
它说它和地球有个约定，
任何时候都不能迟到。

郑可风连连赞叹：写得还真不错，尤其是第二首，有新意呢，不错，真不错！

柳月很高兴：真的？你不是为了让我喜欢才这么说的吧？

不会，是好就说好，是差就说差嘛。没想到我爱人还有诗人的情怀呢。你应该继续去读书，不然可惜了。

我也想去读呀，不过，如果我怀了你的孩子，那怎么办？

我们暂时不要孩子吧，郑可风说，不能为了孩子误了你的发展，就算你读完大学出来，也还只有24岁嘛，那时候生完全来得及呀。

对呀，柳月说，不过，我去读大学，谁来照顾你？

你就在本市读嘛，天天回家，像上班下班一样。

真的？那我太高兴了。

稍稍沉静后，她又说：好是好，不过……

不过什么？

你的负担太重了。

没事的，房子我已经买下来了，没有别的大开销了，你就放心去读，钱的事情，你别操心。

这时，柳月把郑可风搂得更紧了。她从这件事里，分明感受到丈夫发自内心的对她的深爱。

可风，你睡吧，好好睡，我到另一间房里去，她也不管他同意不同意，起身就走。

郑可风知道柳月做得对。她睡在身边，他的身体里时时涌动着欲望，会被男性荷尔蒙不停地撞击，而沉迷欲海对他来说很不合适。明天一早他就得赶去参加纪委的一个会，是研究如何处理非法囤房的各局首长，下午，要到三十公里外的一处路段查看山体滑坡致二级公路堵塞的事故，六点还要接待一位澳洲来的投资商，和他一起共进晚餐。

月月，你过来一下，他喊。

柳月很快地站到了他的床边。

我明天很忙，晚上多久能回都不知道，不过，我想一回家就看到你，好吗。

好，我答应你，你好好睡，别想事儿了，好吗？她俯下身子，把脸贴到他的脸上，贴了一会儿，然后快速离去。

郑可风知道，他现在可以安心睡个好觉了。

林洁如把柳月调到了酒店办公室工作，上的是行政班，这样，柳月每天晚上都会回家，郑可风看到她，心底涌出喜悦和舒畅，工作的压力也被妻子化解许多。日子就这么一天天地飞逝。元旦一过，羊年春节即临，柳月的婚礼要举行了。

新年的前夜，腾龙房地产公司举行盛大的新年祝酒及化装舞会，魏驰专门把柳云找去，问她能不能把她妹妹柳月邀来参加，柳云说我试试呗，她刚结婚，两口子正热乎着，不一定肯来哟。

你一定要邀请她来，这是给你的任务，如果请到了你妹妹，我给你记一功，奖励一万块。

好，我努把力。

呶，这是晚会票，两张，如果他们两口子都来了，奖金翻倍。

行，柳云说，她是我妹，姐姐的面子她还是会给的。

32

魏驰攀识郑可风

柳云当天晚上专门去了趟妹妹家。她费了好大力气才找到公务员小区，见妹妹住那么漂亮宽敞的房子，眼睛都发直了。

我妹夫到底是什么人？住这么大的房子？

他呀，副市长。

副市长？你嫁了个副市长？

是啊，这没什么奇怪，他其实也是平平常常的人。不过，姐，这事儿你知道就行了，老郑嘱咐我不告诉任何人，你是我亲姐姐，我才讲给你听。

一定，一定，我一定不说出去，柳云庄严保证。

柳云这时依然没把魏驰要她来邀妹妹参加公司晚会的事，与妹夫的身份联系起来。

她的思想单纯得很，对官场商场那些复杂关系一无所知。

柳云说：月月，我们公司要开新年化装舞会，你也来参加吧。

柳月一听，倒也很感兴趣，不过，沉吟些许，便说：我去了，谁来陪可风啊？

你打个电话问问他嘛。

不用，他回来我再跟他说，柳月道。

你一定要来啊，我一个人，好孤单呢，柳云说。

深夜，郑可风回来了，柳月把柳云邀她参加晚会的事告诉他，郑

可风说：市府也要开晚会呢，你参加哪边？

柳月说：我当然是陪你了。

郑可风想了想说：那，你还是去你姐那边吧。

他不愿带柳月出去抛头露面，以免“老夫少妻”的故事被传得家喻户晓，给自己的从政形象抹黑。

“注意影响”在中国的官场是流行语，尽管很多私人的事与从政扯不上关系，但官员们谨小慎微，因为许多不起眼的小事也会被夸大到“政治影响”的层面上，因而“不预则废”起来。

柳月想，到市府去，她会自惭形秽，浑身不自在，去柳云那边，毕竟有姐姐做伴，会轻松些，便说：好吧，不过，我不会去很久，晚会一完我就回，你不要担心啊。

我当然担心，我这么漂亮的老婆要是被人拐跑了，拐到西北偏远山区去了，我怎么办？

你怎么办？当光棍呗。

不行啊，我会每天饭吃不香，觉睡不着，得相思病呢。

那你就给我发 E－mail 呀，柳月说。

西北农村，哪来的 E－mail 呀？

晚会上，哪来的人贩子呀？

嘿嘿，聪明，反击有效，给我老婆记五十九分。

正确就该打一百分，为什么还给我一个不及格？

怕你骄傲啊，月月，他说着，一把将她抱进卧室。

12 月 31 日晚，柳云专门接柳月去参加腾龙公司的晚会。到了晚会现场，进门时，门卫撕下了票面一侧的存根，说晚会上有抽奖，要保存好，柳云看了一眼柳月票面的号码，是 399，自己的是 287。

魏驰讲话，总结一年的工作，表彰先进科室和先进工作者，然后是文艺表演。表演进行到一半，抽奖开始，主持人宣布一、二、三等奖奖金分别是十五万元、八万元、五万元。抽奖则从三等奖开始。

柳月对抽奖没怎么在意，当抽完二等奖的时候，她还在和柳云讲话，不过柳云似乎心不在焉。一阵掌声响过，主持人读出 399 这个号码，柳月也没听到，是柳云扯着她的衣袖喊：你中奖了哎，快上台去领呀。

柳月迟疑了一下，柳云推了她一把，她才走上前，稀里糊涂地将一张获奖证明接下。

柳云将妹妹拖到卫生间，细看那张证明，那上面注明：一等奖，奖金十五万美元。

嗬，你发大财咯！

真的？柳月也仔细看了一下手上的证明，高兴地说：是真的，我中奖了，还是美元呢。

她对美元与人民币的兑换比率不清楚，只知道美元更值钱。她想，等会儿打个电话问一下可风就明白了。

一笔巨大的财富自天而降，柳月的心情激荡起来，她想，有这么一大笔钱，给家里起一栋大房子是不成问题了，给爸、妈、弟弟买几件好衣服更是小事一桩了，给可风买点什么好呢？她想了很久，真不知道可风缺什么。

这笔巨款，足足可以让她们一家，让她和可风的生活，发生颠覆性的变化。

她无心再参加晚会了，拉着姐姐的手，到户外一个僻静的地方，给可风打电话。

可风吗？我告诉你一件天大的喜事，柳月忍不住兴奋的心情说。

什么好事啊，月月，在路上捡了金元宝呀？郑可风打趣她。

比捡金元宝还要大的大喜事。

哦，那说来听听。

柳月这才揭开谜底：我中大奖了。

中大奖？你买彩票了？

不是，是在腾龙公司的晚会上中的奖，奖金十五万呢。

十五万？这么多？

是的，而且不是人民币，是美元，

美元？郑可风着实吃了一惊：那是一百多万人民币呀！那个腾龙

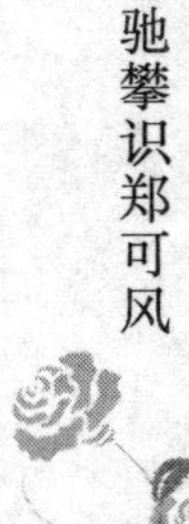

公司是做什么业务的，气派这么大？

好像是……我也不大清楚，我叫柳云跟你说。

柳云接过手机说：我们公司是做房地产的。

哦，这样啊，郑可风道。

柳云把手机还给柳月，郑可风道：月月，我们回家再说。

柳月在十一点前就回了家，郑可风不久也回了，他看了柳月的获奖证明，上面有“请在三天内来本公司领取现金支票”的说明。

郑可风觉得情况可疑。

如果说，公司的抽奖面向所有人，可能的中奖者就会是包括公司员工在内的所有晚会来宾，那么就有这种可能：这笔奖金落到了某个员工家属或者朋友头上。把一百多万送给一个与公司毫无关系的人，这等于当街撒钱，世上怎么会有这么傻的公司？

如果柳月的中奖是有预谋的，那么，在柳月身上他们能得到什么？她一个年轻女孩，普通服务员，不可能给腾龙公司带去任何好处。

唯一的解释：他们知道了柳月与我的关系，他们想通过柳月来结识我。

这样一来，柳月的中奖就变成一个有预谋的行动。

可怕！

在想清楚这一切之后，郑可风把他的想法告诉了柳月，柳月说：可风，我也有一点点感觉，总觉得事情有点反常，哪儿不大对劲，你这么一说，我倒是明白了一点。

那，你的想法是……

不去兑奖吧，我不能变个贪财婆娘，给老公惹祸。

郑可风把柳月拥入怀中，轻声道：我郑可风的老婆，怎么会贪财？

贪财也对呀，只不过这次不能贪，柳月说。

他把她的脸捧起来，深情凝视着：月月，娶你，是我这一生最最正确的决定，娶你就是娶得对，而且越来越对！

他们就那么脸贴着脸在那儿抱着，久久都不肯分开。

春节到了。

郑可风和柳月的婚礼准备得很早。说准备，其实主要是柳月的家人在做，郑可风太忙，根本顾不上，他直到大年二十九上午才到了柳月家，婚礼就在这天下午举行。

农村的婚礼，虽然不那么豪华，但各种礼数是一样不能少的。宾客呢，是整个村子的村民，大家都是互相认识，沾着亲带着故。每家一个红包，也是一家都不会少，境况好的，包个五十一百，差的十几二十，主家也不计较。菜谱嘛，海鲜就没有了，因为柳家在山区，没地方去弄海鲜，他们对那玩意儿没印象，也就不感兴趣。

全村人都来赴宴，有那么多的桌椅板凳饭碗筷子吗？有的，都有的，这些东西全在村委会搁着呢，五十桌吗？可以。六十桌吗？行，全村人全来了都有地儿安排，绝不会有一个人站着。

村里也有专门安排红白喜事的人才，从司仪到乐队到歌手，应有尽有。郑可风曾经参加过一个农村老人的丧礼，乐队的锁呐手吹的是《今天是个好日子》，很喜庆的曲调，村里人也都不怨怪。

本来嘛，人老了，死去了，他自己得到解脱，儿女们少了负担，不是喜事是什么？

婚礼开始，司仪吕长生是土生土长的艺术人才，讲话很是出彩，他说今晚是郑州刮来的风吹了湖南的柳树，感动了广东的月亮，此语一出大家都喝彩。

五十张宴会桌，从柳家的院子一直摆到了院外，一盆盆猪肉、河鱼热气腾腾端上来，男女老少举着杯提着箸，你激我劝的，吃着喝着，大快朵颐，郑可风、柳月夫妻挨桌敬酒，真个是喜气洋洋，快乐飞翔。

正在高潮时候，一处手机铃滴滴响起，柳云接听，满面堆笑地对柳月和郑可风说：我们公司老总来了，他说要祝贺你们新婚呢。

柳云跑到路口，看到魏驰的银云Ⅲ型房车已经朝柳家驶来，她便跳起来喊：魏总，魏总，在这！在这！

车在柳家院前停住了，魏驰打开门走出来，司机提着一大包礼物下车跟着。

柳月、郑可风和柳月的爸妈都上前迎接，魏驰那辆铿亮闪光的轿

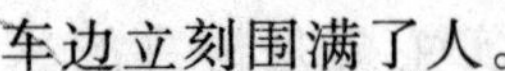

车边立刻围满了人。

魏驰握着郑可风的手摇了摇，自我介绍道：魏驰，是柳云公司的老总。

郑可风说：我姓郑，柳云的妹夫。

听说了，听说了，魏驰热情地说，听说您在市政府工作，是吧？

郑可风说：是啊，来，魏总请。

郑可风斟满两杯酒，一杯递给魏驰：来，我们干了，谢谢魏总赏光！

魏驰一饮而尽，又举酒对柳月说：祝柳小姐新婚幸福，我先干为敬！

柳月将酒杯放到唇边，轻轻抿了一口。

婚宴散席，魏驰想跟郑可风套套近乎，坐着没走，但郑可风却无意相陪。他将村支书、村长、柳月的亲戚和邻居一一送走，回来见魏驰还在，便上去打招呼道：魏先生，你也该动身了，太晚了不安全呢。

魏驰只好站起来说：你看，我喝酒喝得都忘记时间了，改日再到郑先生府上去拜访吧，不知郑先生欢不欢迎？

郑可风说：还是我去登门拜访你吧。中国古话说，来而不往非礼也。

魏驰马上说：好极了，欢迎，非常欢迎！不知郑先生什么时候来我们公司视察？

“视察”一词刚出口，魏驰自觉失言，马上改口道：是来我们公司看看，随便坐坐也好嘛。

他要装做不知道郑可风身份的样子。

那，郑可风仿佛不经意问道：贵公司是做什么业务的呢？

魏驰深恐暴露自己想结识郑可风的真实目的，便搪塞道：什么都做一点吧，什么都做不好。

哦，郑可风笑笑：那，魏先生，我们再见吧，后会有期啊。

魏驰忙说：对，对，后会有期，希望郑先生赏脸来我们公司小坐，一边说，一边往外走。

郑可风示意柳月：去，送送。

柳月扯扯丈夫衣袖：你不去啊?

郑可风说：你快去，快去。

柳月送客返回，郑可风便对柳月、柳月妈说：我们去看看魏先生的礼物。

他们走进洞房，魏驰送的一只礼品盒摆在桌上，将包装纸撕开，见是两瓶茅台酒，两条大中华烟，茅台酒盒里还装有一只瑞士浪琴表，一只纯金打造的闪闪发光的羊，郑可风随手掂了掂，足有一斤重。还有一本纪念册，打开，见上面有金字一行，上书：柳月小姐在本公司2003年度晚会抽中甲等奖计奖金15万美元，特颁此证，以为纪念。一张中银现金支票插在其间，赫然入目的是15万美元，那个美元标志$，尤为光彩夺目。

郑可风拉着柳月到门外，说：你去跟你妈说明一下情况，说这些东西我们不能收。

柳月走进去，没多久就和向二丫一起出来了，向二丫对郑可风说：妈想得通，你要当清官，我们全家支持!

郑可风说：谢谢妈!

返回省城，郑可风的爸爸妈妈和一帮亲戚也到了，其间的亲密热闹，难以一一尽述。郑爸郑妈对柳月这个美貌又懂事的媳妇很是喜欢，一家人处得其乐融融。

大年初八刚上班，郑可风亲自打电话给魏驰，说想跟他聚聚，地点由魏定，魏驰见到自己直线送的和曲线送的重礼立竿见影起作用了，心里有说不出的愉快和骄傲。尤其是晚会抽奖，送礼者设计巧妙周全，受礼者受得轻松，不必担心，旁观者无话可说，算得上是魏郎妙计安天下了。

他赶紧答：好好，郑市长赏光，我魏某人敢不奉陪吗？我们就到月光楼吧，今晚六点。

魏驰合上手机，立即命谷丰收去订座，又打柳云的电话，说今晚有宴会，她必须出席，柳云问在哪儿呀，魏驰笑道：月光楼呀，是请

你妹和妹夫吃饭，你说你能不去吗？

我当然要去，柳云高兴地喊。

郑可风和柳月到达时，魏驰和柳云已在包厢候着，郑可风和魏驰握手，很亲切，使魏驰再次感叹金钱的伟大和神通，能使位高权重的市长冷面变笑颜。

菜是魏驰点的，月光楼的招牌菜前五位叫他点完了。酒足饭饱，柳月对柳云说：姐，陪我出去走走，我想去买件大衣。

她们俩刚离开，郑可风开口道：魏总，生意还好做吧？

还行吧，魏驰说，搞房地产差不到哪儿去。

一年能赚几个亿？郑可风问。

要是别的人问这样的问题，魏驰是绝不会回答的，但郑可风不同，他是主管城市建设的大官，必须回答，而且还要答得真实，不糊弄。

两到三个亿吧，他说。

嗬，大款，大大的款啊，郑可风开起了玩笑：这么多的钱，一辈子都用不完吧。

不要说一辈子，几辈子都用不完啊，怎么样，郑市长来帮帮我，用一点？只要您开口，百来万，千来万，随时候在那儿呢。

我可不敢，郑可风还是满面的笑容，这钱我要用了，半夜人敲门，心跳肉也惊啊。

瞧您说的，那么多的官员受贿，也没见几个受处罚的。

不是不报，时候没到嘛。我信一句话，为人不可暗亏心，举头三尺有神明，郑可风的表情严肃起来。

要都像您这么想，我们搞企业的日子就好过了，魏驰诉苦道。

怎么了，有什么难处吗？

难处？多了，一言难尽呢。

不妨说来听听嘛。

那，就说说吧，魏驰仿佛下了一点决心：您也知道，我们是受气媳妇婆婆多啊，哪个码头没拜好，立刻就叫你瘫着，不说太大的，就一个供电局下属的供电所长，科级，就可以把我们整得灰头土脸。

有那么厉害？郑可风问。

厉害得很啦，他要整你，你还抓不着他的把柄，你就是告到法院，告到市委，都没用。我告诉你个例子嘛，我刚搞房地产的时候，哦，那已经是八年前了，起了一栋楼，没拜电老大，结果他就是拖着不给你供电，你去找人，他就说科长呀、局长呀出差了，真出差假出差你也不知道，就等着呗。后来有朋友提醒，我恍然大悟，把他们的一个头头约出来吃了个饭，打了个红包，钱不多，就五千块，结果，第二天电就通了。当然，现在情况不同了，一个红包没几万就推不动了。

要是不打点，而是向市政府反映呢？郑可风问。

我的市长大人啦，哪有那么天真的？魏驰摇着头，打个比方吧，我现在向你报告，说供电系统故意刁难我们，您怎么办？

我会派人去调查。

调查？有用嘛？他们会说，现在电力紧张，排队等电的一大批，等个把月，正常啊，你拿他怎么办？撤他局长的职？只怕你这个副市长还没那么大的权吧？

郑可风答：这倒是。一是他没犯大错，撤不了；就是要撤，也得经过市委常委讨论并且报上级批准。

就是嘛，魏驰与郑可风碰了碰杯，可我们拖得起吗？我们搞房地产的，资金主要从银行贷，一年的利息五六百万，他拖我一天，我就要多付十几二十万的利息钱。你说，我是去告状，等个一年半载出结果，还是拿几千块几万块去打点，电啊，水啊，第二天就通，哪个高效快捷？当然，我只是举个例，您别以为我是在举报电力局自来水厂啊。

放心，我们今天只是闲聊天，出门无效，郑可风给他吃定心丸：那你看，现在这种行贿的事还很普遍吗？

普遍啊，这是潜规则。你不遵守，在这行就玩不转，谁来都一样。

魏总啊，郑可风说，我刚上任，想要破破这个潜规则，不受贿，不受礼，你呢，配合我，不行贿，不送礼，行不行呢？

这是好事，郑市长，你要真能做到，我魏驰打心里佩服，不过，

这很难，我不送，别人送，送礼的肯定得到照顾，我们不送的肯定落败。清廉，好啊，可好只好在名声好听，你不送礼，不受礼，人家就不把你当自己人，弄来弄去你就会被排挤，成局外人，那我还办企业干什么？

我理解，郑可风说，不过我没那么悲观，我就是要做个不受礼的官，至于受排挤嘛，我暂时不管，排过去，挤过来再说嘛。

你给我送礼，也很费了一点心思，我只能说谢了，不过，我确实不能收受，我不是装样子，是真的不想收。

说毕，他把一个口袋推到魏驰前面：银行卡和金羊、名表等都在里面，这件事，我们不声不响处理完毕，你以后有什么事要找我帮忙，只要不违反法律法规，我都会尽力而为，送不送礼我都一样办。

魏驰觉得，这个郑可风办事，真做到了滴水不漏，于公于私都叫人无话可说。

那好，魏驰说，郑市长光明磊落，我就配合吧。

郑可风说：好，我告辞了。

魏驰起身送客，他们一起往外走。

郑市长再见，魏驰说。

忽然他灵机一动，说：郑市长，我们公司想开发 1188 地块，您能不能帮帮我？

一提到 1188 地块，郑可风便有所警觉。

33

荷花嫁作商人妇

郑可风答：招标书不久就会见报，到时候你可以参加投标。

郑市长，你不怕有人围标、串标？

不用怕，我们有一套完整的设计，郑可风回答。

刚才，郑可风进来时，魏驰对他是亲热之情；现在，他离开，魏驰便多了一分尊敬。他想，我们的官员要都像郑可风这样的，那什么事情都会好办多了。

一个周末，柳云打柳月的电话，说公司老总带她们去市郊踏青，问柳月想不想去，那时节，郑可风刚好去北京开会，柳月一个人，颇觉寂寞，就答应了。

谷丰收开车，副司机座是柳云，后座柳月在左，田缤影在中，魏驰在右，大家说说笑笑的，大约四十分钟，到了目的地。

那是一家土菜馆，上桌的菜无非是鸡鸭鱼肉，空、苋、白等青蔬，但那些菜明显不同于城市餐馆里的应景菜。鸡，散发浓香；鸭，越嚼越有嚼头；再说那空心菜吧，青溜溜，嫩生生。大家交口称赞。

跟着我老魏，有你们好吃的，魏驰喝得一脸通红，喊。

田缤影边抢他的酒杯，边拿纸巾给他揩嘴。

和柳云分手后，魏驰要田缤影和他重归于好，田缤影问有什么吸引她的新条件，魏驰道：我可以和你生个孩子。

田缤影说：算了吧，我一进产房，你就飞香港搂着老婆开心去了，

我呢，就比坐牢还难受。

魏驰说：你也知道的，我一年才回两次香港，做做样子而已。

那，你离婚啊，我马上嫁给你。

你又来了，魏驰说，我离婚，家财去了一半，公司就没办法做了，你跟我喝西北风去？

行啊，田缤影说，只要我们结婚，我喝凉水都快活，将来我的孩子也有个时时在他身边照顾的爹。

嘿，田缤影啊，这个世界哪能由着我们的性子？你自己想清楚吧，除了婚姻，别的事我都可以考虑。

田缤影后来还是答应了魏驰，说愿意跟他三年，条件是给她买套房，另外是不干涉她的恋爱，魏驰一一答应。他知道，田缤影生性高傲，一般的男人哪入得了她的眼？所谓“不干涉恋爱”不过是空话一句罢了。

魏驰常拿柳云跟田缤影对比，觉得柳云是热火一团，田缤影是橄榄一颗，柳云痛快淋漓，田缤影回味悠长。

如果不考虑金钱，那娶田缤影还真是个不错的选择，她是要貌有貌，要才有才，文化素养也是他妻子根本不可比的。

可钱，能不考虑吗？

吃完饭，魏驰和田缤影两人沿着海岸散步。

柳云和柳月以及谷丰收去逛街，叫她们惊喜的是，当她们走进一间服装店时，发现那个店老板竟然是荷花。

三个女孩迫不及待地聊了起来。

谷丰收便在店外候着。

荷花说，她刚结婚不久，丈夫叫桂木生，是郊区的农民，这个门面是他们自家的。

两姐妹祝贺她，说她终于有了一个好归宿。

我没办酒席，荷花说，木生说不搞那些排场，没意思。

你们怎么认识的呢？柳云很感兴趣地问。

厂里一个大姐介绍的，荷花回答。

她没敢讲得太详细。

的确，这人是胖姐介绍的。

有一天晚上，胖姐带来一个男人，荷花接了，事后，那男人说：你不做这行了，跟我吧，我老婆去世一年了，你要愿意，我们马上结婚。

荷花和他聊了一会儿，得知他是市郊农民，叫桂木生。家里有一栋楼，用信用社贷款起的，贷款还清后楼就出租了，每月有一万多的租金收入。荷花的回答是先去他家看看。

第二天，桂木生来接荷花，荷花看到的情况和他说的倒也相符，于是要求桂木生去她家见见父母，桂木生答应了。

事情进展得异乎寻常地顺利，一个月内，荷花便成了桂家媳妇。

柳云和柳月在荷花那儿逗留了一会，柳云买了一件衣服，才告别出来，谷丰收一直在外面耐心等着。谷丰收和柳云已经相恋一段时间了，他们没公开恋情，主要是顾虑魏驰，怕他不高兴。

已经是晚上十点多了，要是在平时，店里很少会再进客人，可这天不同，客人依旧三三两两地来，荷花想，一定是柳云柳月的到来带旺了人气。

十一点，快打烊了，两个女孩来店里看衣服，不久，桂木生来了，把所有的营业款收走了。

两女孩还是没走，她们和荷花聊着，夸她长得漂亮，店里服装样式好，生意一定会好等等，荷花被她们夸得乐滋滋的，那天竟迟关门半小时。

两女孩一个叫阿萍，一个叫阿容，都是二十七八的模样。自这个晚上起，她们便经常来荷花的店里玩，她们会帮荷花卖衣服，收钱，有时还会带些烧烤得喷香的草鱼、羊肉给荷花品尝，没多久，她们就玩成了非常要好的朋友。

当晚，桂木生搂着荷花一番亲热，然后附耳轻声说：老婆，你这段时间辛苦了，我想带你去广州玩玩。

真的？荷花高兴得坐起来：什么时候去？

后天吧，桂木生说，你还从来没去过广州吧？

没有啊，做梦都想去，荷花说。

今晚她本想开口问他要几十块钱，他们结婚一个多月了，桂木生都没给过她钱，连几块钱的零花钱他都不舍得给，荷花想买瓶洗发水都没钱。

听说要带他去广州，要钱的事她就忍住没讲，她想，马上就要出远门了，那时桂木生少不了要给她钱的，现在就暂时忍住吧。

第二天上午，阿萍、阿容又来店里玩，荷花忍不住把要去广州玩的事告诉了她们。阿萍说太巧了，我也要去广州呢。

荷花问：你也去玩？

阿萍说：不是，我是去送货。

那我们一起走吧，荷花说，我还可以帮你拿东西嘛。

那倒不用，阿萍答道，我这个货没多重，才一斤多，放在衣袋里就行了。

这样啊？荷花道，那是什么货呀？

很值钱的货呢，走一趟，会赚很多钱。

她俩待了一会儿就离去，到晚上又来了，不过只有阿萍一个人，她对荷花说：这回不巧，我去不了广州了，长沙那边也要送货。

可惜啊，荷花说，不然我们一起去广州玩多好。

没事啊，有的是机会，阿萍很轻松地说，花儿，我这个货呢，就请你代劳了，你帮我带过去，行吗？

我……倒是愿意啊，不过我从来没去过广州，不熟悉情况，假如弄丢了你的东西，我可担待不起。

没关系，你到了广州，自然会有人接你，你把货交给他，事情就算完。

荷花还是没吭气，阿萍于是说：花儿，作为姐妹，我也不能亏待你，只要你把货送到，交到接货人手里，我就给你两千块钱的报酬，你看行吗？

荷花道：不是钱的事……

嘿，你怕什么吗？这样吧，给你三千，三千行了吗？

那……我……

三千块钱哪，对于她，确实是个不小的数目，很有诱惑力。

自从她嫁人以后，她就没有了收入。作为家庭主妇，做什么都是义务，都是必须的，没人给你发工资。

因而她手上很久都没有钱了，像干旱了很久的土地，渴望雨水来浇灌，这雨水便是金钱。

不就是带点东西嘛，顺手，又不费很多精神。

她有点动心了。

那，我试试吧，荷花说。

这就对了，阿萍说，你帮了我，我不会亏待你的。

回到家，荷花把一位女友要请她带东西到广州的事，告诉了桂木生，桂木生说这是好事啊，助人为乐呀，带吧。荷花说从没做过这种事，心里没底，桂木生说没关系的，就是带点东西嘛。

又问：那女的答应给你钱吗？

荷花本不想说的，现在桂木生主动问起，她只好老实答道：她说要给我三千块钱。

那好啊，有钱你还不要？桂木生说，你放心，这钱是你自己赚的，我一分都不要。

第二天下午，柳云来荷花这儿，说上次看到有一件样式不错的上衣，当时没拿定主意，现在再过来买。荷花赶紧帮柳云找，可惜，那件衣服已经被别人买走了。

是谷丰收陪她过来的。

衣服没买着，柳云问谷丰收：现在我们去哪儿？

回公司去上班啊。

不，我要你陪我到国贸中心城去买衣服。

嘿嘿，你饶了我吧，陪你去买衣服？上次就把我折磨够了，你还嫌不够啊？

去嘛，去嘛，这次我快买快撤，好不好？

谷丰收最怕柳云撒娇，柳云一娇嗲，谷丰收注定投降。

那好吧，他说，不准超过一个钟头，超过了，我先走，把你剩在那儿喊妈。

喊妈干什么？我喊老公，柳云说。

谁是你老公？

谁愿意谁就是。

你别看着我，我可没说我愿意，谷丰收故意逗她。

不用说呀，心里愿意就行了。

我心里也不愿意。

好，这可是你说的啊，你敢再说一遍？

我就敢！

说啊，说啊！

谷丰收道：我不好意思说。

有什么不好意思的？

你见过谁在大街上示爱的？

你……你都把我搞糊涂了？示什么……嘿……

谷丰收大笑：糊涂啊？湖涂好啊。

两人就这么调笑着上了公交车。

柳云的手机响，接听，是荷花的来电。

我明晚去广州，荷花说，帮你挑一件那种款式的衣服吧。

行，你帮我带一件回来，钱多点少点都没关系，柳云说。

荷花放下电话，觉得很有满足感。以前总是姐妹们帮她，现在她也有可以帮别人的地方了。

这时，阿萍来了，她带来一根腰带，腰带靠里一侧有许多小小的插间，每个插间里放有一个个的小塑料包，包里便是“货”。

我跟你说啊，这东西很贵重，很值钱，政府是不准一般老百姓带的，所以，你要想法子不让别人发觉，尤其是警察，他们发现了就会没收，记得了不？

这么厉害啊？我看我还是别带了，假如被发现了，没收了，我怎么赔你？荷花说。

假如发现了，没收了，不要你赔，不过那三千块钱酬谢也就没有了。你想清楚哦，如果不想带，我不勉强你，反正想帮我带的人大把大把多，走一趟，赚三千，谁不想嘛。

想到有这么丰厚的报酬，荷花舍不得放弃，于是说：那，还是我带吧。

你一下火车，就会有一个男人打你的手机，然后你跟他走，到旅店以后，把东西交给他，就完事大吉了。

那钱呢？就是他买你货的钱哪？

这你不用管，我另外有办法的。

那好，荷花下定决心：我帮你带到，你放心。

第二天晚上，七点左右，荷花和桂木生一起上了火车，桂木生说座票不好买，他买的两张票不在一个车厢，荷花也没太在意。他们的婚姻平淡如白开水，坐不坐一起无所谓。

她靠在座位上打瞌睡。没睡着，也不是很清醒，是那种半睡半醒的状态。不知道自己睡了多久。

午夜时分，她忽然被一阵喊声惊醒：查票咯，查易燃易爆物品咯！

她抬起头，看见一个女的，四十来岁的样子，穿铁路警察制服，臂章很是显眼，只见她领着一群人从车厢尽头走过来，那群人里面还有两个男警察。

一见有警察，她的心里咯噔了一下，想起阿萍嘱咐的“尤其不能被警察发现”，不觉有点慌乱，恰好在这时，那个女铁警朝她看过来，她的双眼如两只锥子般尖利，像是能看穿一切，荷花这下真慌了，下意识地就想逃，逃离那锋利无比的目光。

她站起身，往厕所走去，还好，厕所外的锁面是绿色，这是“无人”的标志，她一扭把手，躲了进去。

现在怎么办？那个女铁警好像是觉察了一点什么，那眼光直刺得她心里发毛。腰间的货是留着，还是扔掉，这是摆在荷花面前的大难题，她试着从后面去解腰间的带子，然而怎么解都解不开，她想，阿

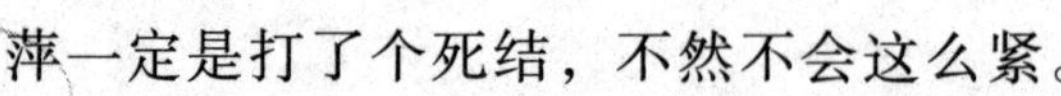

萍一定是打了个死结，不然不会这么紧。

解不开，就不解了，她想，万一被发现了，那就自认倒霉，让他们没收算了，大不了不要那三千块钱，假如没被发现，假如她走出厕所，那帮人已经走到别的车厢去了呢，那这一关不就平安过了？

还是别扔了，碰碰运气吧。

这么一想，她反而不那么慌了，她决定就在厕所等着，等那帮人走过，他们总不会查到厕所里来吧？

等啊，等啊，她努力按捺紧张的心情，等着。终于，有一阵杂沓的脚步声从外面的过道滚过，好像是很多人的样子，她想，一定是那帮人，他们过去了，再等一会，她就可以出去了。

正要开门出去，却有一阵急促的敲门声像是击打在她的胸膛：开门，开门！

她慌了，怕了，往后一退，不敢去开这个门！

开门，开门，外面的喊声更大更急，敲门声则如擂鼓般大得刺耳。

没法子再躲下去了，她想，于是，把门打开。

门外赫然站着那个女铁警。

34

无知引来无妄灾

柳云是在一个星期以后才打荷花的电话的，店面的座机和她的手机都无人接听。

她好生奇怪。一想，她可能是在广州玩得太过瘾，不想回来了，不过，当她在半个月后再次打荷花电话仍然没人接听时，她便觉得不正常了，她要谷丰收陪她到荷花的店面去看看，结果大门紧闭，那儿静悄悄的。

她不知道荷花的丈夫住哪儿，寻找的事只好暂时作罢。两个多月后，荷花的父母进城来找人，桂木生才说，荷花丢了，是在去广州的车上丢的。

荷花的爸妈听从谷丰收的劝告，去派出所报案，经派出所查证，荷花因贩毒已被公安机关刑事拘留。

这消息对于荷花的父母，犹如晴天霹雳。

柳月劝他们别急，赶紧请律师，准备上法庭。

怎么可能，我女儿连毒是什么都不懂，哪儿会去贩毒？荷花母亲嘟哝着，睁着失神的眼睛定定地注视前方。

谷丰收说：就是因为不懂，才有可能被别人利用了啊。

听了这话，荷花的母亲号啕大哭起来。

柳月回家，把荷花的案子给郑可风说了，郑可风没说什么。吃过晚饭，柳月坐在客厅，呆呆地想心事，郑可风坐到她身边问：在想荷

花的事？

柳月说：我们是从小一起长大的姐妹，她出事了，我心里真的很不好过。

郑可风说：我们现在也帮不上她呀。

可以帮，柳月说，我们出钱帮她请律师，荷花家很穷，请不起的。

郑可风了解妻子有一种悲悯情怀，这也正是他欣赏她的地方。

行，我支持，郑可风说。

他其实可以动用自己的资源过问一下这案子，他也知道，他只需一个电话，荷花的处境会好得多，但上一次他已经过问过荷花了，再插手，公安局的人会生出疑问：郑副市长怎么老跟这些卖淫的、贩毒的混一块儿？肯定会对自己的名声不利。

权衡之下，他只能袖手旁观。

第二天，柳云柳月姐妹，还有谷丰收，陪荷花的爸妈去律师事务所请律师，一位姓易的律师接待了他们，说要先了解一下情况，才能决定是不是接这个案子。

荷花关在拘留所。贩毒上了500克，是大案子了，所以她是单独关押，也就是一个人住一间房，而且脚上了镣。

荷花很害怕。初进监所，她还跟别的女嫌犯讲讲自己的事，那些人一听，毫不避讳地说：你只怕长不大了哦，她还不懂这话什么意思，及至懂得了，她立时像遭电击，痴呆了。

长不大了——活人总是要长大的，只有死人才长不大。

她不愿意讲话，整天昏昏沉沉的，但记忆依然清晰。她记得那天晚上，在列车上，在心惊肉跳的叫喊声中她把厕所门打开，女铁警站在门外边，喝问她：你躲什么？是不是身上带了什么东西？

带……我……没带……

女铁警抓住她的手一拉，荷花站到了天蓝制服的前面，女铁警用手一碰她的腰，立即问：腰上缠着什么？快说！

没……没有……

没有？女铁警把她的衣襟往上一捋，一条腰带出现了，再一翻，一个个小型的口袋也出现了。

女铁警朝乘警招招手，那警察走过来。

这女孩身上带着东西，女铁警说。

他们把荷花带到卧铺车厢的第一间，让她解下腰带，荷花努力着，半天也没解下来，还是女铁警用力一扯，腰带才脱开。

那个女铁警，也就是列车长，将她腰带里的一个个小塑料包取出来，乘警撕开一包，用嘴尝了尝白色的粉末，说：没错，4号！

好大的胆子，敢运毒？女车长喊。

我不知道，我真的不知道，荷花几乎要哭，后来也真的哭了：我是真不知道，我不……

不知道，你会躲？

是阿萍要我躲的，是阿萍，我真的不知道……

问话。她一五一十地讲。

他们并没做记录。这不是铁路乘警的事。

不过，他们带着荷花去找了她的丈夫桂木生，没找到。

他上了车的，我看见他上了车的，荷花说。

车到广州，停留近十二小时，才返回出发城市，荷花一直被锁在车里，到站后，本市的禁毒警察将她带走了。

在禁毒大队的审讯室，荷花把事情的经过再次详尽地说了一遍。

阿萍？谁是阿萍？

荷花茫然。

你有她的联系方式吗？她的手机号码知道吗？

荷花摇摇头。

刑警倒是找到了桂木生，桂木生说是他带荷花去广州玩的，到了广州他发现她不见了，只好回来，这些天一直在找她，没找着。

她帮别人带东西的事，你知道吗？

不知道，没听她说过。

荷花的供词，没有旁证，也就是说，她所谓的帮人带东西的说辞，无人能证明。

这个案子拖了三个月，市公安局才将荷花的口供及证物移送市检察院，市检察院随即将本案向市法院提起公诉，法院一审判处李荷花死刑，荷花没有上诉。

通常运输海洛因200克就足可判死刑，何况是500克！

4月判决下达，高院核准了死刑，执行却放到了6月26日国际禁毒日，按惯例，是下午三点左右。

监所专门请心理医生给荷花作疏导，这有点像是西方的牧师或神父为濒死的人作祈祷。荷花也想通了，自己几年前就想去沉塘自杀的，没成，现在死，也算了却了自己的心愿。

临刑前的一个星期，法官来监所提荷花，问她还有什么心愿，荷花说没有了。

不想见见你的父母？法官问。

不见了。女儿不孝，活着没尽孝，临死还给他们添难受，何必呢。

还有什么话要转告你的父母、亲戚、朋友？

那就告诉我爸妈：女儿只有来世再报答他们了。

说到这里，荷花号啕大哭。这是最近几个月以来她第一次大放悲声，她哭得全身颤抖。

毕竟是最后的留言，铁石心肠的人，也止不住落泪啊。

柳云和柳月一直关心着荷花的案子，荷花无论怎么糟贱自己，也绝不会去贩毒，这点她们坚信，可是运毒的事，铁证如山，不要说她们俩，就是天王老子，也翻不了这个案。

荷花判死刑的消息，一直沉沉地压在她们心头，一想起就心里隐隐作痛。

郑可风一直劝柳月不去想荷花的事，本来嘛，死刑已定，法大如山，想又有什么用？

郑可风要去外地开会，临行千叮咛万嘱咐要妻子好好休息，可他一走，柳月便邀柳云回乡去看看荷花的父母，柳云也答应了。要走的那天早上，柳月给姐姐打电话，没人接，一连拨了好几回，柳云才接了，刚说话就哭，柳月以为出了什么大事，急着问，柳云才断断续续讲了一点。事情起于早几天，谷丰收到柳云的租屋，见满屋子东西堆得乱七八糟，塑料桶里还泡着没洗的衣服，便说：云儿，你一个女孩子，勤快点好不好，你看这些衣服泡在这里都要发臭了。

柳云一听，不高兴了，回道：这几天忙，正筹备五一晚会呢，我总会洗的嘛。

谷丰收道：总说忙，谁不忙？我再忙，衣服从来不隔日洗。

柳云说：你既然那么勤快，怎么不帮我洗一下？

谷丰收说：嘿，柳云，你没搞错吧，你不帮我洗衣就算了，还要我帮你洗？你见过哪个男人帮女人洗衣的？我可先告诉你，这绝对不行，我谷丰收就是打光棍，也不惯你这毛病！

柳云火气一下子冲上来了：嘿，谷丰收，这有多大的事，不洗就不洗，犯得着扯那么远吗？你宁肯打光棍，我还非得求你娶我？告诉你，我柳云在四里八乡也是有名的美女，求亲的也是踏破门槛的，你别在我面前拽！

美女，美女怎么啦？我谷丰收是丑男吗？追求我的女人不编一个连，也有一个排，别以为我就一定要求你……

谷丰收说完，摔门而出，把个柳云剩在那儿抹眼泪。

人都有脾气。平时恩恩爱爱的情侣，一旦争吵起来，也是唇枪舌剑，句句伤人的。这时的人，无论男女，处于理智半失的状态，只图一时泄愤，哪管未来如何？

听完姐姐的讲述，柳月笑道：嘿，这有多大的事？谷丰收说的我看不错，你本来就是懒，都是大伯大妈把你惯的，有谷丰收来治你这毛病，好事啊。

柳云说：谷丰收赌气走了，他再也不会理我了，月月，我怎么办？我是真离不开他呀。

哎呀姐，你有点志气好不好？离了谷丰收，你就不活了？

离了谷丰收，我就不活了，我说到做到！柳云喊道。

没事的啦，柳月说，不是今天就是明天，谷丰收一定会来找你！

你怎么知道？柳云问，心里却很高兴，像打了一剂强心针。

我就知道，你等着呗。

回乡的事，只好推迟一两天了。

跟谷丰收吵架的第三天，柳云还是没去上班，魏驰倒也不怪，她本就是能做就做点，做不了也无所谓的一个员工，她在公司的存在，全因郑副市长是她的妹夫，将来说不定什么时候就会派上大用场，也算养兵千日，用兵一时吧。

他知道谷丰收和柳云要好，心想这也算是一个不错的安排吧，便把谷丰收找去，问：你知道柳云到哪去了，为什么没来上班？

谷丰收答：可能身体不舒服吧？她以前上班都一直很准时的。

那你代我去看看她啊，魏驰吩咐。

好的，下了班我就去，谷丰收回答。

他其实也很想去。

吵架以后，他一直很后悔，想去看看柳云，只是因为拉不下男人的面子，才没去。

走出总经理办公室，柳月的电话来了：谷丰收，你跟我姐怎么了？

没什么，一点小事。

我姐那个人，是懒一点，你敲打她一下也应该，不过你不能不理她，你知道她对你是认真的。

我也是认真的，谷丰收说，这是我的初恋嘛，对你，我是单恋，跟她，是真正的恋爱，两个人都爱的那种。我心里其实很珍惜的。

你知道她和你吵了心里难过起不了床，也不去看看她，心肠也太狠了吧？

没有，没有，谷丰收赶紧解释，我昨晚陪老板应酬去了，今天晚上一定去看她。

她毕竟是你的女朋友，你多疼她一点，多宽容她一点。

好，行，我懂做的，你就放心吧。其实，我常常把她当成你，你们俩本就是一个人，不是吗？谷丰收说。

你算了吧谷丰收，我就是我，她就是她，怎么是一个人？

打完电话，柳月赶紧把这个好消息告诉了姐姐，柳云一听，所有不愉快立时被大风刮走了。她起了床，把房子打扫整理了一番，又把衣服也全部洗净晾晒了，自己也觉得环境大变，舒服多了。心想，这其实也不难啊，以后就爱干净一点呗，主要是为了谷丰收喜欢，她要为他改变自己。

听到敲门声。

她知道一定是他来了。她这儿平时只有两个人来，一是柳月，一是谷丰收。

开门。门外果然站着他，她装做不理，返身走回客厅，谷丰收跟进，说了声：魏总要我来看看你。

魏总要你来看我？柳云一听，又生气了：魏总不叫你来，你就不打算来了是吧？

哪里，哪里，他不叫我来，我也会来的，总得等你消消气嘛。谷丰收讪讪地说。

柳云说：我的气还没消，你请回吧。

气还没消？那你打我一顿总可以了吧？谷丰收说，把头伸过去。

柳云提起她那小小拳头，朝着谷丰收的左臂捶过去，一边打一边说：你坏！你坏！

谷丰收道：你给我捶臂呀？谢了。

柳云这下忍不住，呼哧一声，笑了。然后扑到谷丰收怀里，紧紧抱着他，谷丰收也快速回应着，用宽阔的双臂把柳云搂紧。

一场风雨就这样过去了。

谷丰收说：云啊，我看你的房子今天变样了，好像衣服也洗了，地板也拖了，不错呀。

这有什么难的？本小姐不做则已，一做就焕然一新！

那是，谷丰收赞道，我谷大人看上的，绝对差不了！

你看上的？蚊子打哈欠，好大口气！

来呀，谷丰收涎着脸，给一个甜的。

柳云笑：我这没甜的，只有痒的，说着，去挠他的腋窝。

谷丰收被挠得哈哈笑，可不等柳云得意，他便一把抱住她，进了

卧室。

6 月 23 号，C 市禁毒大队得到一个消息：本市居民桂木生因为贩毒，被广东 H 市警方逮住已经三个月，因为顽固沉默，H 市警方一直没弄清他的真实身份，不久前，刑警设巧计得知他的真名实姓，才赶紧通知了 C 市警局。

C 市派干警出发去 H 市，他们怀疑李荷花运毒是桂木生主使，搞清这一点，荷花有可能捡回一条命。

离荷花走上刑场只剩四十多个小时，时间就是生命，这句话对于 C 市刑警，是活生生的事实而不是口号。

禁毒大队的大队长单一和干警小波联手去 H 市审问桂木生。车轮飞似的滚动，他们的心也和车轮一道翻腾。

荷花被捕以后，单一曾查过荷花的案底，发现荷花曾有卖淫经历，他循线找到了柳月，从柳月口中得知荷花自小家贫，父亲长年患哮喘，已成废人，一家生活全靠母亲风里来雨里去地操持。荷花性格懦弱，被人欺负时只知哭泣，少有与人争执。

李荷花的运毒，与桂木生毫无关系，这无论如何说不过去。不过，怀疑归怀疑，证据才是定案的关键，因此这次赴 H 市，撬不撬得开桂木生的嘴，便是单一的心结。

车到 H 市，已是早晨六点。他们顾不上休息，在路边摊喝了碗豆浆，塞了两个馒头，便直奔看守所，提审桂木生。

单一跟桂木生说的第一句话是：知道我们是哪儿来的吗？

桂木生抬眼一望，无所谓地说：哪儿来的，不都是共产党的？

我们是你的老乡，小波说。

老乡怎么啦？老乡能把我救出牢门？桂木生一副老油条嘴脸。

救你出牢门是可以的，不过，你得先给我们救你的理由。

单一反将一军。

桂木生不屑：理由还不都由你们说？你们说我没罪，我就没罪；你们说我有罪，我就有罪呗。

你带那么多毒品跑到 H 市，这个罪可不是公安给你定的，小波说。

好了，这些不淡不咸的话，我们就不扯了，你给我们说说，李荷花运毒跟你有没有关系？单一单刀直入。

她的事，我不知道，桂木生立即封口。

你是她老公，你敢说不知道？小波喊。

桂木生沉默以对。

那你说说，单一问，你每天晚上去收服装店的款，分文不给荷花留，和荷花结婚三个月，从没给过她一文钱，怎么会忽然间大发慈悲，要带荷花去广州玩？你不觉得这太反常啊？

这有什么反常的？我要带她去广州玩，总得要存点钱吧？去趟广州，花销大嘛。

桂木生轻轻一闪，单一的一拳落了空。

那你老实交代，荷花被列车乘警抓住的时候，你在哪里？小波再提一问。

我在哪里？我在三号车厢睡觉啊。

那他们为什么找不见你？

我哪知道？我就在座位上嘛。他们找不着我难道要我负责？

话问到这里，问不下去了。

单一知道，这第一仗，没打好，他们低估了对手。

他示意小波，暂停提问，只注视桂木生，看他怎么表演。

桂木生眯着眼，养神呢。

到中午十二点，双方都在冷战之中。

单一说：上午就到这这儿了。

狱警将桂木生带走。

午饭后回到招待所，单一对小波说：时间再紧，我们也得抽两个钟头睡一下，不然我们自己都要崩溃了。

小波道：我们睡一觉，晚上轮流去审，一个人四小时，间隔一小时，接着干，我就不相信他桂木生是铁打的。

单一说：现如今也只有这个笨办法了。

于是，他俩从下午六点开始审桂木生，直审到 25 号的凌晨六点，

为了不违反规定，中间让桂木生休息了一小时。

桂木生仍然一口咬定李荷花运毒与他毫无关系。

审讯再次暂停，桂木生被押回监舍，单一和小波也快快不乐地回招待所。

小波说：我们为救李荷花已经尽了最大的力气，命中注定她该死，神仙也没法子了。

单一沉默。他还是不甘心。

中午吃饭，他们因为劳累而破例要了两瓶啤酒，喝着喝着，单一忽然说：人说酒后吐真言，我们今晚就带几瓶酒，几碟好菜，陪桂木生喝上几杯，看看有没有效果。

小波道：哎，这个法子倒是可以一试啊，我们什么都不说，看看他开口说点什么不。

就这么办吧，听天由命了。

晚上六点，他们从监所提出桂木生，开始了一次特殊审问。

桂木生走进他熟悉的审讯室，发现气氛不同往常，长方形桌子上摆着啤酒、烧鸡、猪头肉、花生米这些叫人口水直流的美味。

你坐吧，单一说。

桂木生说：怎么啦，要送我上路啦?

单一说：你别紧张，你上路虽然是迟早的事，不过不是今天，法院还没判你嘛。我们今天就是看在老乡的情分上，陪你喝两杯，就喝酒吃菜，其他一概不谈。

小波给桂木生斟满酒，单一撕了一只鸡腿给他：吃，敞开肚皮吃。

一杯，两杯，三杯……

酒酣，脸热，心里的话就开始在肠子里蹦跶……

两个警察都不说什么，这使得桂木生纳闷：他们到底想干什么?

谢谢你们好酒好肉款待我，这情分我桂木生到阴间也记得，他开口了。

不错嘛，桂木生，你还懂得感恩啊，单一说。

老乡，桂木生说，我有一个请求，我上路的时候，你多准备几瓶酒，让我喝个痛快，喝到醉，醉了挨枪子儿没那么难受，是吧。

这点嘛，也不是不可以考虑的，单一回答，那首要条件就是要把你转回到我们市里去，如果在那边，多给几瓶酒没问题，在这里，就难办咯。

那就转回去呀，桂木生说。

转回去，说得容易，我们总得要给领导汇报讲你桂木生立了什么功，有什么好表现，才好开口吧？

要什么好表现？桂木生问。

这就是你考虑的事情啦，还要我们来教？

你们想要什么，直……说，直……桂木生有了五六分酒意。

比如，你供出一点秘密呀什么的，单一道。

又是李荷花的事，对不对？其实，李荷花你们根本就不要可怜她，她就是该死！

那我们就不明白啦，为什么李荷花就该死呢？小波发问。

她是只鸡，你们知道吗，专门干那种事的。

知道啊，卖淫嘛，单一说，我们公安干什么吃的？连这都不知道？我就纳闷，你既然知道她是卖淫女，为什么还要娶她做老婆？

你以为我是真心喜欢她？笑话！我不过拿她当回骡子当回马……

当骡子当马？运毒是吧？

是就是，桂木生冲口而出，因为他即使想打住，也已经来不及了。

说吧，说吧，都痛痛快快说出来，说出来，心里就轻松了，舒坦了，我们就接着喝！

35

鲜花莫道美如幻

说就说，桂木生知道退回已不可能，反正是个死罪，他没什么可以保密的，只不过，那个李荷花……

于是，他供出，带荷花去广州玩，是他的一个圈套，真实的目的是让她带毒品。这个法子好处多：没查出来，他可以赚一大笔钱；查出来了，有荷花去担罪，他没事。

案情取得突破。小波继续陪桂木生喝酒，单一立即去打长话向S市公安局报告，公安局随即向法院说明李荷花案有新情况，S市法院火速向省高院报告，请求对李荷花的死刑延期。

省高院在26号上午9点下达李荷花死刑延期令，这时距荷花的死刑执行时间还有6个小时。

常说听天由命，这个天，当然是摸不着看不见的，既然摸不着看不见，人们便常常会感觉在天道面前的无力。

其实，天道即人心。蒋介石打不赢毛泽东，就在于蒋介石失去了人心。

李荷花一只脚已经跨进阎王殿了，后来被一只有力的手拉了回来，这只拉她的手便是人心。两个刑警觉察李荷花案必有隐情，锲而不舍追踪真相，终于揭开谜底，使李荷花没当屈死鬼。

根本的原因还在于李荷花不该死，或者叫“罪不至死”。

柳月跟郑可风结婚后，一直没怀上孩子，两口子挺着急，去医院检查好几次，柳月是完全正常，郑可风的精子成活率虽稍稍欠缺，但也有75%，也就是说，达到使妻子怀孕的水平是足够的，但他们得子的愿望却一直是水中望月。

柳月宽慰丈夫：就算没孩子，我也守着你过一辈子！

郑可风在副市长的岗位上只干了一年又七个月，便调到省城乡建设环境保护厅任厅长。

这年8月，他和省交通规划设计院的史院长带领一个专家团到E市对187工程进行验收。所谓187工程，便是全长187公里的高速公路工程，由于它大部分处于E市境内，便由E市政府下属的路桥公司承建。

E市路桥公司对验收工作高度重视，成为公司压倒一切的任务，那真是全局大动员，一个不能少，一事不许错。

187工程汇报会在丹枫酒店举行。郑可风率一众专家学者走进会议厅时，全场起立，长时间鼓掌，郑可风起身向全场鞠躬示意，掌声才恋恋不舍地停下来。

公司老总发言，向郑厅长及专家们表示热烈欢迎，然后高声宣布：现在请主任工程师卓立雅代表本公司作187工程设计及施工情况汇报。

掌声中，坐在前排的一个女士，也可称为女孩吧，走上讲台，开始报告。

这个叫卓立雅的女士，外貌让郑可风大吃一惊，他觉得只有一句话可以形容：美得叫人目眩！

那张脸是容光焕发的，不，光说容光焕发，还不足以说明，应当说那张脸白皙如瓷，光滑如镜，不过，这样说也还是不够，因为那张脸还泛出一种光泽，白里泛红，红里出粉，粉里透白，总之是千娇白媚、风情万种。

还是用古人的话来说，那张脸简直是“吹弹可破”，这是形容她的皮肤娇嫩细腻得不得了，吹口气都会破。

她的头发好像是没专门做过，几绺刘海在前额飘着，脑后呢，挽了个髻，但就是这种不经意不做作的发型，使她有一种随意的美，清

纯的美。

卓立雅走上台，向着全场听众嫣然一笑，这一笑，又使得那张脸无比地生动活泼起来。

郑可风想：这个路桥公司，搞个美女来作汇报，又不是选秀，有这种必要吗？

但卓立雅一开口，便使包括郑可风在内的一干专家对她刮目相看了。她从187路段的地质构造、地形地貌，谈到如何避免路基沉降；她列举工程设计施工应注意的大大小小的问题和他们所采取的对策；她报告全路段建了多少涵洞，打了多少条隧道以及为什么要建这么多、打这么多；她告诉与会者工程设计施工采用了最经济的方案，既保证了质量又没浪费国家的资金……报告精简扼要，一个小时便完，她走下讲台时，全场爆发了热烈的掌声，郑可风也发自内心地为她鼓了掌。坐在郑可风身边的省交通规划设计院院长史鉴说：郑厅啊，这个卓立雅，了不得呀，海归呢，论学识论外貌都是绝对一流。

晚餐时，郑可风走进包厢，发现卓立雅竟在为他预先安排好的座位边候着，郑可风颇感意外，心里也挺高兴。郑可风刚脱下外套，卓立雅立即起身接过，帮他挂上衣架，举手投足之间有一种恰到好处的分寸之美。

席间，美女卓立雅适时为他夹菜，倒酒，很随意地陪他聊着。从谈话中郑可风得知她毕业于清华大学建筑工程学院，专修路桥建筑，毕业后赴美国麻省理工学院建筑及城市规划学院读了三年硕士，回国工作了三年。

而立之年，仍然独善其身，郑厅长不会奇怪吧？卓立雅笑道。

很正常啊，郑可风说，我就见过好多女孩为了事业耽误了婚姻。加之高学历女性择偶难，曲高和寡，经沧海而水难为嘛。

谢谢厅长大人的理解，在我们这儿，我都被人嘲笑成“眼睛长在额头上的老处女”了。

你根本就不必理会，郑可风说。

郑可风很愿意多跟卓立雅说话，但他又必须照顾身边的老院长史鉴和全席的人，不时说些劝酒劝吃之类的话。慢慢地，大家放得比较开了，就有离席来给郑可风敬酒的。郑可风有些为难，解释说自己确实不会喝酒，但这种场合这种解释人家是不听的，正为难之际，卓立雅却倒了半杯酒递给郑可风说：郑厅，你不能扫大家的兴，就把这杯酒喝了吧。

同样是劝酒，卓立雅来劝，他就觉得可以接受，酒一入口，才觉得味道有似白开水，立时悟出卓立雅在帮他过关，于是一饮而尽，周围一片喝彩声。

这晚的酒关过得很顺利。散席时郑可风问卓立雅：你怎么知道我不善酒？

这是我们老总嘱咐的，说一定要保护好厅长大人，要是把您给灌醉了，那我就难逃干系咯，卓立雅笑道。

哦，原来你是你们老总派来保护我的呀？郑可风也笑。

老总也派了，我也自愿，公私兼顾啊。

那，什么是你的“私”？我倒愿意听听啊，郑可风道。

暂时保密，您啊，请听下回分解吧。

第二天开始，验收团沿高速路实地查勘。郑可风在晚间接到省府办电话通知回去开会，于是连夜离去，临走没见到卓立雅，心里还着实有些遗憾。轿车在奔驰，他的脑海里却不时浮现卓立雅笑意融融的样子，他问自己这是怎么啦，怎么可能会对除柳月以外的女人心生情愫？他想，这绝不是男女之情，而是一种感动，一种怀念吧。

可卓立雅的模样依然无可抗拒地时不时地来撞击一下他的心，他又想，是不是因为他和柳月没孩子，他们的感情出了点状况？好像又不是。他自信和柳月之间的一切都依旧，他想来想去也没想明白。

第二天，他却意外收到一则短信：厅长大人，您怎么不辞而别？真不够哥们啊。我还是从史院长那儿要到了您的手机号，才能发个信息给您，打扰了，抱歉之至！您还来 E 市吗？我的谜底还没向您揭晓呢，小妹立雅。

郑可风读完短信，当然是高兴非常，立即按着手机键，回了一则：

小卓，你好，我可能不回 E 市参加验收了，你的谜底通过手机也是可以向我揭晓的呀。

落款处，他本来键入了“大哥可风”四个字，这才与“小妹立雅”对应，可是一想，觉得太过亲密，也有轻佻之嫌，于是改为“郑可风”三字，又一想，觉得这样又似乎太严肃，配不起卓立雅的亲昵，想来想去，干脆就不落款了。

短信发出不久，卓立雅的回信来了：厅长您好，多谢回信，我还把不准要不要向您揭示谜底，因为这会给您多少带来些麻烦，只好暂时搁置吧。小妹立雅。

她是有事要求我？郑可风想，无论怎么说，这个卓立雅还是可爱的，帮她一回忙，也是高兴的事嘛，这么一想，就再给她回了一信：如有事要我帮忙，尽管直说无妨。

几分钟后，卓立雅的回信又到：打搅您了，此事以后再谈，谢谢您的理解。

她还是有顾虑，郑可风想，既然如此，那就不必勉强了。

一个星期后，周六的晚上，在书房看书的郑可风忽然听见了一阵手机铃声，心想，谁这么晚给我发短信呀？翻开屏幕一看，是卓立雅的：现在我向您揭开谜底吧，不知您是否愿意听？

郑可风答：愿意。

卓立雅回复：我想调到省里来，不知郑厅能否帮忙？

郑可风立即答：我考虑下，一个星期内给你消息。

卓立雅回：谢了。小妹以后倾力相报。

郑可风复：不需报答。等我信。

郑可风给史鉴院长打了电话，史院长道：小卓的水平那是全省同行公认的，她想调到我们院，我看问题不大，进人的指标，郑厅你给解决不就行了。

郑可风答：你那里愿意接受就行，指标我批给你们。

大约一个月，卓立雅的调动手续办好了。

一天下午，郑可风接卓立雅的短信：厅长，我来省城了，如您有暇，今晚我请您吃晚饭吧，地点就在国大酒店里的真龙餐厅，不知您愿赏光不？

郑可风回信：美食美餐美女，岂有错失之理？定赴佳人之约。

郑可风到达时，卓立雅已经等候在国大酒店的大门前，他们一起在餐厅的二楼包厢就座后，卓立雅请郑可风点菜，郑可风说：对吃的我真不在行，还是你点。

卓立雅问：那我得首先确定您想吃京菜、湘菜，还是粤菜、川菜？

郑可风答：我想吃好吃的菜，至于什么菜系，我不大懂哦。

您呀，卓立雅说，清贫书生一个，当官而不改，不过，我还就喜欢这样的书生。

她的口气亲昵而不轻佻，倒叫郑可风心里十分熨帖。

席间，她说到自己这次调动能这么快办好，“最该感谢的就是郑厅长您哪”，郑可风答：你的水平摆在那儿，这是你能调入省城的基础，没有这一点，谁都帮不上。

可是我仍然信奉滴水之恩当涌泉相报的道理，卓立雅说。

不必，不必，郑可风说，没那必要报啊报什么的。

那不行，我一定要报，卓立雅说，这是我的脾气。

郑可风被逗笑了：好，那你说说，你打算怎么报？

暂时保密，卓立雅故作神秘，待会儿你就知道了。

饭毕，卓立雅道：郑厅，去我的房间坐坐吧。

郑可风道：不去了，我还有事要去办。

卓立雅大笑：我就知道你会这么讲，我还知道你心里怎么想。

哦，你连我心里怎么想的都知道了？愿闻其详啊。

您在想，不能去不能去，去了，一定会发生一点什么，一旦发生点什么，后果难以预料，很可能是灾难性的……您就是这样想的，我说得对不对？

郑可风脸竟然有点红，点头道：我也不想骗你，我是这样想的。

那我向您保证：您是安全的，我会好好保护您，走吧，别担心。

郑可风大笑：小卓啊，我还没那么脆弱，脆弱到要一个小姑娘来

保护我，行，走！

他跟着她，到了五楼她住的房间。

卓立雅接过郑可风的大衣，挂上衣架，然后自己也除下外套，只穿一件紫色的毛衣，毛衣刚好衬出她的柳蛮腰和鼓鼓的胸部。

刚在沙发上坐下，卓立雅便接续刚才的话题。直呼他的名字道：可风，凭女人的直觉，我知道，其实你心里挺喜欢我，不过，你的身份和地位不允许你放纵你的感情，你有很强的自控力，不想让这样的事毁掉你的事业和家庭。

说得对，郑可风答，自控没什么不好，一个男人，如果看见美女就动心，就想把她揽入怀中，那一辈子几十年的时间里，他将会无数次地掉入情网，他的经济、体力都会无止境透支，那最后的结果就是他不仅没有了事业，也会没有爱情，这是稍有理智的人都会预料到的。

卓立雅定定看着郑可风，一双眼饱含深情。

你呀，被现实的利害关系磨平了棱角，连敢爱敢恨真爱真恨都做不到了。我和你不同。我很保守，保守到这三十年我一直守身如玉，原因不是我本性贞洁，而是我没碰到值得我为之献身的男人。一旦碰到，我会抛却现实的种种羁绊，义无反顾地去爱他，为他献出我的处女之身，哪怕他是个有妇之夫！然后，我会自动从他的生活中消失，因为既然我爱他，所以必须考虑世俗社会的种种规则，必须保护他不受伤害。

你是说，只要是真爱，一次也值？

对呀，你记得苏东坡在《前赤壁赋》里说过的话吗？他说：如果从变化的角度来看，即使是天和地也都是一瞬间的事；如果从不变的角度看，那么天地万物，还有你我，都是永恒的。这就是潇洒，这就是超脱。卓立雅低声述说，声如小溪流水。

但随即打住话头：好了，我们不讨论这个话题了，我现在揭晓谜底。我会跳印度舞，上次答应过你，在合适的时间，会为你跳，今天，我就来实现我的诺言，你等我一下。

卓立雅走进了卧室，一会儿再出现的时候，她穿的便只有胸衣加上三角内裤，外罩一件薄如蝉翼的丝质睡衣，更叫郑可风意外的是，她的胸衣和内裤也全都是透明的，这意味着她整个身体都对郑可风袒露了，袒露得得一览无余。

郑可风双眼湿润。

她的舞技如何，现在已经完全不重要，最重要的是她对他的深情，一往无前的深情。

舞跳完了。郑可风起身：小雅，谢谢你，我要走了。

36

人间岂能无情真

卓立雅点点头，平静地说：好。

他走到门口时，听到卓立雅低声说：可风，我怕这辈子再见不到你了，你抱抱我好吗，就一会，这是我三十年里第一次和一个男人拥抱。

郑可风返转身，卓立雅已经一阵风似的刮过来，醉人芳香直扑他的怀抱。

这时的他，已顾不得这样那样的考虑了，他一把抱住这个美得叫他心神摇曳的女人。

此时此刻，他可以毫不费力地把她抱上床，他知道，这也是她渴望的。但是他不停地呼唤自己：真爱，就要适时止步，放下，放下！

可是，手却那样无力，他放不下。反而，他对自己说：再等一会，就一小会儿。

这一小会儿，到底是多久，他无从知道，他只知道，他和她就那样相互依偎着，紧紧拥抱着对方。

她感觉到他有力的手渐渐松开，也便放开了自己的双手。

他强忍着离去的不舍，走到了门边。

可风，我们还能见面吗？她轻声问。

我也想……他答。

不说“可以见”，而说“也想见”，这含义，她一下就明白。

行，有你这句话，我满足了。她转身走进自己的卧室，再也没回头。

门砰地响了一声，她知道，他走了。她呢，像跳水似的扑进床里，将被子蒙住头，听着那脚步远去。

八月，厅里组织赴欧考察组，规划设计院有两个人选，一个是史鉴院长，另一个就是卓立雅。不凑巧的是，史院长临到出发时血压不稳，担心长时间飞行会出意外，临时取消了行程。

郑可风带着这个团出发了。

在德国，他们考察了两条高速公路建设招标情况，接待单位奥芬巴赫工程咨询公司除详细介绍工程情况外，还带领他们实地考察兴建地区的地质状况，接着，考察组向西飞赴巴黎。

巴黎市政厅以极大的热情接待来自中国的客人，中国的基建工程素以报价低、质量好而闻名国际。考察业务之余，主人特意请中国客人欣赏安德列·瑞欧的小提琴音乐会，不过，考察组里没多少人对小提琴感兴趣，以至于郑可风走进露天剧场时，发现考察组除他以外，只有一个人来了，那人便是卓立雅。

他抑制着内心的惊喜，在她身边坐下来。

音乐会开始，荷兰小提琴家安德列·瑞欧和他的团队全部身穿轻骑兵制服，乘坐中世纪皇宫马车，在响彻全场的进行曲中入场，郑可风和卓立雅顿感耳目一新。随着音乐会的延续，他俩的情绪也被调动起来，近乎亢奋。

这场音乐会的观众竟然有三万多人，而且全场的气氛高度融洽，协调一致。

演出结束，他们俩沿着塞纳河漫步。因为第二天考察组没活动，他们尽可以随意地游玩，多晚都可以。

我以前并不知道这个瑞欧，卓立雅说，一头金发，像只非洲狮，男人味十足呢。

是不是特符合你对异性的幻想？郑可风问，心里有点点醋意。

那倒不，他应当是许多外国女人心目中的爱情幻像，而我喜欢的是他的音乐，他的古典音乐纳入了现代人的审美情趣，而且做得非常棒，棒极了。

郑可风觉得这些话绝对是内行人的评论。他也是古典乐的超级发烧友，所以立即和卓立雅有了水乳交融的共鸣。

卓立雅轻哼着《我的父亲》，这是音会上那位叫海耳曼的女歌唱家唱的歌。

你会唱这支歌？郑可风很意外也很高兴地问。

我以前听过，卓立雅回答，你注意了没有，海耳曼唱这首歌的时候，有好多人都感动得哭了。

是呵，郑可风道，音乐的力量足足可以使人幸福和愉快到极致，更可以使人落泪。

这个安德列·瑞欧有点神奇，他的琴弦下竟然可以流出那么动听的旋律，卓立雅说。

整场音乐会一点都不枯燥，时不时插点小幽默、小滑稽，搞得气氛活跃极了，郑可风说。

对呀，人与人，人与音乐的关系是那么和谐，乐队演奏《友谊地久天长》，全场所有人都手拉着手，一起和着音乐节奏踏歌起舞，那种场景感动得我眼睛都湿了。

是啊，人与人之间如果能那么融恰和谐，那这个世界会变得多美好！郑可风感叹道。

卓立雅握紧郑可风的手，然后，很自然地相拥着，然后又一起朝向塞纳河，看夜晚的河水倒映着岸上的灯火，无声地流着。

让我们永远记住这个夜晚，可风！卓立雅轻声道。

我会的，郑可风说。

心灵相契，这是郑可风此刻的感受。他和柳月在一起是快乐的，但并没有这种品位的高度一致带来的水乳交融的愉悦和心灵的震撼。

她的双乳摩挲着他的胸脯，弄得他欲火难耐，而且，他觉得，他们之间已经无须那些凡人禁律了。

她牵着他的手狂奔，在路边拦下一辆的士，直奔最近的宾馆。门在他们的身后关上的时候，一切人世间的羁绊便被他们扔到了脑后。他们迷了，醉了，痴了，听任两具饥渴的异性躯体交相重叠，翻滚飞转，任他地震十级，海啸山崩，任他乾坤倒转，神州陆沉。

柳月发觉郑可风变了。

自欧洲返国后，他常常若有所思。和他讲话，他也总是心不在焉。连夫妻生活，他也没了以往的激情，倒像是例行公事。

柳月问：可风，你怎么啦，像变了个人似的？到底出了什么事？

没事，真的没事，有事我还能不告诉你吗？

是不是哪儿不舒服？柳月又问。

没有，我身体很好，你放心吧，郑可风说，还挤出一个微笑，很勉强的微笑。

柳月不好再问什么了。

她正在全力以赴，准备7月报考大学的财经专业，她的文科基础不错，语文外语都是她的强项，考取的把握还是蛮大的。

8月的一个炎热的晚上，郑可风还在办公室看一个重要文件，忽然短信铃声响起，翻看，竟是卓立雅的短信：可风，我要给你一个惊喜。

郑可风按键答道：快说！

卓立雅复：也可能让你大吃一惊，吓得发抖。

郑可风复：别卖关子了，快说吧。

卓立雅信：其实也没那么严重，一切取决于你。

郑可风答：快说吧，小雅，我都急了。你要折磨我是吧？

卓立雅道：岂敢。折磨你不等于折磨我自己？

郑可风：那你快说呀。

卓立雅这才揭开谜底：我怀了你的孩子，可风！

郑可风快速复：这是真的吗？

卓立雅：已两个多月了，你要是高兴，我就生下来，你要是不想要，我就流掉。

郑可风思忖片刻回复道：上苍垂爱，意外厚礼，怎么能不留下？

很久，那边没有动静，郑可风拨打卓立雅的手机。

小雅，我必须马上见你，马上！

可我不想见你，卓立雅说。

我先到国大酒店开好房，房号我会发到你的手机上，你现在就动身。郑可风不由分说，合上了手机，立即下楼，在马路上截了一辆的士，直奔酒店而去。

现在他的思绪，都集中在一件事上，那就是如何迎接这个未出世的孩子。

首先，必须给卓立雅买一套房，好让她们母子将来有个落脚的窝，他知道卓立雅刚由外市调来，暂时在单位的招待所栖身。而一旦临产，单位房就不方便住了。

省会的房子，这两年大涨了，地段好的都集中在太阳湖一带，一个150平米的四室两厅，没二百万拿不下来，而他，郑可风，靠着工资生活，要拿这么大一笔钱还真不行。即使银行按揭，首付也得六十万呢，而六十万他也拿不出。

他想起魏驰在1188地块揭标后，曾找过他，说郑市长，我在太阳湖那儿有一套四室两厅，是我准备给我爸妈住的，他俩说死说活都不肯来，我就给您用吧。我知道，您是个清廉的官，我要送给您，您肯定不收，那我就借给您用，总可以吧。您先用着，有钱了，想买，再买下来，不买，就算您租的，每月付我租金就成。

对呀，先租下来，给小雅用，等积攒够了首付款，再买。

这么想定了，他立即给魏驰打电话：魏总吗？

魏驰一听他的声音，马上说：郑厅长，您好，您好，今天怎么想到给我这个老百姓打电话了哇？

郑可风没心思跟他调侃，直入主题道：魏总哦，你在太阳湖边的那套房还在吗？

在啊，在啊，魏驰一听，大喜过望，终于，这位厅长大人肯和他有私人方面的交往了，这是好事，天大的好事啊。城乡建设环境保护厅的厅长，千人奉承万人巴结都巴结不过来的实权人物，他一个签字，就能让你一夜之间成为亿万富翁，他主动给你来电话，这意味着什么，这是用大脚趾都可以想清楚的问题。

其实，太阳湖边那套房，他早就卖掉了，不过，搞一套房对于他魏驰而言，和到菜摊儿买一把小菜一样容易，他当然会毫不犹豫地答“在啊，在啊”了。

如果在，就租给我吧，租金你看多少为好？郑可风问。

那还不好说，您先抽时间看看房再讲嘛。

好，就这么说定了。

郑可风到宾馆开好房，在那等着卓立雅。

门铃响，郑可风开门。卓立雅进房的那一刻，郑可风立即将她紧紧抱住，他的眼眶红了，湿了。

卓立雅也清泪潸然。

这是他们回国以后的第一次见面，间隔57天。

小雅，我要为你做一件事，买套房给你。

他把魏驰借房的事情告诉她。

卓立雅说：好，我接受，不过，首付款我们俩一起来凑，你现在有多少存款？

十万吧，郑可风答。

我只有五万。

首付还差得远呢。

我们慢慢存，存够了马上买，郑可风说，我总不能让你们母子住大马路吧。

他们就在那坐着，聊着，别后相思如流水，诉不尽满怀的恩爱。

这一聊，就到了深夜。

第二天下午，魏驰就陪着郑可风去看房。

上午，他让田缤影去联络几个有关系的房产大亨，以调换的方式，弄了一套四室两厅的湖景亲水房。

郑可风看了挺满意。装修是欧式风格的，很大气而且美观舒适，适合卓立雅那种品位的知性女人。

魏老板，租金要交多少？

这房手续还没办下来，办好了，您再交租金。

让我白住？那不行。

您就别客气了，先住着吧。

不行，郑可风毫无商量余地：不收租金，这房就不要了。

行，行，收，收，您哪，就每月交五百块吧，高不高？魏驰试探着说。

你开什么洲际玩笑，郑可风摇头，这种房子，租金起码一个月三千以上。

您真要交三千？

这种事能假吗？郑可风正色道。

那好，就交三千，不过，租金要计入以后您买房的钱。上次竟标1188地块，您帮了我，总不能堵住我报您的恩吧？

我没帮你什么呀，郑可风说。

好好，没帮，没帮，您没帮我，就不许我帮您呀。

好，那我接受，先租后买，租金计入买房款。

郑可风周六陪卓立雅去看房，卓立雅也很喜欢那套房，他们一起去银行转了一年的房租给魏驰，下午，卓立雅就搬了过去。

他们约定：郑可风想卓立雅的时候，只可以在第三地约见，不到卓立雅租住的新房去。

他们想要互相保护。

但，还是出事了。

37

事发于以为不发之处

10月的一天，郑可风忽然接到一封要挟信，信里有一大沓照片，都是卓立雅走在太阳湖新居外林荫道上的照片。

信的内容是这样的：郑厅长，如果你不想你和这位女士的事情曝光，就请将一百万元打进下面的账号，我收到钱，会立即将底片销毁，并保守秘密。知情人启。姓名：TM。联系电话：138288×××××。并在后面注明：不要费心去查这个电话号码，我只用一次就会扔。

郑可风很生气，生气之余，他又强迫自己冷静，冷静下来以后，便细细思量这件事的前因后果。

首先要弄清楚这件事和魏驰的关系。

消息当然是从魏驰那里走漏的。除了他，旁人不可能知道他陪卓立雅去过那里。

是无意泄露，还是故意撒出去的？

这个敲诈者跟魏驰是什么关系？是根本不认识，还是串通好的？

串通好了来敲诈一百万？以魏驰的几亿身家，他完全没必要这么做。

他处心积虑想要认识我，就为的从我这儿得到大好处，拿下一个大工程，他的赚头就上亿，为了一百万出卖我，这太不可思议了。

因此，魏驰不认识敲诈者的可能性大。

郑可风并不害怕。光凭这么几张照片，任何人都不可能把他怎么样，即使是事情公开了，他也可以不予理会，“走自己的路，让旁人去说吧”。

想清楚了，他立即给魏驰打电话，约他见面。

在一间咖啡屋，魏驰看了照片，连连说：这怎么回事？这怎么回事？

稍顷，又说：郑厅长，你不会以为是我泄露出去的吧？那可就冤枉我了。我的情况您知道，这一百万还不够我打一场高尔夫输的，我怎么会为了这点钱搞这种下流的事情？您借我一百个胆，我也不敢在背后算计您，除非我不想在这行混了。

这我知道，敲诈的人你可能是不认识，不过，他怎么知道我在太阳湖租房的事？

这……我也不清楚啊，真不清楚啊。

郑可风不说话，听由魏驰在那儿想事儿。

魏驰其实想起来了，在一个好友聚会的饭局上，他确实酒醉讲醒话，说郑厅长和他关系很铁，他还送了厅长一套房。

是说者无心，听者有意？

很可能是这样：这话被居心不良者偶尔听到了，并且利用了。

但他怎么能承认这点？承认了，他和郑可风的关系也就彻底完结了。完结，也就意味着从今往后，本省稍大点的工程，他魏驰都别想插手。

那就等于他在本省的建筑行业出局了。

于是，他特诚恳地对郑可风说：郑厅，不管这事由谁引起，我都有不可推卸的责任，您看这样行不。这信您交给我，我来处理，无非破点财，不就一百万吧，这钱对我来说小意思。

他以为郑可风会马上答应。

哪知郑可风却说：不必了，我自己会处理的。

交给他去处理？那他们的关系将会越发扯不清楚。一个政界人物，和一个私营企业家走得太近，那可是件很危险的事情。

他们分开后，郑可风立即去公安机关报案。

报案前，他已经将方方面面的情况想得很清楚。

在市刑警支队，他把事情的前后经过一一说明，关于房子，他说是帮一位女士租的。

支队十分重视，当即立案。

郑可风报案的那天正好是10月18日，于是支队成立了“10·18专案组”，由刑警一大队副大队长庞国宏任组长。

庞国宏和郑可风商量，请他打电话给敲诈者，要求他把金额降下来，郑可风照做了。

几经谈判，对方同意降到五十万，而且声称这是最后底线，至此，郑可风在庞国宏的首肯下方才表示同意。

庞国宏和他的小组同事想了一个办法：采取在对方卡里存入五十万支票的办法。这种存法，卡上有显示，取钱却取不出来。

他们问郑可风，能不能弄到一张五十万的现金支票。

郑可风表示他不可能弄到。

你不可能不认识房地产老板吧？找他们暂借一下，用几天马上还回去。

这不行，我不会和任何老板有这种亲密关系。

稍作思索，庞国宏说：那，就由我们来想办法吧。

庞国宏给局长打报告，请求短期借用五十万元现金，局里很快批准。

他们将这笔钱以支票方式存入敲诈者在工行设立的账号，并同时将情况向市工行通报，请求协助。

敲诈人取钱时，被银行保安抓个正着。

三天后的一个夜晚，郑可风接到卓立雅的短信：单位早有心送我赴美做访问学者，我舍不得你，没有同意，现在我同意了。

郑可风急复：这我无论如何不能同意。你一个人，在异国他乡，谁来照顾你生产？

卓立雅复：这你不用担心，我会照顾好自己的。

郑可风问：为什么决定得这么匆忙？

卓立雅答：你被人敲诈的事，我已经知道了。我不能让你身处险境。

郑可风：我马上要见你，马上。我去国大酒店等你。

卓立雅复：我们不要再见了。为了保护你，我们不可以再见面了。

郑可风眼眶湿润了，透过泪眼他按键：立雅，你受苦了，我真不是个人，在这关键时刻让你一个去承受这么重的担子！我不能陪着你，守着你，心里愧疚得犹如万箭穿心！

卓立雅的复信很久才到：你始终在我身边，我不孤单！我会生下我们的孩子，让他像我一样漂亮，像你一样聪明！放心吧，可风，我会平平安安的！

一星期后，卓立雅踏上了异国征途。她坚持不让郑可风送她，连航班时间都没告诉他。

郑可风现在知道了卓立雅确实是个非同寻常的女子。爱起来奋不顾身，需要承担时绝不躲闪，是保尔·柯察金所说的那种“受苦而不言苦”的超凡脱俗的人。

柳月一直注视着丈夫心理上、情绪上的每一点变化。她不止一次地问郑可风：你到底怎么了？为什么不告诉我你的苦恼？

郑可风不说卓立雅的事。他觉得有时候真相太过残酷，不是柳月这种单纯女子可以接受的。弄不好，可能毁掉她一生的幸福。

卓立雅走后一个月，柳月考取了省职业技术学院计算机系。她报的是走读，这样，每天都可以回家陪伴可风。

一场风波似乎就这样过去了，郑可风表面上也好像抹平了和卓立雅这段故事带来的内心颠簸，然而他知道，这是假的，他一时一刻都没忘记过卓立雅。她的影子依然清晰地在他的脑海里沉浮。

一年以后，在一个意料不到的晚上，郑可风忽然接到卓立雅的电话：可风，我很快就要回国，这次回去，是为了送回你的儿子，你高兴吧？

郑可风说：这是真的吗？真是高兴。我去机场接你吧。

不用，不用，我有人照顾，他是美国人，叫爱立克，一个非常好的人。

哦……那，祝贺你了，郑可风迟缓地说出这句话，心里却酸酸的，他发现自己是真的爱着卓立雅的。

你别难过，卓立雅说，我了解你的心思，秦观说得对，两情若是久长时，又岂在朝朝暮暮，你不要太在意相厮相守。长相思，长相忆，不也很美吗?

是的，我同意你的意见。

好，不说了，我们很快相见了。

当晚，郑可风把他和卓立雅之间的事，向柳月和盘托出。

我等待你的宣判，郑可风说，如果你能原谅我对你的背叛，那我们就好好过下去。至于儿子的处理，我想听听你的意见。

柳月听毕，两行泪不住往外涌，想止止不住，她一言不发，回到卧室，一个人朝里睡下。

任郑可风如何千呼万唤，她就是沉默以对。

还好，第二天一早，她仍然按时上课去了。

郑可风发短信给她：月，无论你怎么处理我，我都会接受，但请不要折磨你自己。

当晚郑可风回家，家里没有了柳月。

郑可风焦急地拨打她的手机，回声却总是：您拨打的电话已关机。

郑可风一封又一封短信发出去：月月，回来！回来，我一切听你的!

没有回复。那边静寂无声。

郑可风想：是我把柳月伤得太深了。

终于，他听见短信铃声了，翻开，是柳月的：可风，期中考就要开始，我搬到学校住几天，我要好好想想该怎么应对眼前的情况，我很痛，很乱，你给我一点时间。你的妻子月。

没有一丝一毫的责备，一丝一毫的埋怨，这就是柳月，他的妻子柳月。

你可以不爱她，但绝对不可以不尊敬她，郑可风想。

我还爱她吗？

他说不清楚。说不爱？不是，他还是爱她的。

说爱？那跟卓立雅是怎么回事？

他想，自己既爱卓立雅，也爱柳月吧。

跟卓立雅在一起的时候，他爱卓立雅；跟柳月在一起的时候，他爱柳月。

他爱这两个女人。这是他不会对人言的真实。

周五的晚上，他去学校接柳月，柳月见到她，平静地说：走，我跟你回去。

回到家，他们在客厅坐下，郑可风说：月月，跟我讲讲你的想法吧，好吗？

柳月说：可风，照我的理解，人的一生这么漫长，不可能不犯错，圣人也好，凡人也好，都没有十全十美的。我只关心你现在是不是已经走出来了，如果是，那我高兴，我不会离开你；如果你走不出来，要和卓姐好，那我会离开你，不过也只是身体离开，心还是和你在一起的。

卓立雅已经有了一个未婚夫，是个美国人，叫爱立克，我不是跟你说过的吗？郑可风说，我和她是不可能的，而且我从来没有想过要和你分开。

这样哦，柳月若有所思：可风，我告诉过你，我这个人对幸福没有那么强烈的渴望，当初你来到我的身边，我就觉得是上天给我的意外礼物。既然是意外的礼物，那么老天忽而要收回去，我也能冷静以对。

郑可风一把抱紧妻子：月月，是我不好，是我伤害了你，你骂我吧，你打我吧！

他抓着她的手来捶打自己。

柳月挣脱了他的怀抱，平静地说：孩子留在我们身边，他就是我们的孩子，不可能有别的处理方法了。

说毕，她走进了卧室。

郑可风钻进被窝去抱她时，她躲开了：可风，我这些天考试考得很辛苦，想早点睡。

可是，我们已经有一个月没在一起了。

38

万事皆空善不空

我还不行，真的不行，我不能……柳月道。

郑可风赶紧松开双手：那好。我，睡到书房去。

不，不，你就睡在我身边，柳月低声说。

郑可风老老实实在她身边躺下。

一个晚上，柳月不住地翻身，郑可风知道，她是睡不着，而他自己也一样，失眠了。

好在明天不用上班，不然可就糟了，他想。

第二天一早，郑可风刚睡过去，就被一阵手机铃声吵醒：可风，我是立雅，我已经到了，就住在国大酒店。

哦，我这就过去，郑可风像弹簧似的，从床上坐起，看柳月不在身边，便喊：月月，我们去接孩子！

在国大酒店，柳月见到了卓立雅和那个不满周岁的孩子。卓立雅果然貌美非凡，但略显憔悴。她见到柳月，倒是格外亲热。

卓立雅告诉郑可风，她在国内只待一个星期左右，主要是办些手续，走亲访友。

孩子很乖，卓立雅笑着：只要吃饱了，他就不哭不闹的，可好带了。

柳月从卓立雅手上接过孩子，紧紧抱着，像是自己亲生的，她了解这个孩子对于郑可风的意义。

你要想孩子了，随时可以来看他的，柳月对卓立雅说。

一句话，倒引得卓立雅眼睛红了。作为亲生母亲，她何尝舍得？

作为亲生母亲，在孩子还不满周岁时，就愿意离开他，这无论如何有些反常，郑可风想：她是经济上有困难？不可能啊，作为访问学者，她在美国的收入该是国内的五六倍，经济上是绝对不会有问题的。

那么，是那个美国人爱立克不肯接受这个孩子？这也不可能。美国人崇尚恋爱双方各自尊重对方选择，就算是他不同意，只要卓立雅想要把孩子留在身边，爱立克也不见得能阻挡得了。

郑可风的悬念没多久就获得了答案。

爱立克给郑可风写了一封信：

尊敬的郑先生：

我写这封信，是想告诉你一个不幸的消息：卓立雅女士得了一种很残酷的疾病：渐冻人症。她的肌肉正在逐渐萎缩，手已经举不起一支钢笔，她不能独立行走，只能整天蜷缩在椅子上。

她把孩子送给你的时候，就已经确知自己罹患了这种病，她不许我告诉你，是因为她不愿意把自己枯萎的容颜展现在你面前。

我不是她的什么男朋友，我仅仅是她的同事。出于对她的人品和学识的崇敬，我把她送回到她的祖国，到她的父母身边。可是我自己也有很繁重的科学研究任务要完成，我必须回美国去了。

我写这封信给你，是希望我们一起努力做点什么，来挽救她曾经如夏花一般美丽的生命。

以下是卓女士父母的住址：

……

你真诚的朋友　爱立克

2005 年 9 月 21 日

信是从国内一个城市寄出的。收到信的时候已经是 9 月 30 日了。

这封信，在郑可风头顶炸响了一个晴天霹雳！

他立即上网查询“渐冻人症”，才知道这是近似于瘫痪，却比瘫痪

还残酷可怕许多倍的重病。患者从发病起算，大多只能存活两三年。这意味着，卓立雅还在她如花似玉的年龄里，就已经被宣判了死刑。即使能多活几年，也是和死亡差不多，甚至比死亡更痛苦的煎熬！对于渐冻人，吃餐饭，哪怕是半碗粥，都不亚于一场战斗。肌肉不断萎缩，而脑子却清醒，知道过去和现在发生的一切，清楚地听见自己走向死亡的脚步声。

卓立雅，这个智商与情商都堪称一流的奇女子，为什么会遭遇如此的不幸？难道真是天妒英才？

英国的著名物理学家霍金便是“渐冻人”。这也是一个旷世伟才。他的超凡智力和超痛的病症，使他成了传奇人物。

生命，怎么会如此脆弱？

命运，怎么会这样无常？

昨天还是灿烂如星辰的生命，今天马上面临死亡的威胁；昨天还美若天仙，今日便貌似骷髅，形容枯槁，行将就木。这种大反差、大逆转，任你是金钢铁打身，也是经受不住的啊！

晚上，柳月一回到家，郑可风便把爱立克的信给她看，柳月看着看着，眼泪便刷刷往下流。

半晌，她开口道：可风，我们去把卓姐接过来，让她住在我们家，这样，她就可以天天看见她的儿子，儿子会是她战胜疾病的最大力量！

郑可风很感动，紧紧拥抱着爱妻。

他再一次感觉到妻子的善良与伟大！

好，我们马上出发！郑可风说。

尾　声

柳月以她的悲悯情怀，细心地照顾着卓立雅。加上四妹介绍过来的楚阿姨的任劳任怨，卓立雅竟然一天天好了起来。

命运和卓立雅开了一个大玩笑：她患的不是“渐冻人症”，而是重症肌无力，这种病和渐冻症有极大的相似之处，但肌无力是可治愈的。

在伟大的祖国医学——中医药学的治疗下，两年后卓立雅完全康复。而一旦康复，她又必须和郑可风一家分别了。

这正是：旧泪未干新泪湿，人生不外喜与悲！

卓立雅再次赴美。她还记得那个善良的爱立克，一个她可以托付终身的人。

经过这次的情感风浪，郑可风和柳月终成铁打姻缘，两个人都把对方作为此生不可以分离的人！

谷丰收和柳云也成为美满一对，并有了他们的孩子。柳云改掉了懒惰娇气的毛病，成了个好妻子、好母亲。

荷花被法院改判有期徒刑。入监之初，她心灰意懒，监狱的女警官邝大姐细致地关怀她，鼓起她重新生活的勇气，她表现不错，减过一次刑，如果继续努力，她出狱时也还年轻，一切都还来得及。

四妹的家政服务部越办越好，越办越大。

田缤影最后还是离开了魏驰，去寻找自己的幸福了。